Congelado

Adrian L. Hawkes

iUniverse, Inc.
Bloomington

Congelado

Copyright © 2011 por Adrián Hawkes

Todos los derechos reservados. Ninguna parte de este libro puede ser usada o reproducida de ninguna forma sea gráfica, electrónica o mecánica. Esto incluye el fotocopiar, grabar o respaldar este contenido en cualquier dispositivo de almacenamiento sin el permiso del autor excepto en el caso de breves citas que se añadan en resúmenes y artículos de crítica.

Éste es una obra de ficción. Todos los personajes, nombres, incidentes, organizaciones y diálogos en esta novela son tanto producto de la imaginación del autor como de uso enteramente ficticio.

Los libros de iUniverse pueden ser pedidos en las librerías o contactando a la editorial a la siguiente dirección:

iUniverse
1663 Liberty Drive
Bloomington, IN 47403
www.iuniverse.com
1-800-Authors (1-800-288-4677)

Por la naturaleza dinámica del Internet, cualquier dirección web o links que estén presentes en este libro pueden haber cambiado desde el momento de la publicación y, de ser así el caso, ya no son válidos. Los puntos de vista expresados en este trabajo son del autor solamente y no necesariamente refleja los puntos de vista del editor y, por lo tanto, el editor no tiene responsabilidad alguna por los comentarios o opiniones expresadas por el autor del libro.

Las personas que se muestran en las imágenes provistas en este libro provienen de Thinkstock y tales imágenes son usadas exclusivamente para propósitos ilustrativos. Stock de imágenes provienen de © Thinkstock

ISBN-13: 978-1984129147
ISBN-10: 1984129147

Impreso en los Estados Unidos de América
Fecha de revisión de iUniverse: 09/13/2011

PREFACIO

Con una premisa fascinante, La primera novela de Adrian Hawkes hace sentir su presencia. A través de los ojos de Gerhardt Shynder, un estudiante de doctorado suizo, entramos en una relación personal y cercana con Leddicus, un hombre que tiene más de dos mil treinta años de edad. ¿Realmente ha cambiado la sociedad desde la era Romana? ¡Por supuesto que sí! Existe una abrumadora diferencia en nuestro estándar de vida pero cómo seres humanos, lo que está en nosotros y nuestra capacidad de amar, sonreír, odiar, destruir y el ser egocéntricos parece extenderse por todos los siglos. Así que a través de Leddicus, Adrian es capaz de hablar apasionadamente sobre algunos de los males de nuestra sociedad: esclavitud, centros de detención y el uso y abuso del tráfico ilegal de menores. Adrian obviamente se deleita en la historia *y su historia* presenta muchos hechos interesantes que hablan del mundo antiguo y en el mundo actual en el que vivimos. Dentro del relato se nos presenta un reto que se ve de forma implícita. ¿Acaso somos hombres de hielo que necesitamos ser derretidos y despertar de nuestro egocentrismo para poder así cambiar un poco el mundo en el que vivimos?

Ann Clifford
Guionista y Productora de Cine

ÍNDICE

	Prefacio	
	Prólogo	i
1	Camino al Trabajo	1
2	En el Auto Otra Vez	4
3	En el Hospital	14
4	El Hospital y El Sacerdote	29
5	Tres Meses	43
6	Fuera del Hospital	53
7	La Estación de Servicio	60
8	El Camino Hacia St. Gallen	65
9	Universidades y Revistas	74
10	Reunión con la Prensa	82
11	La Prensa Según Julie Bright	89
12	Visita a Roma	98
13	El Tour	109
14	Cambio de Plan	121
15	Londinium	127

16	El Segundo Tour	139
17	Sábado	157
18	Viajando Alrededor de Gran Bretaña	165
19	A Bordo de un Tren	174
20	Malas Noticias	182
21	Los Estados Unidos de América	192
22	La Burocracia Puede Arruinar Los Mejores Planes	210
23	Simplemente se Trata de a Quién Conoces Realmente	222
24	Qué Momento	238
25	Tel Aviv-Yafo	248
26	El Coliseo	256
27	Suiza	268
28	El Reencuentro	277

PRÓLOGO

Cuando empiezas a escribir un libro siempre pienso que debes hacerte las siguientes preguntas: ¿Por qué estoy haciendo esto? Con este libro mi respuesta fue: *Porque así lo quise.* ¿Será eso respuesta suficiente?

Voy a relatarte algunos antecedentes del porqué escribí este libro. El cómo reaccionamos ante el cambio siempre ha sido mi fascinación. Vivimos en una época que demanda cambios rápidos y algunas veces hace que la vida sea difícil. Entre más viejo nos ponemos más difícil es para nosotros lidiar con el cambio. Pero no estoy hablando solamente del proceso cronológico de la edad. También hablo sobre probar o experimentar cosas por primera vez. Aquí te doy un simple ejemplo: ¿Alguna vez has volado con alguien que jamás ha pisado un avión en su vida? Yo lo he hecho y honestamente es muy interesante ver sus reacciones. ¿Alguna vez has visto llegar al aeropuerto a personas que jamás han estado en uno? Recientemente tuve la oportunidad de ver a un grupo de chicas que obviamente estaban nerviosas y perdidas en un gran aeropuerto y pude notar que era su primera vez. Fue divertido ver como se subían a una escalera eléctrica o ver cómo se detenían ante la idea de pasar por un scanner o dejarse llevar por el ascensor. ¿Alguna vez has estado en un supermercado con alguien que jamás ha ido a uno? Yo tuve la oportunidad de acompañar a una joven que venía de un país lejano a hacer sus compras y ella estaba tan sorprendida de ver pollos en las estanterías ya listos para comer y de ver avisos que decían "compra un pollo y llévate uno gratis" Ella me dijo que para ella, el cocinar un pollo, le llevaba todo un día de trabajo. Ella tenía que recoger leña, seleccionarla, apilarla y luego cocinar el pollo en agua lo cual involucraba una caminata de ida y de venida de aproximadamente seis millas. El ver éstas cosas te hace pensar.

Ferania, una joven de catorce años que vivió conmigo y con mi esposa por muchos años, siempre me divertía. Yo le compré a mi esposa uno de esos teléfonos viejos en el año 1950. Una compañía de ventas tenía una fascinación por los artefactos antiguos y actualizó los teléfonos dotándolos de tecnología inteligente por dentro. Le mostré a Ferania el presente que le había hecho a mi esposa.

-¿Qué es esto?- me preguntó ella.

-Es un teléfono antiguo- le respondí

-Eso no puede ser un teléfono- me respondió.

Su respuesta me dejó confundido.

-¿Y por qué no debería serlo?-

-Porque no tiene ningún botón- me respondió.

Yo conecté el teléfono en el enchufe que estaba en la pared y le mostré el cómo marcar un número de teléfono: se colocaba el dedo en uno de los orificios de la rueda y la girabas hacia delante.

Ferania se disgustó muchísimo.

-Yo nunca usaría eso. Dañarías mis uñas-

Cuando mis hijos eran jóvenes, ellos estaban fascinados del hecho de que yo aun recordaba la época en que se usaban las monedas de seis peniques. No me gustaba decirles a ellos que yo aún me acordaba de las famosas monedas plateadas de tres peniques (thrupenny) y de que podía comprar dulces por tan solo un cuarto de penique.

Un día, yo estaba observando a uno de mis diez nietos, un niño de tres años de edad, que estaba trabajando duro en la computadora de su padre.

-¿Qué estás haciendo?- le pregunté.

-Bueno- me dijo en un tono de sabelotodo —Estoy construyendo una ciudad-

Miré a la pantalla y pude ver cómo él definitivamente estaba construyendo áreas para los colegios, preescolares, casa y fábricas. Él aún no sabía leer pero él podía escribir www en el buscador y hacer clic en sus páginas favoritas del historial de la computadora y construir una ciudad virtual. Es ciencia ficción ¿o no? ¿O lo es?

Un día, mi amiga Ferania me hizo la siguiente pregunta:

-¿Qué televisión veías tú cuando tú tenías catorce años?-

Fue muy difícil explicarle a ella que, cuando yo tenía catorce años, existía tan sólo un canal y que la televisión se transmitía en blanco y negro. La televisión en aquella época era tan solo el comienzo y muchas personas no tenían una en sus hogares incluyendo a mi familia. Para un adolescente moderno, eso era casi increíble. Esas innovaciones que tomamos por descontado se hacen tan normales para nosotros que no podemos imaginar el vivir en una era donde nada de esas cosas existían. El celular que uso ahora tiene tanto poder informático como las computadoras que se usaron para llevar la primera nave espacial a la luna. ¡Cómo cambian los tiempos!

Los tiempos cambian y ciertamente la tecnología también. ¿Pero qué hay de nuestros valores? ¿Deberían ellos cambiar también junto a la tecnología? Algunas personas piensan que no existe tal cosa como un Dios o la espiritualidad y que todo se trata de nuestras neuronas, estructuras químicas o genes egoístas. Un montón de misterios: amor, paz, justicia, rectitud y responsabilidad son insignificantes para la gran mayoría de la sociedad hoy en día. ¡Para ellos todo lo que nos pasa interiormente es el resultado de reacciones químicas!

¿Cómo? ¿En serio?

Así que pensé que mi amigo Leddicus podría ayudarnos a mirar de nuevo lo que está allí afuera en nuestro mundo. Quizás él nos ayude a apreciar nuestro planeta (si es que no lo hacemos) y quizás nos haga reflexionar sobre mucha cosas que pasamos por alto y del hecho de que podamos, de vez en cuando, cuestionar nuestras opiniones y el hacernos preguntas honestas y directas.

Quizás es hora de preguntarnos lo siguiente:

-¿Acaso puede haber algo de valor en este mundo en el cual vivo?-

Adrian Hawkes

Capítulo 1

Camino al Trabajo

Mañana mi vida jamás sería la misma. El día de hoy fue simplemente el comienzo de un misterio que resonaría y volvería a resonar por todo el mundo de la historia y de la ciencia. Sin percatarme de ello esa mañana, ajusté mis gafas y pasando mis dedos sobre mi cabello cerré la puerta de entrada de mi apartamento.

Definitivamente los Audis son carros cómodos. Éste fue mi primer pensamiento mientras me metía en el acostumbrado tráfico mañanero para ir de mi apartamento en St. Gallen a la Universidad de Zúrich, una de las más grandes de toda Suiza. Era la ruta que siempre tomaba y hoy no era diferente pero por alguna razón yo estaba apreciando mi comodidad más que antes. Sonreí cariñosamente mientras pasaba mis manos por el volante recordando con emoción la gratitud que había sentido cuando mis padres con orgullo me daban las llaves del flamante Audi A4 apenas había terminado con éxito mi Licenciatura de Historia.

-Gerhardt- dijo mi padre sonriéndome a mí primeramente y luego a mi madre —Estamos muy orgullosos de ti y queremos demostrártelo-

Estaba encantado de tener mi propio auto y especialmente si era un Audi en el cual podría manejar con toda comodidad.

Me gustaba vivir en St. Gallen. Vivía en un cómodo y barato apartamento el cual tenía acceso a una increíble biblioteca en la Abadía de St. Gallen. Este maravilloso lugar contenía libros que provenían del siglo nueve y como entusiasta de la historia el lugar era simplemente un imán para mí. Cuando leía e investigaba, los que limpiaban la biblioteca regularmente me encontraban metido entre tomos polvorientos en una esquina alejada de la biblioteca. Ellos a veces murmuraban por lo bajo que la biblioteca ya estaba cerrada horas antes. Y me lo hacían saber con claridad.

Cuando las burlas venían sobre mi por parte de mis compañeros de universidad por mi creciente obsesión por la lectura yo evitaba a todas luces socializar con ellos. Ellos pensaban que era un solitario y que estaba estancado en el pasado.

Yo siempre me consolaba con este pensamiento determinante: *Algún día les demostraré de lo que soy capaz.* Yo estaba determinado que yo tocaría las estrellas un día. *Algún día, yo seré rico y famoso.*

No pensaba en nada más en aquella mañana mientras me movía en el lento tráfico. Era un día frío pero yo me sentía cómodo mientras prendía la radio para ponerme al día con las últimas noticias. Era muy extraño el momento que una noticia reclamara realmente mi atención ya que era un historiador. La naturaleza de mi trabajo me tenía encajonado en la Historia Romana, mi especialidad.

Pero aquella mañana, a medida que el hombre de la radio hablaba, una noticia atrajo mi atención. Rápidamente subí el volumen. Días atrás, en una de las montañas que quedaban en Suiza, un equipo de búsqueda cuya misión era encontrar alpinistas perdidos se tropezaron con un cuerpo completamente cubierto en hielo. La noticia continuaba con el hombre diciendo que se había llevado a cabo una investigación para descubrir el origen y la identidad del objeto para que ninguna información se perdiera de vista. Los alpinistas perdidos fueron hallados por el equipo de búsqueda y todos estaban sanos y salvos. Ellos regresaron por otra ruta.

Inmediatamente Ötzi, el hombre hielo, llegó a mi mente y pensé: *¿Podría este ser un hallazgo similar?* Ötzi fue hallado en unas montañas austríacas en el año 1991. En aquel momento, yo aún estaba en el colegio y leí todo yo que pude encontrar sobre este fascinante hombre. Tan pronto como pude recordar, la historia siempre me había fascinado. Me pregunté si este nuevo hallazgo pertenecía quizás a la misma era. Me pregunté si no se trataba realmente de otro alpinista perdido parecido a Ötzi que estaba allí congelado hace unos cincuenta y tres mil años atrás.

El tráfico estaba a paso de tortuga en aquel momento pero mis pensamientos volaban. *¿Será este acaso un caso Ötzi parte II? Si es así, entonces la universidad me permitiría formar parte de esta investigación. ¿Podría la revista de historia Archiv History estar interesada en este caso?*

Seguí sintonizando las demás emisoras de radio al Italiano, Francés y al Inglés para oír su opinión sobre el caso. Necesitaba tener algunos hechos conmigo antes de tomar una decisión. *¿Qué tal si es tal cual como yo lo estoy sospechando ahora?* Mi imaginación estaba volando y mi corazón latía a millón. Respiré calmadamente para calmarme y decidí hacer una extensa investigación sobre la historia tan pronto llegara a la oficina. El sentimiento de anticipación me consumía. Yo estaba lleno de pensamientos sobre mi hombre de hielo. ¡Ya lo había reclamado para mí! ¡Incluso le había dado un género masculino por todos los cielos! Necesitaba calmarme.

Capítulo 2

En el Auto Otra Vez

Los Audis son carros muy cómodos ¿no? Este pensamiento me animaba mientras salía de St. Gallen. Necesitaba esa comodidad. Estaba a punto de emprender un tedioso viaje de 4 horas hasta la ciudad de Bolzano, Italia.

Ayer sentí como si el teléfono estuviese pegado a mi oído todo el día.

-Es asombroso cuanto podemos hacer en un día si realmente lo intentáramos- pensé.

Tan pronto como pude me reuní con el rector de la universidad para discutir el hallazgo del hombre de hielo y los planes que yo tenía entre manos. Fue difícil poner freno a mis emociones. Al cabo de un rato pude darme cuenta de que el rector también compartía mi entusiasmo e incluso estaba dispuesto a llevar a un representante de la Universidad de Zurich a ser partícipe del caso. Además, me concedió los 3 meses que yo solicite para hacer esta investigación y hasta estuvo de acuerdo en que yo usara los libros e investigaciones de la universidad como referencias valiosas hacia mis futuros estudios de investigación y doctorado.

Uno de los pensamientos que dominó mi mente fue que, una vez que mi nombre estuviese en boga en todos los periódicos, mis detractores tendrían que comerse sus palabras una a una. A diferencia de Indiana Jones, el cual era capaz de recorrer el mundo entero con un sombrero puesto y un látigo, en el mundo real yo tuve que comenzar el aburrido y monótono proceso de cómo financiar mi viaje de tres meses.

Llamé a los muchachos de *Archiv History*, la revista de la pequeña localidad de Schaffhausen la cual yo colaboraba y contribuía de forma consistente, para explicarles con detalle todos mis planes. Me di cuenta satisfactoriamente que ellos querían la historia. Ellos se dieron cuenta rápidamente de que la historia tendría una gran credibilidad por el simple hecho de que un testigo viviente estaba en ella. Esto hizo que las negociaciones con los integrantes de la revista fuesen mas fáciles de lo que había pensado.

Ellos acordaron pagarme tres meses por adelantado. El acuerdo era que yo seguiría escribiendo mi acostumbrada columna semanal más un especial del famoso hombre de hielo. Incluso yo pedí que me subieran la tarifa un poco más.

Llame a mis padres para darles las buenas noticias y más dinero llegó a mis bolsillos. Ellos me ofrecieron una transferencia por adelantado de mi mesada quincenal pidiéndome con gentileza que los mantuviera informados con noticias frescas del hombre de hielo. Si le añadía a eso los tres meses que estaría libre sin tener que pagar las cuotas del doctorado, se podría decir que estaba ya oficialmente metido en el asunto.

Fue mucho después de la media noche cuando ya yo tenía todo absolutamente arreglado y preparado. Nunca en mi vida me había quedado tanto tiempo en la universidad. -*¿Quien dijo que el hombre no podía hacer varias cosas a la vez?* pensé alegremente. Estaba hablando por el teléfono, arreglando papeles, navegando por varios sitios web y haciendo largas anotaciones al mismo tiempo. -*Espero que los investigadores tengan razón y estén en lo cierto en cuanto al asunto de que la radiación celular no daña tu teléfono-*

Logre mi meta principal de convertirme en un miembro del equipo de investigadores del hombre de hielo. No estaba completamente seguro de lo que iba a hacer. Probablemente contribuiría a la investigación de forma mínima y esperaba que esa contribución no fuera a convertirse en un servicio exprés hecho por mi persona para todo el equipo de trabajo. Luego de unas azarosas dieciocho horas de labor, mi acostumbrada rutina diaria ya estaba encajando perfectamente. Estaba en estos momentos camino a la ciudad italiana de Bolzano donde mi hombre de hielo residía en aquellos momentos en la morgue local.

De mis largas llamadas telefónicas e investigación en los múltiples sitios web disponibles en varios idiomas tuve la impresión inicial de que este hombre de hielo no era más viejo que Otzi. La descripción de la vestimenta y otros objetos que se encontraron en el cuerpo indicaban más bien que se trataba de un hombre moderno, quizás con una antigüedad de dos mil años.

-*Aquí es donde entra mi experticia*-pensé.

La imagen borrosa que los investigadores habían tenido de sus ropajes mistificaron un poco a los rescatistas. Ellos asumieron que el hombre enterrado en el hielo había muerto recientemente y que posiblemente había perdido el camino a casa al salir de su posible fiesta de disfraces. *Pero realmente te gustaría escalar las montañas del Tirol vestido de esa manera? No tiene ningún sentido que este hombre hubiese hecho eso!*

Cuando se descubrió a Ötzi, ellos lo desenterraron de forma bastante ruda con un pequeño martillo neumático. Desafortunadamente, el uso descuidado de la herramienta lastimo su cadera. La tecnología del corte de hielo ha avanzado dramáticamente en los últimos quince años y fue durante este tiempo que el equipo de rescate libero al hombre de su bloque de hielo de forma limpia y segura. La extracción fue muy sencilla debido a que el hombre no estaba totalmente enterrado sino en una protuberancia en el hielo que requería tan solo un corte vertical. Luego el fue colgado en un helicóptero y llevado a Bolzano, parcialmente cubierto por la capa de hielo.

De forma inusual, la epidermis estaba intacta. El cuerpo parecía conservar su piel original lo cual era extremadamente raro. Quizás porque el equipo rescatista y de investigadores asumieron que el hombre no era tan viejo como pensaban. Era increíble como rápidamente los blogueros, fórums y *News Feed* habían recaudado información sobre este hombre de hielo. Muchas de ellas podían haber sido solo conjeturas así que estaba ansioso por ver cómo fueron realmente los hechos y cómo fue hecho el reportaje y de allí mi urgencia de llegar a Bolzano lo antes posible. Incluso después de haber tenido un día ajetreado y de pasar una noche entera despierto, mi adrenalina aun seguía latiendo dentro de mí y no tuve ningún problema en lo absoluto para comenzar el día siguiente con energías renovadas.

Desde mi infancia, yo había estado fascinado con Ötzi, así que ser parte de semejante investigación, la cual era bastante similar a la de Ötzi, era fascinante para mí. La investigación hasta podría hacerme famoso. Y como siempre, estaba mi absoluta determinación de demostrarle a mis colegas de lo equivocados que estaban en cuanto a mis tácticas de investigación.

A pesar de que el viaje en carretera hacia la ciudad italiana fue largo no hubo ningún incidente. Cuando finalmente llegue a Bolzano, me las arregle para hospedarme en un hotel extremadamente barato. Tenía tan solo una cama, un lugar donde lavarse y honestamente eso era todo lo que necesitaba en aquel momento. Empuje la puerta de mi habitación y me di cuenta de que no había mucho espacio para moverse. Era largo y angosto. La cama estaba colocada en una esquina alejada de la pared y una pequeña ducha en la esquina opuesta. Apretado entre la ducha y la cama había un escritorio con una lámpara de lectura y una conexión Wi-Fi. Junto a la cama estaba el armario más pequeño que había visto.

Desempaqué de forma rápida y cuidadosamente colgué mi ropa en el armario. Coloque todas mis cosas en los lugares correspondientes y me mire al espejo que estaba en el baño. Mis ojos azules estaban un poco hinchados producto de mi falta de sueño. Pase mis manos por mis cabellos y me di cuenta de que necesitaba a gritos un corte de cabello pero parecía que nunca tenía tiempo para tal cosa. Me cepille los dientes, cogí mi cuaderno de notas y me fui a la morgue.

Estaba muy ansioso de echar el primer vistazo al descubrimiento pero a medida que aparcaba mi auto en el estacionamiento comencé a preocuparme. Me inquietaba que las llamadas que había hecho ayer no me diesen el acceso que yo necesitaba. Comencé a preocuparme de que los mensajes no me habían dado el acceso que yo esperaba. El asunto se volvió tedioso y me desalentaba el hecho de tener que comenzar otra vez.

Mi ansiedad comenzó a crecer mientras hacia mi entrada a la recepción y la chica detrás del recibidor comenzó a observarme de manera sospechosa pero luego de revisar inquisitivamente mi carné de la universidad y el pase de *Archiv Press*, su comportamiento cambio dramáticamente.

Entonces ella me observo detenidamente y me saludo:

-Hola Sr. Shynder. Lo hemos estado esperando-

Ella descolgó el teléfono, marco un numero, y comenzó a hablar:

-Sr Beck. El Sr. Shynder está en la recepción- Luego me miro y me dijo: -El se reunirá con usted en un momento y creo que él tiene noticias sorprendentes para usted-

Estuve aliviado de que al menos mis mensajes hubiesen llegado sin ningún problema pero ahora me asaltaba una nueva preocupación. Había alterado completamente mi vida entera al tomar aquel riesgo y el haber manejado hasta aquí por horas. Las preocupaciones comenzaron a llenar mi mente de en cuanto a ser parte de este grandioso proyecto.

¿Acaso todos mis sueños y mis esperanzas se van al olvido así por así? Pareciera que todo está marchando sobre ruedas…aun así…

Mis genes, desafortunadamente, me predisponían a este síndrome del vaso medio lleno el cual yo tenía. Me senté relajadamente, pase otra vez mis dedos por mi cabello y comencé a comerme las unas compulsivamente.

Al cabo de un rato, un hombre alto apareció y estrecho mi mano. -Buenos días Sr. Shnyder. Gusto en conocerle. Soy el Sr. Beck, el gerente encargado de este lugar- Se volteo rápidamente a la recepcionista y le dijo lo siguiente: -Podrías prepararnos algo de café para nosotros dos?-

Le seguí hasta su oficina y ambos nos sentamos. El comenzó a revisar algunos papeles en su escritorio y comenzó a rascarse la barba, Al rato el levanto su cabeza.

-Bueno. Debo decir que este caso es bastante extraño-

-¿Acaso lo dice porque hallaron que la epidermis estaba intacta?-

-En parte, pero hay otros hallazgos curiosos que nos han llevado a interesantes descubrimientos y digo esto de forma ligera-

-Podemos ir y echarle un vistazo al cuerpo? Trate de no mostrar mi impaciencia.

-No. Lo siento Sr. Shynder pero no puede. No hay cuerpo para ver. No en un sentido estrictamente literal como usted estaba pensando últimamente-

Me quedé allí realmente asombrado. Traté de abrir mi boca para hablar pero el levantó su mano y me detuvo incluso antes de que respondiera.

-Déjeme contarle lo que ha pasado. Y así entonces podrá sacar sus propias conclusiones y decidir qué hará después. Cundo el cuerpo vino hasta acá, nosotros lo colocamos en un lugar especial en la morgue y el hielo comenzó a derretirse. Notamos que la piel tenía su temperatura normal y estaba en buenas condiciones. Esto se podía observar con claridad a medida que la capa de hielo se volvía cada vez más delgada. El cuerpo parecía estar en buenas condiciones. Pudimos observar también que el ropaje se asemejaba a una túnica Romana. Una vez que el hielo se derritió completamente el cuerpo comenzó a calentarse. Teníamos especialistas en aquel momento con todo el equipo necesario. Usted sabe como estos cuerpos pueden deteriorase si no son preservados apropiadamente-

Él se detuvo para observar mi reacción pero yo simplemente asentí lentamente y deje que continuara.

-A medida que el cuerpo se calentaba nos sorprendimos por el hecho de cuan ágil era el cuerpo así que decidimos por unanimidad que podríamos deshacernos de la ropa la cual, debo decirle Sr Shynder, queríamos hacer rápidamente ya que el olor que despedía era bastante desagradable-

La recepcionista entro discretamente a la sala y coloco copas de café y bizcochos en el escritorio que estaba colocado entre nosotros.

-¿Que olor despedían los ropajes, exactamente?-

Ella me miró de forma inquisitiva. Le sonreí ampliamente. Estaba un poco confundida por la pregunta.

-Gracias por el café- dije -No se preocupe. Me refería a ciertos ropajes-

Ella sonrió con alivio y dejo el cuarto inmediatamente. Estaba complacido de tener al fin algo con cafeína entre mis manos y sin muchos preámbulos comencé a beber apresuradamente mi taza de café.

-Bueno. Si lo pienso mejor, creo que se trata de orina- respondió mi interlocutor -Hemos enviado muestras de la misma a la universidad específicamente a los cerebritos que trabajan en la misma para que la examinaran. No podemos estar seguros en este momento si el olor que despedía era orina o no-

-Tendría sentido si es orina el olor que sintieron al momento de examinar el cuerpo, suponiendo que el cuerpo fuese de origen Romano, particularmente si proviene de Romanos adinerados. Ellos tenían la extraña costumbre de lavar sus ropajes con orina-

El Sr. Beck asintió a mi comentario y continuo.

-Luego de quitarle la ropa al cuerpo nosotros habíamos colocado el cuerpo sobre una losa dura y en aquel mismo momento estaba haciendo unas llamadas urgentes. Usted debe imaginarse el revuelo que este hallazgo está causando. En esos días yo estaba hablando con la Universidad y el museo y al mismo tiempo arreglando los detalles de su visita Sr. Shynder-

-Gracias. Aprecio realmente todo el esfuerzo que realizo para organizar todo esto pero por favor continúe-

-Uno de mis asociados subalternos estaba estudiando el cuerpo,

y realizando los exámenes acostumbrados cuando de pronto el grito mi nombre. Insistió tanto en que viniera que tuve que cortar la llamada rápidamente justo cuando estaba en medio de una conversación importante. Cuando llegue al sitio el muchacho tenia una de sus manos presionada sobre el pecho del cuerpo y me observo en total consternación. Me dijo frenéticamente que podía sentir un latido. Por supuesto, yo me reí asegurándole que eso era totalmente imposible. Aquel hombre había estado congelado por unos miles de años-

-Él estaba bastante agitado y me hizo señas para que me acercara y así corroborar que él estaba en lo cierto. Para demostrarle lo contrario, puse mi mano sobre el cuerpo y, para mi mayor asombro Sr. Shynder, sentí algo. Eran latidos, débiles, pero definitivamente eran latidos!-

Simplemente no podía creer lo que estaba oyendo. Mis sueños sobre hombres de hielo estaban derritiéndose lentamente. Entonces comencé a lanzar preguntas como loco:

-¿A qué se refiere con eso? ¿Cómo es que una persona aun puede estar viva a pesar de que estar recubierto en hielo? ¿Qué broma es esta? ¿Es ésta la persona que estaba perdida en las montanas?-

De nuevo, mi interlocutor alzó su mano para seguir hablando.

-No sabemos qué pensar. No hemos llegado a ninguna conclusión. Hemos trasladado el cuerpo al Hospital General de Bolzano-

-¡Está en el hospital!- dije desaforado. Estaba cerca de perderlo todo.

-Sí- hablo el Sr. Beck de forma pausada como si estuviera tratando de calmarme -Empacamos sus cosas: sus pertenencias, las cosas que encontramos junto al cuerpo. Hallamos un extraño bolso pequeño y unas monedas extrañas. Contratamos a una ambulancia para que lo llevasen de aquí al hospital-

-Ya veo- dije intentando controlar las emociones que crecían dentro de mi -¿Y ahora qué?-

-Aquí nos encargamos solamente de cadáveres y corazones muertos. Para las personas que poseen aun un corazón en plena actividad cardiaca...bueno...este no es el lugar indicado. Lo siento Sr. Shynder. No hay mas nada que pueda hacer por usted. Necesitara continuar sus investigaciones en el hospital-

-Gracias por su tiempo- dije lentamente y me levante de mi asiento para salir afuera.

Estaba confundido y amargamente decepcionado. Ni siquiera sabía con exactitud qué hacer en aquel momento. De pronto me sentí extenuado y hambriento. Maneje lentamente de vuelta al hotel. Las calles estaban abarrotadas de varias personas y empleados que volvían a sus casas. Todos ellos parecían caminar con dirección y determinación. Tenían planes. Tenían hogares a los cuales acudir. Tenían trabajos y un sentido de propósito y dirección. La ruidosa bocina que sonaba detrás de mi me avisaba que las luces del semáforo ya estaban en verde. Decidí entonces que el mejor remedio para calmar mis sentimientos lastimeros de culpa y decepción era el ir a un acogedor restaurante, comer algo suculento y beber unas cuantas cervezas.

La habitación del hotel, la cual parecía ideal para mis propósitos esa mañana ya lucia incómoda e inhóspita esa noche. Tome una larga ducha e inconscientemente trate de aplastar un poco mi abultado cabello prometiéndome por enésima vez que iría al barbero al día siguiente.

La recepcionista me dio la dirección exacta de su restaurante favorito y sin perder más tiempo prendí mi auto para llegar al sitio. El menú era bastante ecléctico y mis ánimos caídos volvieron a resurgir cuando observe en una de las mesas mi menú favorito: salchichas con puré de papas, algo bastante inusual en una restaurante de corte italiano hasta que note que los dueños del local eran de descendencia inglesa-italiana. Mi tía favorita me introdujo a este menú cuando tan solo tenía siete años y lo ame desde entonces.

No quedé decepcionado. Grandes y jugosas cebollas mezcladas con una salsa apetitosa que inundaban un gran plato de las salchichas más gordas que había visto junto a una generosa ración de puré de papas. Mientras digería mi comida lentamente, mi equilibrio se estabilizó. Con una botella de cerveza junto a mi codo derecho, comencé a preguntarme que rayos debería hacer al día siguiente.

Capítulo 3

En el Hospital

El sol brillaba a través de las delgadas cortinas de la habitación y gradualmente me despertaron de mi letargo y una vez que deje de dar vueltas en mi cama la lucidez vino a mí y recobre, por así decirlo, el pleno conocimiento. Recordé la confusión que tuve la tarde pasada así que me senté, puse mis manos detrás de mi cabeza y comencé a refunfuñar. Necesitaba algo de claridad y tratar de encontrar algún sentido a la dramática cadena de eventos que se suscitaron. Me bañé, me vestí y me encamine al área del comedor. Era bastante básica, pero todas las osas que necesitaba estaban dispuestas en una larga y bien pulida mesa de pino. Cogí la caja de *muesli*, me serví un poco en un plato hondo, me serví un poco de café humeante y comencé a cavilar detenidamente en el aprieto en que estaba metido. Había manejado por cuatro horas hasta Italia en lo que imaginaba que sería una gran aventura y la oportunidad única de convertirme en un profesor de etiqueta con grandes esperanzas de que el cuerpo descubierto en el hielo hubiese sido un gran salto al éxito para mí. Me las arregle para tener el apoyo de la universidad, la revista *Archiv* y de mis padres. Pero ahora, para mi más grande decepción, descubrí que el hombre de hielo estaba vivo y en buen estado en el hospital y, por todo lo que sabía, yo estaba aquí sentado comiendo un plato de *muesli*. Bien por el...mal por mí. Mis esperanzas y sueños de fama y fortuna se estaban desvaneciendo tan rápido como la neblina de la mañana.

Es un turista afortunado...pero uno de los más raros de todos si es que la prensa se va a creer el cuento de la morgue. Un turista, aparentemente vistiendo un autentico atuendo Romano que olía a orina, que llevaba un pequeño bolso que contenía lo que parecía ser monedas antiguas. ¿Qué rayos hacia un turista vestido de esa manera escalando una montana? ¿Porque alguien se tomaría la molestia de hacer alpinismo con un atuendo como aquel que no le protegía del frio? ¿Y como pudo el haber sobrevivido en aquel bloque de hielo sólido?

Mis pensamientos corrían en círculos dentro de mí. Apure mi taza de café pensando con detenimiento que hacer luego.

¿Debería volver a St. Gallen? ¿Decirle a la revista que todo fue un error? Debo avisar mi renuncia a este proyecto y hacerle saber a la universidad que continuaría con mis estudios regulares?

Si volvía mis posibilidades de éxito estarían destruidas. Y mis sueños de grandeza estarían truncados.

En el instante en que termine mi segunda taza de café ya había tomado una decisión: iría personalmente al hospital y conocería a este hombre de hielo por mí mismo. Decidí ir y echarle un vistazo con mis propios ojos.

Era un día frio y fresco a la vez. El hospital quedaba tan solo a unas calles del hotel. Al llegar al lugar, pude ver que el hospital estaba ubicado en el borde de unas muy bien cuidadas tierras de cultivo y mas allá, pude visualizar una área bastante boscosa, llena de arboles. Si hubiese tenido más tiempo, me hubiese gustado ir y explorar pero en lugar de eso me estacione y me dirigí a la recepción con cero ideas de cómo entrar esta vez al hospital y ganar el acceso al área en donde estaba el extraño turista. La recepcionista tenía una vaga idea del hombre que había llegado el día anterior y comenzó a hacerme una serie de preguntad inquisidoras sobre mi conexión a él.

-Es un amigo o un miembro de la familia?- me dijo ella observando su carpeta.

-Ninguna de las dos, en realidad- Luego, me arriesgue con la única idea que tenía en mente. -Soy de la revista *Archiv*. Me han enviado desde Suiza para interrogar al sujeto para la Revista de Historia de St. Gallen- Al instante le extendí mi tarjeta.

Para mi sorpresa, ella me creyó y al instante hizo una llamada.

-Hay un caballero aquí en la recepción- al instante observó mi tarjeta -Gerhardt Shynder. Él está aquí para entrevistar al hombre misterioso- Ella se quedo en silencio por un momento y luego me sonrió. -El Sr. Bernard, nuestro agente de prensa, está en camino. Por favor, tome asiento-

Me senté, pero con mucha ansiedad. Tuve la oportunidad de oír historias de cuan oficiosos y tediosos podían ser estas personas. No tuve que esperar mucho. Mis miedos estaban infundados. Un hombre de aspecto calmado y alegre se acerco a mí y me dio un buen apretón de manos.

-Sr, Shynder. Usted tiene bastante suerte. El Sr. Beck, el de la morgue, ya me llamo para hacerme saber que tal vez usted fuera a pasar por aquí. Normalmente no dejamos entrar a la prensa. De hecho, nunca lo hacemos. Pero el Sr. Beck me dijo que su principal rol es ser profesor de historia y que además usted es un investigador que tiene un equipo de personas que trabaja en este caso. El procedimiento normal es que la prensa de debería estar fuera de todas las premisas y cuando es necesario, las traemos afuera. Es raro que ellos no hayan llegado aun pero estoy seguro de que ellos lo harán. No olvide mis palabras-

-Gracias. El acceso a este hombre es vital para mí para poder llegar al asunto y ver lo que realmente está pasando-

-Este es un caso bastante curioso. Lo llevare al piso de abajo para que lo vea aunque él no es muy comunicativo después de todo pero será de gran ayuda si pasa un tiempo con él. Le hare saber a la hermana Franz como está usted, no se preocupe-

Le extendí mi tarjeta de presentación de *Archiv* y le seguí rápidamente a medida que el caminaba por una serie de intrincados pasillos.

Mi guía se paro enfrente de una sala lateral. La puerta estaba abierta. Dentro estaba sentado un hombre con espeso, ondulado y oscuro cabello. El hombre en cuestión era delgado y ligeramente atlético y corpulento. Estaba pálido y se le notaba bajo su piel morena.

-Le hare saber a la Hermana Franz que usted está aquí. Por favor avísele cuando haya terminado de hablar con el paciente- Y acto seguido, el Sr. Bernard dejo la habitación rápidamente.

Me quede allí parado en la habitación por un largo rato pero el hombre que estaba sentado en la cama no me reconoció. Me acerque un poco a él.

-Hola!- salude efusivamente extendiendo mi mano para que el la estrechara pero el hombre no reacciono. Sus ojos marrón oscuro estaban velados y vacíos.

-Como te sientes? Dormiste bien anoche? Te están cuidando apropiadamente?-

Mientras seguía hablando, volteo ligeramente su rostro hacia mí pero no dijo nada. Sus ojos estaban adormecidos.

-*Genial. Esto podría ser un buen reportaje para la revista Archiv y mis reportes universitarios*- pensé tristemente.

Había una silla en toda la esquina de la pequeña sala y me senté justo al mismo tiempo que un hombre vestido de blanco, alto y anguloso entraba en la habitación. El me miro de forma mecánica y luego comenzó a ocuparse con el Sr. Hombre de Hielo: temperatura, pulso, y un rápido chequeo de su pecho con un estetoscopio. El entonces comenzó a palpar y a revisar los oídos y la garganta. El meticulosamente comenzó a notar los resultados sobre el cuadro que estaba localizado en la tablilla que estaba al final de la cama.

Yo rápidamente me incorpore y le seguí.

-¿Cuál es el pronóstico que tienes para mi amigo?-

Él me miró un poco irritado.

-No estamos seguros de que está pasando pero creo que el posiblemente este bastante traumatizado y por lo tanto ha estado un poco atontado. Estamos planeando llevarlo a un psicólogo para hacerle algunos exámenes y ver qué es lo que está pasando. No puedo decirle nada mas a esta etapa-

Al instante, el se alejo antes de que pudiera preguntarle algo más.

Caminé lentamente hasta donde estaba el Sr. Hombre de Hielo. El aun estaba sentado allí con profusa atención. Muchas sabanas lo arropaban. Arrastre la silla hasta estar cerca de él preguntándome que iría a hacer después. Comencé entonces a jugar un pequeño juego para ver si iba a obtener alguna respuesta.

Puse mi dedo para señalarme a mí mismo y dije lentamente: -Gerhardt- Señalé de nuevo hacia mí y volví a repetir: -Gerhardt- Luego puse mi dedo hasta él y me quede en silencio. Hice esto como unas cinco veces sin respuesta alguna.

Finalmente, el alzo sus ojos vidriosos y sin dirección a mi dirección y dijo: -Leddicus-

Ahora nos estamos entendiendo.

-Gerhardt Shynder- dije lentamente apuntando de nuevo hacia mí.

Esta vez pude darme cuenta de que el entendía el juego. El se señaló a sí mismo y dijo lentamente: -Leddicus Palantina-

-Hola- tome su débil mano firmemente y la apreté ligeramente -Hola Leddicus- Su mano fría, débil y seca aun reposaba sobre la mía. El hombre frunció un poco el entrecejo.

-Hola Gerhardt- El formo las palabras lentamente como si lo hubiese hecho de forma monótona.

Yo le sonreí efusivamente y camine hacia la ventana. Y volví a señalarme otra vez:

-Gerhardt Shynder-

Luego yo señalé en dirección a la ventana y dije: -St. Gallen, Suiza- Leddicus lucía un poco alerta ahora. De hecho, el parecía estar disfrutando el juego.

Él lentamente levanto uno de sus pálidos brazos y se señaló a sí mismo.

De nuevo él dijo lentamente: -Leddicus Palantina-

Luego el señaló hacia la ventana de la misma manera que lo había hecho yo y dijo:

-Cesárea de Filipo-

Totalmente sorprendido alejé mi vista de la ventana y me quedé mirándolo con la boca abierta mientras me sentaba de golpe, impresionado. Sentí como si todo el aire se hubiese ido de la habitación. Ahora era yo el que estaba atontado. Yo sé dónde queda Cesárea de Filipo....o quedaba. Fue una gran ciudad en aquel entonces. Hoy es simplemente un sitio arqueológico localizado en las alturas del Golán.

-¿Que podría significar esto?- Mis pensamientos estaban girando y girando en total confusión. Luego tuve una gran idea. Necesitaba encontrar a ese doctor.

-Estaré de regreso en un momento- le dije a mi nuevo amigo mientras hacía movimientos con la mano para que me esperase.

Caminé fuera del pasillo y me encamine en la dirección en la que yo supuse que el doctor se había ido. Asome mi cabeza en cada habitación que pude encontrar y en una de esas búsquedas me tope con él.

-¡Doctor! ¿Podría darme unos minutos?-

-Lo siento, pero no puedo ahora. Estoy en el medio de mis rondas. Estoy ocupado- dijo él mientras se alejaba.

-¿Habla usted Latín?-

Él se detuvo y volteo directamente hacia mí. Su rostro estaba bastante endurecido.

-¿Es ésta una broma con la cual usted quiere engañarme? Estoy bastante ocupado como para lidiar con tonterías- dijo sin ninguna emoción en su rostro.

-¡No! ¡No! ¡No es una broma!- decía desaforadamente mientras agitaba mi cabeza pero mis palabras no le causaron ninguna impresión. El estaba observando su reloj.

-Y seguramente el se recuperará más rápido si realmente pudiera hablar con alguien- agregué.

Sus hombros se desplomaron en resignación. Su boca estaba completamente cerrada formando una curva mientras el caminaba de vuelta a la habitación que él había acabado de dejar.

A medida que el doctor entraba a la habitación, su comportamiento cambio completamente. El se sentó cerca de la cama y puso su mano lentamente en el brazo de Leddicus.

-¿*Latine Loqueris?*-

Leddicus de pronto reaccionó rápidamente. El velo se desvaneció de sus ojos.

-*Sane, paululum linguae Latinae dico*- Esbozo una débil sonrisa de sus labios.

El doctor y Leddicus comenzaron a hablar juntos, quieta y vacilantemente. Luego de unos minutos, el se levanto, dijo algo en Latín a Leddicus y comenzó a escribir en la tablilla de notas que estaba en la cama. Sin mirarme realmente me dijo lo siguiente: -De verdad debo irme. Debo seguir haciendo mis rondas-

-Podría decirme lo que él dijo?- Lo llame y le seguí por todo el pasillo hasta que eventualmente estuve caminando al lado de él. Su cara de frustración me hizo saber que yo lo estaba acosando pero a mí no me importaba en lo absoluto. Camine hasta que el comenzó a caminar balbuceando algunas frases. Su voz estaba llena de emoción.

-Fue muy difícil el entendernos el uno al otro. La manera en que hablamos Latín es totalmente distinta. Como usted ha dicho, el piensa que viene de Cesárea de Filipo. Hasta ahora lo que puedo atestiguar es que él piensa que ha muerto y ahora piensa que está en el más allá. El también quería saber cómo las pequeñas personas habían sobrevivido en la caja. No estoy seguro de lo que el quiso decir con eso. Obviamente el tiene unos graves problemas psicológicos- El se detuvo en un pasillo y se detuvo en una habitación. -No puedo decirle nada más. Que tenga un buen día- El entro al cuarto y cerró la puerta tras él.

Me quede allí parado en el pasillo confundido y lleno de frustración y luego regrese de vuelta al cuarto de Leddicus. Cuando llegue allí, me quede en la entrada del cuarto completamente atontado. En medio de mi trance, una enfermera entro a la habitación y al instante comenzó a arreglar las almohadas y a acomodar las sabanas.

-El necesita descansar. Lo siento, pero debe irse ahora- dijo él mientras colocaba a Leddicus en una posición mucho más cómoda.

-Adiós- dije alzando mi mano para despedirme.

La cabeza de Leddicus se movió ligeramente hacia mí desde la mullida y gruesa almohada. Pequeñas arrugas se formaron entre sus cejas.

-Me voy a casa en este momento. Te veré mañana- dije y le hice señas para que entendiera lo que yo estaba diciendo. Señalé la ventana, el pasillo e hice pequeños movimientos con los pies como si estuviese caminando. No recibí respuesta de él excepto que las arrugas que se formaban entre sus cejas se hacían cada vez más profundas. La enfermera agitó su mano hacia mí para que me fuera como si estuviera espantando una mosca.

Mientras salía del cuarto de hospital recordé la petición que el oficial de prensa me había hecho así que obedientemente fui en busca de la hermana Franz para hacerle saber que me iba. La encontré en el área de enfermería gesticulando hablando en voz alta por el teléfono a una de las enfermeras para que se encargara de un paciente que estaba deambulando por la sala del hospital con la bata de hospital aún puesta.

Ella puso una de sus manos sobre el auricular.

-¿El Sr. Shynder?-

Asentí afirmativamente a su pregunta.

Ella terminó de conversar con la enfermera y comenzó a hojear unos documentos entre la pila de papeles que estaba sobre su escritorio.

-¿Logro sonsacarle algo a nuestro hombre misterioso?- me dijo sin mirarme siquiera. Sus ojos estaban puestos en la pila de documentos frente a ella.

-Casi nada. Es un caso muy extraño. ¿Cuál es su pronóstico al respecto?-

-Tenemos muy poca información que darle por el momento. Es obvio que con el paciente traumatizado no puede haber ninguna comunicación. Sin embargo, parece estar dotado de una buena condición física-

Una enfermera apreció ante nosotros completamente apurada mientras tiraba una carpeta hacia ella.

-Disculpe usted Hermana ¿Podría firmar estos papeles? El laboratorio espera por ellos-

La mujer cogió la carpeta, la abrió y comenzó a firmar los documentos. Ella me miró por unos segundos, me dedicó una sonrisa a medias y s encogió de hombros haciéndome saber que la discusión había concluido.

Me levanté para irme. Sin embargo, al llegar a la entrada de la puerta de su oficina, dije lentamente:

-Su nombre es Leddicus Palantina- dije mientras alzaba mi mano para despedirme pero no recibí la misma respuesta.

Salí del hospital y noté como el sol se inclinaba sobre los árboles desde el oeste. Yo había estado en aquel hospital mucho más tiempo del que me había propuesto. Yo estaba decepcionado, intrigado, perplejo y muy hambriento. Mi celular sonó en aquel momento. Contesté rápidamente. Era mi jefe de departamento.

-Gerhardt. Siento comunicarte que estás siendo desplazado. Un representante del Centro Italiano de Investigación Histórica me llamó. Siento decirte esto pero ellos creen tener a alguien con más experiencia sobre el tema. Les dije que dudaba mucho de eso-

Aparté el teléfono de mi oído y lo miré incrédulamente.

-¿Tienes idea de a quién eligieron como mi sucesor? ¿Hay algo que pueda hacer o decir al respecto?- dije frotándome la barbilla con mi dedo gordo. Podía sentir como me crecía la barba.

-Si quieres llamarlos entonces te encargaré de que lo hagas. Te daré el número-

-¿En dónde están ellos establecidos?-

Podía oír como mi jefe estaba hojeando entre papeles.

-Ellos tienen una pequeña oficina en Bolzano-

Miré mi reloj. Eran las tres y media de la tarde.

-¿Acaso estabas hablando con un reportero de esa oficina?-

Hubo una pausa.

-Me parece que sí. Lo puedo confirmar por el código de área del número al que llamé. Se apellida Calabro. Su nombre completo es Eduardo Calabro. Te enviaré todos los detalles sobre él-

Corrí a mi auto. Ya yo estaba sacando mi mapa mientras recibía en aquel momento un mensaje de texto con los detalles. Al cabo de un rato ya yo estaba manejando en medio de la tarde implorando que todavía el Sr. Calabro estuviese allí en su oficina. El estacionamiento era horrendo y cuando me paré afuera en todo el frente de una pesada puerta de roble yo respiraba entrecortadamente. Pasé las manos por mis cabellos y alisé mi chaqueta. Justo cuando estaba a punto de entrar, un hombre alto con mechones de cabello gris salía apurado del lugar y casi estuvo a punto de tropezarse conmigo.

Aproveche la oportunidad.

-¿Sr. Calabro?-

Él me miró un poco sobresaltado pero asintió levemente.

-Sí. ¿Y usted es?-

-Yo soy el especialista en Historia Romana de St. Gallen-

Sus cejas se elevaron.

-¿Qué está haciendo usted aquí? Ya he hablado con su jefe de departamento-

-Lo sé. Y lo entiendo pero ¿Podría darme usted tan sólo diez minutos? Estoy seguro de que puedo convencerlo de que pueda participar también en el caso-

El negó con su cabeza y miró su reloj.

-Lo dudo mucho y de todas formas no tengo tiempo. Debo estar en una reunión a las cinco y media. Necesito tomar un tren-

-Tengo mi auto aquí. Podría llevarlo a su reunión y así podemos hablar por el camino-

-Está bien. Lo aprecio mucho. Pero le puedo asegurar que no cambiará mi decisión al respecto. Planeo tomar este caso- me respondió mientras se abrochaba su cinturón de seguridad.

-Estoy seguro de que usted es el hombre indicado para esto- dije mientras presionaba mi sien con el dedo gordo para bajar la tensión que crecía en mí –Pero dudo que alguien haya deseado tanto esta oportunidad como yo-

-¿Es así?- me preguntó encogiéndose de hombros -¿Y por qué sería?-

-Leí mi primer libro de Historia Romana a los cinco años de edad y desde ese momento comenzó mi amor por la historia Romana-

Él silbó por lo bajo.

-¿Y de qué libro obtuvo usted la inspiración para seguir su camino por la Historia Romana?-

-De un libro llamado Asterix el Galo-

El Sr. Calabro se rió por todo lo alto mientras me daba palmadas en la rodilla con su gran mano.

-¿Y piensa usted que debe liderar este proyecto tan solo porque usted leyó una historieta infantil?- me preguntó sarcásticamente mientras reía.

Yo había esperado que reaccionara de aquella manera pero yo estaba listo. Las palabras salieron suavemente de mis labios.

-Cuando tuve ocho años de edad yo estaba obsesionado con cada historieta de ficción Romana que encontraba en la biblioteca local y le rogué a mis padres que me llevasen a bibliotecas más grandes que guardasen más libros sobre el tema. A los diez años yo había pasado cada tiempo libre en las bibliotecas copiando historia Romana en muchos cuadernos. Tenía cuadros, datos y hechos históricos sobre Roma en cada esquina de la pared de mi habitación-

-Eras un lobo solitario ¿no es así?-

-Podría decir eso con certeza- le respondí de mala gana. Estaba completamente de acuerdo con él.

El miró su reloj y noté que era algo que él hacía regularmente durante mi extenso monólogo.

-Le daré once minutos Gerhardt. Deténgase aquí. Hay una cafetería al final de esta cuadra. El lugar a dónde necesito ir está justo en toda la esquina-

Nos sentamos en el sitio. Era un lugar ligeramente iluminado. Él pidió su doble *espresso* y yo mi Americano. Hablamos por otra media hora. Él finalmente vació su taza de café, sacudió sus manos y me miró a los ojos.

-Me convenció con su conocimiento y puedo ver que está obsesionado. Mi principal problema es su experiencia. Estoy seguro de que usted manejaría esta investigación con excelencia pero hay un montón de logística que está pendiente de este caso y no podemos olvidar la prensa-

-Estoy consciente de su preocupación pero con el apoyo de su organización y de mi universidad en St. Gallen sé que puedo llevar las riendas de este caso y ya yo he hablado con él-

-¿Con quién?- preguntó él haciéndole señas al mesero para que trajese la cuenta.

-Con el hombre de hielo. Él habla Latín como un nativo-

Sus cejas arqueadas delataron su expresión. Sin embargo, su lenguaje corporal no me dio ningún indicio de sorpresa en lo absoluto. Luego de un minuto, el tiró unos euros sobre la bandeja gris que el mesero había puesto sobre la mesa.

-Usted está más ansioso de lo que llegué a creer- dijo mientras se levantaba y me seguía hasta la calle —Yo también estoy muy ansioso de involucrarme en esto. Todo suena increíble pero yo ya estoy involucrado en otro proyecto de alto nivel. Si le doy este caso entonces usted deberá mantenerme al corriente de todo. Por el momento, nosotros tenemos derechos exclusivos en este caso. Y debemos mantener ésta exclusividad a como dé lugar-

Miró su reloj.

-Es tarde y necesito irme. Llámeme hoy a las ocho de la noche y yo le diré mi decisión final- me dijo al mismo tiempo que me daba su tarjeta de negocios —Hablaremos en un par de horas entonces Sr. Shynder. Hasta luego-

Él estrechó mi mano fuertemente como si fuese una llave de presión. Al rato, ya se había ido de allí. Observé cómo se perdía en la esquina de la calle. Volví al café y pedí un vaso de whisky y me lo bebí de un solo trago. Estaba a punto de pedir otro pero cambié de opinión y cogí el menú. Necesitaba subir mi estatus como investigador. El Sr. Calabro no podía trabajar con un investigador mediocre e infantil. Le hice señas al mesero para que viniera a mi mesa y pedí un plato de pasta Bucatini Carbonara y una cerveza. Él me trajo mi cerveza y un periódico local para que leyese y ahora era yo el que miraba el reloj a cada momento.

A las siete y cuarenta y cinco de la noche yo estaba de vuelta en mi pobre habitación lamentándome de lo pequeña que era. Era imposible caminar en aquel lugar. Faltando diez minutos para las diez yo ya estaba conversando con el Sr. Calabro y silenciosamente golpeé el aire con satisfacción. Tan pronto el italiano cortó la llamada cogí mi laptop y trabajé en las escasas horas que quedaban de aquel día.

Capítulo 4

El Hospital y El Sacerdote

La noche anterior, yo me las arreglé para escribir un artículo para la revista *Archiv* y mandar al mismo tiempo un correo electrónico con un reporte bastante detallado a la Universidad. También envié un correo con la misma información al Sr. Calabro como se había acordado. Luego hice una lista de todo lo que necesitaba hacer hoy y eso incluía el volver a visitar a Leddicus e ir al laboratorio de investigación en donde la morgue había enviado sus ropas. De alguna manera mi corte de cabello no se incluyó en la lista de mis prioridades. A este punto de las circunstancias, no tendría más remedio que atar mis cabellos con una cola de caballo.

También decidí que debía llevar por escrito una jornada diaria de todo lo que hacía no solamente para mi universidad sino también por razones personales ya que no sabía a ciencia cierta a dónde me iría a llevar todo este asunto. También compré un cuaderno negro de marca Moleskine el cual encajaba perfectamente en los bolsillos internos de mi chaqueta. Lo saqué de mi bolsillo en aquel preciso momento anotando la fecha de ayer y al momento comencé a escribir todos los eventos que se suscitaron en el hospital y mi encuentro con el Sr. Calabro. Cuando terminé mis anotaciones, cerré mi libreta y la puse de nuevo en mi bolsillo. Prometí que haría esto todos los días.

Llamé al laboratorio y les expliqué quién era yo y lo que yo estaba investigando. Ellos fueron muy colaboradores conmigo en cada detalle y sostuvimos una larga conversación. Hasta aquel momento, ellos habían descubierto que los ropajes ciertamente tenían el estilo y la apariencia de una típica vestimenta Romana y que podían tener una antigüedad de unos dos mil años pero se necesitaba la datación por carbono 14 (radiocarbono) para confirmar si la fecha era la correcta. Ellos enviarían todas esas cosas a una universidad local la cual tenía todo el equipo necesario para hacerlo. Sin embargo, hacer aquello tomaría unas semanas para poder tener un resultado certero. El olor extraño que despedían los ropajes era, en efecto, orina. Los esclavos que hacían el lavado de las ropas para los ciudadanos de clase alta sumergían las ropas en el repugnante líquido y sorprendentemente las ropas salían relucientes. El amoníaco en la orina hacía todo el truco pero el aspecto negativo de aquello era su intenso olor. Los Romanos más notables, a pesar de que se veían limpios y elegantes, debían haber olido verdaderamente mal. El hedor habría sido completamente insoportable al olfato contemporáneo. Tanto los investigadores en el laboratorio como los que trabajaban en la morgue se quejaban constantemente del intenso olor.

La próxima cosa que tenía que hacer en mi lista era buscar la forma de rectificar mis problemas de comunicación con Leddicus. Era muy obvio que yo no podía confiar en el ocupado y nada amigable doctor del hospital. Me senté mordiendo mi bolígrafo e inmediatamente tuve una gran idea. Quizás yo podía buscar la ayuda de un sacerdote de la Iglesia Romana Católica que hablase Latín. Hasta donde yo tenía entendido, el Latín aun seguía siendo la *lingua franca* de la ciudad del Vaticano.

Contacté el presbiterio Romano Católico local y encontré rápidamente a un sacerdote que hablaba un fluido Latín que aceptó ser mi intérprete personal completamente gratis. Luego del desayuno, me monté en mi auto y fui a recogerlo para llevármelo al hospital para que conociera a Leddicus.

El Padre Patrick resultó ser un amigable, políglota irlandés que hablaba Latín, Italiano e Inglés así que parecía que tenía todas las áreas cubiertas en ese aspecto. El era bajo de estatura y un poco gordo y tenía una gran mata de cabello pelirrojo. Cuando nosotros llegamos al área de Leddicus, notamos que su habitación estaba vacía y no pudimos dar con él en la sala principal. Una de las enfermeras me dijo que una asistente de enfermera había venido a llevarse a Leddicus fuera de su área para despejarle la mente. Sin embargo, sus piernas estaban muy débiles y ella no tuvo más remedio que llevarlo en una silla de ruedas.

El Padre Patrick y yo fuimos de sala en sala por todo el hospital pareo no había ni una señal de Leddicus por ningún lado. Caminamos por la cafetería que estaba cerca del estacionamiento y recorrimos el área del jardín. Él simplemente parecía no dar señales de vida. Emprendimos nuestro camino de regreso por una ruta distinta. Mientras pasábamos al área infantil, observamos detenidamente y allí estaba él: estaba sentado en una dela sillas observando a los niños aprender Inglés desde una ventana. Él se estaba inclinando hacia delante. Se podían ver profundas arrugas en su frente. Obviamente él estaba prestando bastante atención a la clase. A medida que nos acercábamos a la puerta captamos su atención al instante y por un momento pensé que él no me reconocería. Quizás el estaba complacido de verme al darme cuenta de que las arrugas en su frente disminuían.

Caminé tranquilamente hacia la sala y, mientras lo hacía, la lección ya finalizaba. Hice que Leddicus conociera al Padre Patrick y a partir de aquel momento el sacerdote comenzó a abordarlo en Latín.

La asistente de enfermera, quién hasta entonces había estado sentada junto a Leddicus, se levantó y volteó hacia mí.

-Estaba a punto de llevarlo de vuelta a su sala-

-No se preocupe- le respondí –Nos aseguraremos de que el regrese a su lugar sano y salvo-

-Está bien. ¿Podría usted firmar esto?-

Ella me entregó una tablilla sujetapapeles para que yo la firmara. Era una planilla de plan de cuidados para pacientes.

-Es para llevar un control de los pacientes. Usted entiende ¿no?-

-Por supuesto. No hay problema-

Garabateé mi firma y luego escribí mi nombre en letra legible más abajo.

-¿Alguna otra instrucción que yo necesite saber?-

-Sí. Usted puede dejarlo sentado en su silla de ruedas cuando usted lo lleve de vuelta a su sala. El equipo de enfermería lo llevará de vuelta a su cama-

Comencé a empujar la silla de ruedas lentamente. El Padre Patrick caminaba junto a Leddicus y detenía su marcha para hablar con él. Cada cierto tiempo, el giraba su cabeza hacia mí y decía: -A la izquierda- o –A la derecha- Obviamente el párroco era un asiduo visitante del lugar y no tenía ningún problema en recorrer todo el lugar tranquilamente a través de intrincados pasillos. Eventualmente regresamos a la sala correcta.

Leddicus parecía estar un poco más relajado en aquel momento y yo esperaba ver y sentir que Leddicus estaba complacido de que yo le hubiese encontrado otra persona con la cual él pudiese entablar una conversación de manera más fácil y sencilla. Esta pequeña reunión de tan sólo tres personas no era sino un microcosmos de lo que estaba pasando en el mundo actual del aquí y el ahora con casos como la creciente migración de los refugiados de guerra a los países del Occidente. Ellos tuvieron sus traumas de comunicación debido a que no podían comunicarse de forma efectiva con la población local.

Quizás era la presencia del sacerdote pero de pronto tuve un atisbo de culpa a mi profunda intolerancia a las personas que no eran capaces de hablar el idioma local. Quizás yo necesitaba pensar un poco más sobre el problema. Tal vez al mirar la situación de primera mano podría yo al fin aprender a ser más paciente.

Sería injusto de mi parte aburrirte con peroratas de Latín pero el sacerdote parecía estar haciendo un excelente trabajo. Una idea fascinante comenzó a desplegarse en mi cabeza a medida que el Padre Patrick hablaba con Leddicus y al mismo tiempo traducía la información clave para mí doblando la información del Latín al Inglés con absoluta facilidad. Mi lapicero comenzó a moverse en mi mano con celeridad llenando las páginas de mi cuaderno de notas Moleskine.

-¿Podría preguntarle a él lo que dijo ayer con exactitud? Sobre la personas que estaban encerradas en una caja pequeña- le pedí al Padre Patrick el cual comenzó a hacerle la misma pregunta a Leddicus en su idioma.

Este es un buen lugar para comenzar a armar el misterio que encierra este hombre misterioso

El Padre Patrick me miró entonces de forma penetrante.

-Él se refiere a las personas que estaban en la televisión. El quiere saber cómo se metieron allí-

Esa pregunta fue, sin lugar a dudas, bastante curiosa. Comencé a hacerme la idea de traer mi laptop mañana mismo y educar a Leddicus sobre el funcionamiento de una webcam. Al albergar ese pensamiento en mi mente comencé a darme cuenta de que Leddicus era en realidad lo que decía ser. Sin embargo, comencé a sacarme la descabellada e imposible idea de mi mente.

-Pregúntale porqué él piensa que él está muerto y está en el cielo- le dije al Padre Patrick

El irlandés me sonrió de oreja a oreja.

-Te aseguro que el joven está seguro de que él piensa que está muerto. Él dice que las personas aquí tienen gran poder. Que pueden crear el día y la noche a su plena voluntad.

Sonreí ante esta extraña noción y al instante caminé hacia la puerta y comencé a prender y a apagar las luces. Luego empuje la silla de ruedas y le hice señas para que hiciera exactamente lo mismo. Él extendió su mano y comenzó a prender y a apagar la luz. Sus ojos se agrandaron mientras él miraba el techo a medida que las luces se prendían y apagaban. Él parecía estar muy emocionado e impresionado a la vez.

El Padre Patrick interpretó al instante la pregunta de Leddicus para que yo la oyera: -Si no estoy muerto ¿Dónde estoy entonces?-

El Padre Patrick entonces comenzó a explicarle que él estaba en Italia específicamente en un lugar para gente enferma. Leddicus estaba ansioso por saber qué enfermedad tenía él exactamente. Ése fue el asunto más difícil de explicar ya que le tomó al irlandés una considerable cantidad de tiempo para explicarle a Leddicus la historia completa, de dónde él había sido encontrado, cómo había sido llevado a la morgue y lo que ocurrió luego de aquello.

El Padre Patrick me observó detenidamente y se encogió de hombros.

-Leddicus no tiene ni idea de cómo vino a parar en una montaña. Él no recuerda nada-

-Pregúntale a Leddicus para que nos diga de nuevo de dónde es él y a dónde estaba yendo- le pedí.

Esto llevó a que el Padre Patrick me interpretara la información a mí oración por oración. Escuchaba atentamente al mismo tiempo que hacía notas en mi cuaderno como un atolondrado periodista. Él dijo que él estaba casado y que tenía dos hijos. La familia vivía en Cesárea de Filipo. Él había estado ayudando en el negocio de la familia el cual consistía en el comercio de una variedad de ropajes. Dijo que era Romano de nacimiento. Su padre había sido un renombrado oficial Romano pero que había empezado recientemente un negocio en Cesárea y ya no formaba parte del ejército. Dijo también que su madre era griega.

Él estaba tratando de expandir el negocio familiar y como Roma era una ciudad muy importante había bastante tráfico entre Cesárea y la capital del Imperio. Cesárea misma era prácticamente una ciudad romana. Él explicó también que habían muchos judíos allí así que él hablaba el arameo, el griego por parte de su madre y el latín.

Él primero había zarpado de Cesárea a Malet, la cual supongo es la actual isla de Malta porque esa isla era un centro muy importante de comercio textil. De allí el planeaba ir a Roma pero que en lugar de eso se había ido a la Galia y luego continuó su camino hacia Helvecia. De allí. Él comenzó a cruzar las montañas en dirección a la capital imperial y eso era todo lo que podía recordar.

El Padre Patrick interpretó literalmente las palabras que Leddicus dijo a continuación:

-¡Y de pronto me encuentro inmerso en este país tan extraño, rodeado por cosas muy, muy extrañas! ¿Dónde estoy yo?-

El sacerdote puso su mano sobre el hombro de Leddicus para confortarlo.

-Pobre muchacho. Él está tan confundido y angustiado. No tiene la menor idea de lo que pasó o qué está pasando ahora en estos momentos. Él está preocupado por el hecho de que el quedarse aquí en este lugar le esté costando mucho dinero. Él dice que tiene dinero. Él lo quiere contar a ver si tiene suficiente. Está allí en la cabecera del armario-

El Padre Patrick cogió la bolsa de dinero y se la entregó a Leddicus. Acto seguido, el romano desató la tira de cuero que protegía la bolsa y vació su contenido en su regazo. Me di cuenta rápidamente que las monedas eran denarios, sestercios y otras unidades monetarias de la época. Él comenzó a contar y lentamente las introducía en su bosa. Luego de un rato, él le informa al Padre Patrick que él tiene casi cuatrocientos Denarios.

El Padre Patrick y yo intercambiamos una mirada de completa incredulidad. El sacerdote le reafirmó a Leddicus que él no necesitaba preocuparse por dinero ni por el pago en lo absoluto. Le pregunté a Leddicus si le podía tomar una foto a las monedas que él había acabado de sacar. Leddicus miró al Padre Patrick inquisitivamente. El sacerdote entonces le explicó a Leddicus lo que significaba una foto.

La explicación dada por el irlandés causó en él una gran curiosidad. El miró al padre Patrick y comenzó a parlotear en Latín. Él quería saber dónde él podía encontrar a un artista para que le dibujara un montón de monedas. Puse las monedas encima de la mesa de noche y comencé a tomar fotos con mi celular. El teléfono produjo un sonoro *click* que parecía perturbar a Leddicus a cada momento que tomaba una nueva foto. Esto agitó a Leddicus e hizo que gradualmente rodara su silla de ruedas tan lejos como le fuera posible hasta terminar apretujado a la ventana. Luego volteé las monedas y comencé a tomar más fotos.

Cuando finalicé, caminé hacia Leddicus y le mostré las fotos. Su mirada y sus expresiones me indicaban que estaba absolutamente y genuinamente sorprendido.

Para añadir diversión en aquel momento de tensión, el Padre Patrick sacó su teléfono.

-Por favor, mándeme una de las fotos a mi celular-

Yo marqué y guardé su número telefónico en mi celular. Leddicus observó fascinado como le enviaba al Padre Patrick una de las fotos. El pobre Leddicus quedó completamente intimidado al ver como el celular del sacerdote sonaba para hacerle saber que él había recibido un nuevo mensaje. El Padre Patrick miró el mensaje y le mostró al romano la misma foto que estaba en mi teléfono. Leddicus entonces soltó un montón de palabras en Latín pero el sacerdote me interpretó literalmente sus palabras:

-¡Y usted me asegura que no estoy muerto y que no estoy en otro mundo!-

Yo estaba ansioso de investigar la edad de Leddicus y en qué año había nacido él. La edad no fue problema. Él dijo que tenía treinta y un años y que su nacimiento fue *"Ab Urbe Condita setescientos ochenta y cinco"* El Padre Patrick se preguntó que él debía tener alrededor de treinta y cinco o treinta y seis años ya que *"Ab Ube Condita"* significaba "desde la fundación de Roma". El Padre Patrick trató de explicarle a Leddicus que, si esa fecha de nacimiento era la correcta, lo hacía tener casi dos mil años de antigüedad. Su boca se abrió en completo shock y nos observó a los dos completamente atónito. Entonces el cubrió su rostro con sus manos y comenzó a musitar. Gentilmente, el Padre Patrick quitó las manos de Leddicus de su rostro para poder oírlo mejor. Leddicus se quedó entonces en silencio y fijó su mirada en el suelo. Todo el color que tenía en su piel oliva desapareció por completo.

El Padre Patrick apoyó su mano sobre el hombro del romano.

-Él simplemente no lo puede creer. Pobre muchacho. Puedo oírlo decir una y otra vez la misma oración: "¡Esto no puede ser posible!". Lo está repitiendo una y otra vez.

-Estoy de acuerdo- dije -¡No puede ser posible! Esto se pone cada vez más extraño a medida que pasan los días!-

Nos sentamos en silencio por un momento mientras dejábamos que Leddicus se recompusiera de semejante noticia. Justo entonces, la puerta se abrió ruidosamente y apreció una joven empujando un carrito.

-¿Té o café?- preguntó la joven observando a Leddicus.

El Padre Patrick hizo la interpretación pero la arruga en su frente se intensificó aun más.

-Té dulce caliente- dijo el sacerdote con firmeza.

-Lo siento. No puedo servir a visitantes- dijo la joven amablemente.

-Lo sé. Es para el paciente. Él necesita un intérprete-

Ella empujó el carrito que traqueteaba a medida que avanzaba, puso el té en la mesa y salió de la habitación.

-Té dulce caliente- El Padre Patrick cogió la taza y se la ofreció a Leddicus. –Esto nunca falla y es perfecto para aliviar el shock-

Leddicus cogió la taza de té, se la llevó a sus labios y comenzó a beberlo. Profirió un débil grito al sentir que el té estaba muy caliente. Al rato comenzó a beberlo de forma más lenta frunciendo el entrecejo. Quizás era por el extraño sabor pero lentamente el color volvía a colorear sus mejillas.

Cuando él había terminado de tomar su té, Leddicus parecía estar más calmado y le preguntó al Padre Patrick qué idioma estaban aprendiendo los niños ya que él se imaginaba que estaban en una escuela y en eso él estaba en lo correcto. El padre le dijo que ellos estaban aprendiendo Inglés pero la respuesta lo dejó completamente en blanco y quiso saber de qué país era ese idioma. Luego, él sugirió que tal vez sería mejor que los niños aprendiesen griego ya que era el idioma universal del momento. Ahora era nuestro turno de quedarnos perplejos.

-¿Cómo podemos darle a él dos mil años de historia en una oración? Podría valer la pena el tiempo invertido si es que todo esto se trata de una broma de mal gusto-

Es difícil responderte a esa pregunta pero tal vez sea mejor que continuemos intentándolo. Incluso si es todo una broma, es un reto para nuestros cerebros ¿No cree usted?-

El Padre Patrick se rió para sus adentros.

-Wow. Esa es una buena manera de ver el asunto ¿no?-

El párroco me sonrió mientras asumíamos el reto de darle a Leddicus un tour de clases magistrales sobre aquellos últimos dos mil años.

Comenzamos por decirle que el área en dónde él estaba era originalmente parte del Imperio Romano y que en los últimos dos mil años se había convertido en un imperio propio, probablemente más grande que el mismo Imperio Romano. Su capital, la cual podría haberse llamado Londinium en la era de Leddicus, tenía una población de unas sesenta mil personas aproximadamente y que en la actualidad se llamaba Londres y que tenía una población de unos quince millones de personas. Era actualmente el centro urbano más grande de toda la Unión Europea. El Inglés era el idioma internacional del momento así que enseñárselo a los niños era fundamental.

El Padre Patrick le transmitió la información a Leddicus. Observé a Leddicus. A juzgar por su lenguaje corporal y expresión pude notar que él no podía creer lo que estaba oyendo. Me recordó de una historia que oí de alguien que había visitado una pequeña aldea en Etiopía. Uno de los locales del lugar llevó al visitante por todo el borde de la aldea y le mostró un camino de asfalto.

-¿Ha visto usted algo como esto?- le preguntó el aldeano al joven que irónicamente vivía a unos minutos de Londres-

-Oh, sí- respondió –Yo vivo cerca de una carretera llamada la M25. Tiene una extensión de aproximadamente ciento diecisiete millas de longitud y en algunos lugares, tiene hasta seis carriles y cada carril es tan largo como el camino que usted me acaba de mostrar-

El anciano se quedó mirando al joven y con una rápida despedida dijo: -¡Usted es un mentiroso!-

Nuestras presuposiciones nos hacen ver cómo oímos y evaluamos las cosas que sabemos. Leddicus no nos dijo que éramos mentirosos pero la expresión de su rostro claramente nos mostraba que lo que estaba oyendo en aquel momento era muy difícil de creer e incluso difícil de aceptar.

Una enfermera asomó su cabeza por la ventana y dio unos leves golpes en la ventana indicándonos que era hora de irnos. Me sentí muy mal por tener que irme y el Padre Patrick opinaba lo mismo. Quizás en retrospectiva, la entrevista podía haberse dado en otra ocasión cuando Leddicus se sintiera más fuerte y el tiempo nos alcanzara pero nuestro entusiasmo y quizás la ingenuidad hizo que nos tuviéramos que ir con toda aquella información rondándole en su cabeza.

-Hay mucha confusión dentro de la cabeza de este pobre hombre. En realidad, el tiene dos mil años de edad-

-Lo sé. Pero no tenemos opciones en este momento. Lo hecho, hecho está- dije con firmeza.

La enfermera rondaba la puerta esperando para guiarnos a la salida. Le pedí al Padre Patrick que le hiciera saber a Leddicus que regresaría mañana.

Mientras caminábamos alrededor de los espacios del hospital, el sol de la tarde estaba ya esfumándose por el horizonte. Nosotros habíamos perdido completamente la noción del tiempo.

-¿Qué piensas?- le pregunté al Padre Patrick.

-Es la cosa más extraña que he oído. De eso estoy seguro y no se qué hacer con eso-

-Yo tampoco y si él está mintiendo y si todo esto fuese una broma de mala gana ciertamente él está haciendo un trabajo excepcional. Y si todo esto es simplemente una estafa ¿Qué más da?- abrí la puerta delantera del auto y me subí lentamente, ya cansado del día.

-Es un completo misterio para mí. ¿Le importaría si vengo con usted mañana? Este asunto me tiene realmente intrigado-

-Eso sería maravilloso. Estaba más bien pensando si usted tenía más tiempo. Esto atascado sin usted- Me metí al tráfico de la tarde y me dirigí hacia el presbiterio del Padre Patrick.

Ya a las cinco y media de la tarde, yo estaba sentado en el restaurante local, deseoso de trabajar y tomar notas de todo lo que había pasado hoy. Mis pensamientos revoloteaban en mi cabeza. Ordené el menú especial de la casa, lo engullí, abrí mi laptop y comencé mi trabajo. Luego de un par de horas, me senté y pedí una copa de vino rojo. Pensé que podía relajarme por un par de horas antes de continuar. Le enviaría un correo electrónico a la universidad y a la revista *Archiv* más tarde en el hotel. Había un problema con el Wi-Fi en el restaurante.

Mi teléfono sonó. Era un mensaje de texto corto del Sr. Calabro. "Recuerde nuestro acuerdo. Avances a las 8 p.m. vía correo electrónico o no hay trato"

Dejé salir un suspiro frustrado. Me había olvidado completamente del acuerdo. La depresión comenzó a descender en mí. Yo pensé que era todo por aquella tarde pero en lugar de eso, tiré algunos euros en la mesa, dejé mi vino a medio tomar en la mesa y corrí al hotel y prendí mi laptop sólo para descubrir que el Wi-Fi del hotel también presentaba problemas. Regresé a la recepción y en quince minutos pude conseguir la dirección de un cibercafé cercano. Estaba desesperado de cumplir con este compromiso ya que el tono tipo mafia del Sr. Calabro me daba a entender la importancia que tenían esos correos diarios en el trato que habíamos acordado.

A las ocho y cincuenta y siete, el correo fue enviado y pude respirar con tranquilidad. Lentamente regresé al hotel, compré una cerveza y observé CNN por una hora. Me quedé recostado en mi cama hasta que caí en un profundo sueño.

* * *

Eduardo Calabro se sentó en su limpio y ordenado escritorio y comenzó a crujir cada uno de sus nudillos de forma individual. Las persianas estaban cerradas contra la oscuridad. El prendió su laptop y revisó el correo electrónico. Los reportes que Gerhardt le mandó en los últimos dos meses estaban todos recopilados de manera ordenada y limpia en su propia carpeta. Eduardo abrió un documento de Word llamado "El Enigma Leddicus" Tenía aproximadamente ciento veinte páginas de largo con una fuente de diez. El revisó el correo que el había recibido hoy y sus largos dedos comenzaron a volar por el teclado.

No fue sino hasta las dos de la mañana que él pudo reclinarse en su silla y de nuevo comenzó a crujir sus nudillos. Sus hombros eran anchos y su barbilla estaba llena de una barba gris incipiente. Él prendió un cigarrillo y comenzó a fumar por un rato. Él depositó lentamente las cenizas en un cenicero que estaba en la esquina del escritorio. Luego de un rato, él se levantó, subió las persianas y abrió la ventana. La cancha cerrada estaba húmeda por una lluvia reciente. El aire era fresco y brusco a la vez. Él se inclinó hacia afuera y comenzó a mirar el cielo dejando salir una bocanada de humo de sus labios. Cuando terminó de fumar su cigarrillo, el cerró la ventana, bajó las persianas y se sentó de vuelta en su escritorio.

Él apagó el cigarrillo, guardó el documento y cerró su laptop. Él abrió la puerta del gabinete que estaba al lado de su escritorio y sacó un pequeño vaso de vidrio y una botella de *Grappa*, llenó el vaso hasta la mitad y cuidadosamente enrosco la tapa de vuelta a la botella. Él tomó un sorbo y dejó exhalar un ligero suspiro. Una tenue sonrisa se dibujo en su rostro.

Capítulo 5

Tres Meses

Los últimos tres meses habían sido frenéticos y estuvieron plagados de trabajo duro desde el primer día que conocí a Leddicus quien aparentemente había estado congelado desde el pasado. Mi vida cambió contra todo pronóstico pero yo no me quejaba. Me estaba yendo muy pero muy bien con este hombre de hielo. Mi universidad no se quejaba de mis reportes, la revista aún me seguía pagando por los artículos regulares que yo redactaba y, para coronar mis esfuerzos, otros periódicos y revistas estaban publicando parte de la historia de Leddicus por la cual yo estaba siendo pagado. El asunto se ponía cada vez mejor a medida que pasaban los días. El Sr. Calabro raramente se ponía en contacto conmigo. La única cosa en la que él ponía insistencia eran los reportes que debía enviarle sobre Leddicus. Desde que le había dado esa garantía, yo tan sólo oía de él unas tres veces como máximo. En esas pocas veces que nos contactamos él cuestionó algunos detalles en los reportes y él quería saber el nombre del encargado de la agencia de prensa que estaba en el hospital y un número de contacto. Aparte de eso, yo raramente le daba detalles excepto cuando le enviaba los correos electrónicos.

Una vez más se hizo evidente de que yo estaría viviendo en Bolzano por un tiempo así que me mudé del hotel y renté un apartamento local por un corto período de tiempo. Resultó ser más barato que el hotel y me daba espacio de estirarme un poco más. Era un alivio el haber dejado ese cuarto tan pequeño y tan básico ya que me estaba volviendo claustrofóbico. Me las había arreglado para pasar un tiempo en mi apartamento en St. Gallen. Las cosas no podían haber estado mejor.

Bolzano fue un lugar fantástico para quedarme, no sólo porque era el hogar de Ötzi. Había pasado algunas alegres horas rondando el museo de la ciudad y volviéndome a encontrar con mi viejo amigo. A menudo, cada sábado o Domingo yo paseaba a los viejos castillos locales. Runklestein era asombroso, estaba prácticamente enclavado en el borde de un risco como todos los castillos debieran estarlo. Cuando la noche se hacía oscura y la neblina era espesa yo podía imaginarme a Drácula saliendo desde una de las ventanas pero obviamente ése no era su castillo.

De alguna manera Leddicus se había convertido en toda una celebridad, ayudado de alguna manera por mi copia de la revista *Archiv* y otros artículos que enviaba a varias publicaciones. El mundo de la prensa adoraba a este misterioso hombre. No pasaba ni una semana sin que yo recibiera un correo o una llamada de las agencias de periódicos para que les diera más información. No estaba muy seguro de cómo me las arreglaba para tener la exclusividad de la historia, pero esperaba que así fuera.

Muy, pero muy temprano, Leddicus decidió que, si la mayoría de las personas hablaban inglés en esos días, era hora de aprender el idioma. Él comenzó a ir a las clases de inglés que se daban cada día en el hospital y se volvió un excelente alumno. Pude notar al instante que era muy bueno con los idiomas y lo entendió a la perfección. Ahora nosotros podíamos tener conversaciones fluidas en Inglés. Él aún cometía algunos errores pero luego de tres meses él no estaba tan mal después de todo.

Le compré un celular y él me llamaba de vez en cuando, algunas veces de forma ruidosa y otras veces de forma muy apacible como si estuviera examinando sus limitaciones. Sin embargo, no era ninguna sorpresa que la tecnología lo confundía.

Congelado

Cuando el recibió el teléfono por primera vez, el me preguntó: ¿Hasta dónde puede estrechar el sonido esta máquina?

Fue muy difícil responderle esa pregunta sin toda la jerga que su inglés aún no lograba abarcar. Traté de explicarle acerca de los satélites pero en su rostro se dibujaba una expresión infantil de la más pura confusión. Así que yo simplemente me encogí de hombros.

Incluso si el hospital no creía en lo absoluto que él tuviera casi dos mil años de edad era evidente que la mayoría del personal estaba asombrada de cómo alguien como él pudo haber sobrevivido al estar congelado en una losa de hielo. Luego de haber estado en el hospital por un largo tiempo y ver que su salud general era estable, ellos discutieron la situación con Leddicus y llegaron a un acuerdo de que él debía pasar por una serie de exámenes para saber si había un daño permanente a largo plazo e intentar descubrir el porqué y el cómo se las arregló para sobrevivir de esa manera. Pobre Leddicus, él había sido pinchado, examinado con rayos x, escaneado y revisado por muchos otros exámenes incluyendo la extracción de algunos ejemplos de las muestra del ADN. Cada día, otro especialista parecía llevárselo a la fuerza a algún lado. Cuando el tiempo me lo permitía, lo acompañaba. Él era bastante estoico mientras se sentaba, conectado a múltiples máquinas. Hubiera sido desesperante y abrumador para mí y eso que yo estaba acostumbrado a la tecnología. Yo no podía ni comenzar a imaginar lo que pasaba por su mente en aquellos momentos. Siempre estaba esperanzado de que esos exámenes nos pudiesen dar algunas respuestas.

Encontré, a medida que los días pasaban, que lo que yo había considerado como un pensamiento absurdo llegaba poco a poco a convertirse como una probabilidad improbable. Él en realidad podía estar diciendo la verdad. Contra todo pronóstico, él podía afirmar ser lo que decía ser. Incluso mientras me apegaba a este pensamiento, me irritaba sobremanera y yo lo deseché. Esta completamente seguro de que debía existir otra lógica y racional explicación a aquel asunto.

Él había estado recibiendo intensa fisioterapia. Inicialmente, el no podía caminar sin ayuda. Cuando él lo intentaba, sus rodillas se debilitaban y sus brazos no podían proveerle a él la energía que necesitaba. A duras penas él podía sostener un tenedor y un cuchillo. Cada día, la asistente de enfermería lo llevaba a sus lecciones de inglés mientras el personal de enfermería investigaba lo que parecía ser una pérdida muscular. Él lucía cada vez más pálido y desolado cada vez que llegaba el fisioterapeuta y lo dejaba ir. Ocasionalmente, la lástima me embargaba y lo acompañaba en su rutina. Yo lo animaba mientras el apretaba sus dientes y avanzaba casi arrastrando los pies.

Yo estaba consciente de que algún daño permanente había tomado lugar en él pero sin el apoyo de los fisioterapeutas, quizás un poco de mi ánimo y la severa determinación de Leddicus fueron las causas que lo llevaron a mejorar su salud progresivamente. A mitad del segundo mes, el podía ya caminar sin ayuda y a medida que las semanas pasaban ya no había nadie quién lo detuviera.

Leddicus me mostró su bolso. Él se había olvidado completamente de que él ya lo cargaba puesto desde hacía mucho tiempo pero el hospital había resultado ser eficiente y mantuvieron el reloj a salvo. Ellos se lo dieron de regreso al ver que él mejoraba sus fuerzas. Era una selección de materiales que él y su familia comerciaban. Una era especialmente costosa: una tela púrpura que era bastante difícil de confeccionar y que tenía un color característico. Él también tenía algunos papeles viejos cuidadosamente guardados en medio de las muestras de tela que él tenía. Escrito en pergamino, uno de esos documentos estaba escrito en Latín. Él me dijo que era para darle a la gente una prueba de su status de "Romano libre".

Leddicus me dio permiso para tomar su bolso y sus papeles para llevarlos a la universidad que había estado estudiando sus ropajes. La fecha del bolso y los documentos concordaban perfectamente con la ropa que había llevado puesta concluyendo que ambas muestras tenían exactamente una antigüedad de dos mil años. El documento el Latín al ser traducido confirmaba lo que Leddicus me había dicho. Indicaba que él estaba financieramente seguro, que era un comerciante de ropa y un Romano libre. Parecía ser en realidad un antiguo pasaporte o referencia el cual obligaba a aquellos que lo leían a proveerle protección y asistencia en su viaje.

Todo los puntos que yo investigaba con relación a Leddicus

parecían confirmar más y más su historia. Entre más lo conocía más lo admiraba. Él definitivamente era una persona interesante. A pesar de tanta adversidad y confusión él seguía siendo paciente, pragmático, cooperativo y mantenía a todas luces su sentido del humor.

Los otros papeles que estaban envueltos en los ropajes estaban escritos en Griego, Griego antiguo para ser exactos. Era el tipo de idioma que se había usado para traducir la Biblia. La universidad me dijo que parecían ser saludos ofrecidos a distintos grupos de personas que se denominaban "Los del Camino". La universidad aún seguía trabajando en las traducciones y en unas semanas me pondría en contacto con ellos para ponerme al día con el progreso de las mismas.

Ya había llegado el momento en el que Leddicus tenía que dejar el hospital. Las enfermeras y personal del hospital no habían encontrado nada irregular en él. Todos los exámenes que se le habían hecho simplemente estaban en blanco. Aún no había ninguna razón científica o biológica que explicara una posible anomalía que les permitiera explicar la razón por la cual un hombre como el pudo haber sobrevivido a un bloque de hielo por tanto tiempo. Ellos también habían estudiado cuidadosamente la fisiología de Leddicus. Estaba seguro que algunos de ellos pensaban que él simplemente estaba loco. Pero poco a poco se dieron cuenta que en cada aspecto, aparte de su historia, parecía ser simplemente un tipo normal a excepción de su completa falta de entendimiento del mundo moderno.

El teléfono celular, la televisión, las luces eléctricas, los implementos del hospital…todo, absolutamente todo parecía ser un gran misterio para él. Honestamente sus reacciones me divertían un poco. Una vez me llevé mi laptop al hospital y le mostré una webcam. Cuando el mismo se vio en pantalla, el siguió observándose de forma cuidadosa para ver si su cuerpo entero estaba allí también. Él probablemente pensó que la computadora le había robado su rostro y lo había introducido allí como por arte de magia.

Pero un hospital estaba hecho para gente enferma y él obviamente no sufría ninguna enfermedad por lo que no había ninguna razón de que él estuviese allí por más tiempo. Él necesitaba encontrar un lugar permanente en donde vivir. El pensó que tenía mucho dinero pero muy pronto el descubriría que su dinero ya no era legal en estos tiempos. También descubriría que ya su dinero no existía. Él simplemente no tenía partida de nacimiento, ni licencia de conducir, ni cédula de identidad o pasaporte. Éste hombre simplemente no tenía nada que demostrara quién era él.

En Suiza, mi país natal, la tasa de cambio y el costo de la vida en otros países siempre era llevado a discusión en una de las historias que mi padre me contaba regularmente: Él conocía a un joven migrante Polaco llamado Andrej Pietraskievitch el cual estaba trabajando en Suiza de forma local. Sus hermanos planeaban unirse a Andrej en el país ya que Polonia estaba aún regida por un férreo régimen comunista. Andrej comenzó a sentirse angustiado cuando él supo que su visita era inminente. Él les pidió que atrasaran el viaje por un tiempo más mientras él reunía los fondos necesarios para traerlos pero ellos le aseguraron desafiantemente que tenían mucho dinero y que podían arreglárselas allá. Ellos habían ahorrado todo un año de su propio salario. Andrej entonces pudo confirmar sus miedos una vez que sus hermanos llegaron al país. Su primera noche en un hotel les acabó prácticamente con todo el dinero que habían ahorrado. Ellos estaban devastados y no podían entender el porqué y si Leddicus hubiese estado en esa situación tampoco lo hubiese comprendido. Mi padre, siempre socialista, los ayudó a encontrar un lugar barato en dónde hospedarse y les ayudó con el empleo. Como resultado de aquello, las dos familias se convirtieron en grandes aliadas y amigas.

Como estudiante, hice algo de trabajo voluntario con una organización que ayudaba a acoger a los refugiados. Rápidamente me di cuenta que cuán importantes eran los papeles para ellos, incluso si eran pedazos de papel legalizados. Los pasaportes, certificados de nacimiento y cédulas de identidad eran documentos que nos daban identidad en una cultura determinada. Muchos de nosotros simplemente no los valoramos hasta que no los tenemos. Como la historia siempre ha sido mi maleta, supe quién era Fridtj de Nansen, el primer refugiado que se convirtió en alto comisario de la Liga de Naciones, el antecesor de las Naciones Unidas que se formó en 1921. El se dio cuenta de cuán vital era un papel legalizado en las manos de un refugiado y fue el precursor del documento legal para refugiados. Parecía como un pasaporte nacional. Éste documento fue muy importante en el año 1951 cuando Europa estaba lidiando con millones de refugiados luego de la Segunda Guerra Mundial.

Leddicus tenía en sus pertenencias algo que lucía como un pasaporte. Los pasaportes han existido de alguna manera desde el inicio de la civilización. Casi cuatro mil años atrás, Moisés, en sus escritos, infería que cuando Abraham mandó a su siervo Eleazar a Mesopotamia a encontrar esposa para Isaac, le dio un tipo de pasaporte que le daba "un salvoconducto" que le permitía recorrer el lugar sin problemas. También está registrado que el Emperador Augusto le dio al filósofo Potaman un pasaporte general *"Voyager dans les Pays etranger"*. Los términos descritos en ese pasaporte eran interesantes. "Si existe alguien en el camino lo suficientemente rudo para molestar al filósofo Potaman que considere entonces enfrentarse en guerra abierta contra el mismo Cesar"

El pasaporte de Leddicus, sin duda, no funcionaría en lo absoluto con la burocracia moderna. Lo quería llevar a Suiza a que conociera a mi equipo de trabajo en *Archiv* y a mis colegas de la universidad pero él simplemente no podía ir a ningún lado sin un pasaporte. En muchas situaciones inesperadas es vital demostrar quién y qué eres. Un amigo tamil de Jaffna que es un refugiado, quería casarse pero era incapaz de hacerlo. El edificio que guardaba sus papeles legales fue bombardeado. Uno de sus amigos se las arregló para obtener el documento desde una oficina local…bueno…local si es que nos referimos a una tienda donde simplemente imprimieron el documento y lo sellaron.

Puedo oírte decir las siguientes reacciones: ¡Pero qué escándalo! ¡Eso es ilegal! Pero quizás la burocracia en todas sus formas también es un escándalo.

Así que los documentos legales de Leddicus se volvieron mi principal prioridad. Necesitaba consejo y ayuda de amigos. Así que decidí visitar al Padre Patrick. Él abrió la puerta y apretó mi mano de forma gentil. Él me sonrió ampliamente. No nos habíamos visto por un par de semanas. Ahora que ya Leddicus hablaba inglés el rol como intérprete del Padre Patrick ya había terminado. Él aún lo sigue visitando de vez en vez pero nuestros caminos casi nunca se cruzan. Nos sentamos y hablamos sobre la situación del pasaporte mientras comíamos croissants y degustábamos un café. Él era incapaz de ayudarme en aquellas instancias.

Así que pasé unos días hablando por teléfono y llamé a prácticamente todas las personas que conocía para ver cómo podía resolver la situación. Una combinación del apoyo de la universidad y de la revista *Archiv* me ayudaron a llegar a la meta. Ellos prácticamente me ayudaron en todo. Estaban ansiosos de conocer a Leddicus mientras yo estaba a punto de llevármelo a Suiza. Leddicus era ahora poseedor de un documento viajero de refugiados especial que lo llevaría fuera de Italia.

Pensé que tan útil era estar en un lugar dónde tenías tus conexiones y que éstas eran lo suficientemente poderosas para hacer que las cosas sucedieran. Los refugiados con los cuales yo trabajé como estudiante no tenían amigos tan poderosos y estaban siempre solos. Cuando yo los asistía, algunas veces necesitaba fotocopiar papeles para ellos. Ellos no me daban el documento en persona sino hasta que llegábamos al centro de copiado cuando me lo entregaban con muchos nervios. Ellos observaban cada movimiento mientras yo colocaba el documento en la máquina. Algunas veces pienso si es que ellos pensaban que me lo comería. Tan pronto terminaba con el documento ellos me o quitaban de la mano absolutamente aliviados de tenerlo en su posesión. En aquel tiempo, me parecía raro y divertido las reacciones de muchos de ellos. Pero habiendo ahora pasado esta situación con Leddicus tenía que reconocer que esos papeles legalizados que muchas veces no le damos importancia eran la vida y la muerte para muchas personas.

Ahora ¡Qué comience el viaje! Leddicus ahora podía viajar oficialmente e íbamos a conocer otros lugares. ¡Si Señor! ¡Este joven podía transformar mi vida! ¿Cómo sería su reacción al salir del hospital y conectarse por primera vez al grande, ancho e impredecible mundo exterior?

Creo que voy a necesitar una muy buena cámara fotográfica.

***

El Sr Calabro se sentó enfrente de su laptop en su horas regulares de medianoche. *El Enigma Palantina*, que era como se llamaba su documento, estaba progresando bastante bien. Aunque faltaba mucho terminarlo ya que quedaban algunos huecos entre página y página que necesitaban ser llenados. Sin embargo, él estaba muy animado. De pronto, su celular sonó lentamente sobre su escritorio.

-¿Si?- preguntó de forma tosca.

Él escuchó de forma atenta. Luego, hizo a un lado su laptop y acercó un cuaderno de notas hacia él en todo el centro del escritorio. Mientras él oía la llamada, él hacía breves notas en pequeñas capitales: Turquía. 25-29, 11/ Filipinas 20-31, 11/Vietnam 50-4, 12.

Él dejó caer su lapicero sobre el escritorio y cortó abruptamente la llamada sin siquiera despedirse. Él se reclinó en su silla y con ambas manos pasó sus dedos sobre sus cabellos. Él se quedó así sentado por un rato con ambas manos unidas detrás de su cabeza y observó el techo. Sus pálidos ojos azules estaban en total concentración. Miró su reloj. Eran las dos y media de la mañana. Comenzó a sacar un cigarrillo y a fumar mientras miraba hacia la ventana. El jardinero había regado las plantas muy temprano ese día. El olor a tierra mojada se coló por la ventana y se mezcló con el olor a cigarrillo. Dos pisos más abajo, un gato corría ruidosamente por todo el lugar. Las luces automáticas hicieron que el gato corriera a buscar refugio. Los ojos del italiano perdieron toda noción de tranquilidad al darse cuenta de la luz que emanaba del auto y arruinó su visión nocturna. El cerró su ventana lentamente y comenzó a escribir un correo electrónico.

Los requerimientos para el envío no están listos, los bienes a enviar están siendo revisados. Se espera que el envío se haga efectivo en un período de cuatro semanas. Por favor, confirmar que el transporte, las finanzas y todo lo demás esté en orden.

Él lo leyó dos veces y hizo clic en enviar. El servidor confirmó la encriptación y el correó se envió satisfactoriamente.

Él comenzó entonces a verter en un vaso su medida usual de *Grappa* oliéndola como si fuese vino. Él tomó un pequeño sorbo y esperó. La casa estaba en total silencio aparte de los ruidos nocturnos normales que se suscitaban en aquellas horas. Dos pisos más abajo, su esposa dormía apaciblemente, sin tener la menor idea de los asuntos nocturnos de su esposo.

Capítulo 6

Fuera del Hospital

Leddicus me estaba esperando. Él estaba allí parado al lado de su cama vestido con las ropas que le había traído precisamente ayer: una camiseta tipo polo, una chaqueta color gris oscuro y unos clásicos jeans *Levi´s*. Se mordía los dedos nerviosamente.

-¿Qué tal? ¿Cómo luzco?-

-¡Fantástico!- dije

Él frunció el entrecejo.

-Lo que quise decir es que tu luces muy, muy bien-

El sonrió en respuesta. Aunque él era bajo de estatura el definitivamente iba a ser un imán con las chicas considerando el hecho de que él tenía más de dos mil años. O como Leddicus solía decir: "treinta y algo"

-¿Estás listo para partir?-

-¡Sí! ¡Estoy listo!- Él señaló con mucho orgullo la maleta que estaba al lado de la puerta -Está llena con todas esas ropas extrañas

que me trajiste ayer. Ellas están allí listas para venir conmigo-

Él entonces caminó hacia la maleta y la levantó.

-¡Usted es muy amable!-

-Bueno. Entonces partamos. Zúrich…¡Aquí vamos! Le guié entonces por el camino de salida del cuarto de hospital por última vez.

Nos sorprendió enormemente el número de enfermeras y personal del hospital que hacían línea para despedir al paciente. Una de ellas le dio a Leddicus una caja de chocolates. Otra le estrechó la mano firmemente.

-Nos entristece que se vaya del hospital. Te extrañaremos. Pero estamos muy contentas de verlo tan bien y en forma-

Entonces todos estaban casi encima de él abrazándolo y estrechándole la mano. Las muestras de afecto le sorprendieron bastante.

-Esta vez nos vamos por el camino más largo- le dije

Usualmente yo iba y venía por los pasillos del hospital pero hoy simplemente quería salir lo más rápido posible. Caminamos por los corredores y salas y nos tomó un largo rato. Se había regado la noticia de que Leddicus se iba y todo el mundo quería estrechar su mano y desearle un buen viaje. Las cabezas salían de cada puerta. Él saludó y saludó de forma amable y paciente a muchos de ellos.

Llegamos a la salida final y a medida que las puertas automáticas se abrían yo no podía creer lo que veía. Docenas y docenas de personas estaban esperándonos afuera en la salida. Muchas cámaras emitieron unos débiles destellos de flash, micrófonos estaban apostados sobre nuestras cabezas y cámaras de televisión estaban alrededor de nosotros. De pronto, todo el mundo comenzó a hacer preguntas en todos los idiomas menos Latín.

Leddicus se volteó hacia mí con gran confusión en su rostro. Él temblaba literalmente y yo también. Movido por el impulso, le agarré el brazo izquierdo y lo llevé de vuelta al hospital. Corrimos por los pasillos tan rápido como nuestras piernas nos lo permitieran. Mientras corríamos, oía pasos que entraban hacia el hospital. Al cabo de unos minutos, me detuve para contener la respiración.

-¿Qué era eso?- preguntó Leddicus con el terror llenándole sus ojos.

-¡Gerhardt ¡Gerhardt! El Sr. Bernard venía hacia nosotros corriendo como un descosido hacia nosotros.

-¿Qué está pasando?-pregunté mientras respiraba agitadamente.

-Error de comunicación. La prensa y los medios le pidieron a la que custodiaba el cuarto del paciente que se fueran por la puerta trasera. Pero por toda la emoción del momento simplemente se le olvidó-

-¿De dónde vienen todos ellos?-

-¿Acaso no lo sabías?-

-¿Saber qué?-

-¡La prensa mundial! ¡Querrás decir que tú no sabías que ellos estaban rondando por allí! Ellos han estado por los alrededores desde el día uno en que Leddicus entró a este hospital pero ellos sabían que no podían entrar ni tener acceso al hospital. Nosotros protegemos a nuestros pacientes. Nuestra política es seguridad y privacidad-

Él se quedó observándome.

-Tú venías aquí casi todos los días. ¿Cómo es que no lo sabías?-

-No tenía ni idea. Yo siempre me estaciono en una calle contigua. Hay una pequeña puerta allí que me guía hacia las áreas del hospital. Nunca usé la entrada principal-

-Entonces debes tomar ese camino e irte lo antes posible. Una vez ellos se den cuenta de que Leddicus se va del hospital sano ellos bloquearán cualquier entrada- Él se volteó y comenzó a caminar rápidamente.

Nosotros caminamos rápidamente y llegamos a las áreas verdes que nos conducían a la salida que yo conocía. Eché un vistazo y observé a algunas personas en la esquina. Abrí la puerta del carro rápidamente, empujé a Leddicus en el asiento trasero y lancé su maleta junto a él.

-¡Agáchate!- le ordené señalándole el piso del auto

Él obedeció al instante y se agachó. Yo me subí al auto rápidamente

-¡Gracias!- le dije al Sr. Bernard mientras prendía el auto para irme.

Y ya estábamos fuera. Había estado allí tanto tiempo que conocía los caminos con la palma de mi mano. Aceleré el auto y pude ver en mi espejo retrovisor que algunos carros nos estaban persiguiendo. Presioné el acelerador, cruzando cada esquina prácticamente en dos ruedas, pasando por encima de aceras y mirando siempre hacia atrás. Luego de diez minutos, pude ver que el espejo retrovisor estaba en blanco y supe que los había perdido. Bajé la velocidad hasta que estacioné el auto a un lado del camino. Me volteé para ver el rostro de Leddicus y éste estaba pálido y lleno de horror mirándome desde el fondo del carro.

Salí del auto y abrí la puerta trasera. Puse mi mano sobre su hombro. Estaba temblando.

-No te preocupes. Es tan solo la prensa- respondí mientras me reía sorprendiéndome de cómo los había dejado atrás.

-¿La Prensa?- repitió el temblando

Pedí un café negro para mí, jugo de manzana para Leddicus y un plato de croissants para que él y yo compartiéramos. Comimos silenciosamente por unos minutos y muy pronto recuperé la calma y las ansias de enfrentar al mundo otra vez, aunque fuese al mundo de la prensa. Me tomó mucho tiempo explicarle a Leddicus el concepto de los paparazzi pero una cosa que me sorprendía era la habilidad de Leddicus de absorber la información, asimilarla y lidiar con ella.

-¿Paparazzi?- repitió la palabra como si probara mis conocimientos.

-El mal de la vida moderna. Un par de sanguijuelas es lo que son-

Leddicus sonrió. Él obviamente sabía lo que era una sanguijuela. Pagué la cuenta y enseguida salimos del café. Mientras estábamos huyendo de la mafia llamada prensa, él había estado tirado en el suelo golpeándose de vez en cuando contra los asientos mientras cruzaba a toda velocidad por las calles. Mientras caminábamos hacia el Audi, el dudó y esos entrecejos tan famosos de él volvieron a aparecer. Él se detuvo y me miró. Los entrecejos comenzaron a profundizarse aún más.

-Este animal. No tiene sentido para mí. El señaló al auto. Se mueve como tigre, huele como a fuego y corre más rápido que diez carrozas-

-Oh Leddicus ¿Cómo puedes decir eso de mi amado Audi? Es mi alegría y mi orgullo. Toqué mi auto con cariño y abrí la puerta del copiloto para que él se sentara. -¿Sabes qué? Tú te vas a sentar al lado de mi y te prometo que disfrutarás el viaje mejor que el estar sentado en cuclillas en la parte de atrás-

El se subió de forma desconfiada y lo ayudé a abrocharse el cinturón de seguridad antes de prender el auto. ¡Nunca pensé que mi manera de manejar estaba mal!

Mientras manejaba comencé a pensar en todo lo que habíamos pasado. Nosotros ya habíamos hablado sobre el dónde ir y el qué hacer y le había dado a él algo de dinero y una billetera.

Él había dicho ¿Pero qué es lo que ha pasado con mi dinero? Con una cara de incredulidad mientras le dejaba en su mano unos francos Suizos.

-No creo que esto tenga ningún valor-

-Oh, amigo. Créeme que sí lo tiene-

Leddicus aún estaba perturbado sobre el hecho de que ya no podía usar su dinero.

-No entiendo cómo ya no podré usar el dinero en ninguno de los lugares en donde voy con todo lo que la *Pax Romana* ha traído al mundo-

No había escuchado esa frase por largo tiempo. Sonreí. Qué concepto tan extraño en el mundo de hoy ¿Pero es en realidad extraño? Iba realmente a ser fascinante el ver a Leddicus moverse de las áreas de un hospital cerrado al mundo exterior. Si él aseguraba ser lo que decía ser (y hasta aquel momento no había razón para no creerle incluso si el simple hecho de su milagrosa existencia estuviese en contra de cada átomo que rodeaba mi ser) desde ahora en adelante, todo lo que el vería a continuación sería algo nuevo y excitante.

Mientras me concentraba en manejar, el se quedó allí sentado tranquilamente. Él observaba el paisaje y de cuando en vez me hacía preguntas sobre el mismo. Luego de manejar por noventa minutos, yo necesitaba más café.

Y a partir de ahora comienzan las nuevas aventuras de Leddicus. Comencé a buscar una estación de servicio.

***

El Sr. Bernard se sentó en su oficina. El bebió un sorbo de su té calmadamente mientras dejaba exhalar un suspiro. Estaba completamente aliviado de saber que el Sr. Palantina ya no era su responsabilidad. También sintió una punzada interior al darse cuenta de que había sido precisamente él el que había mantenido la prensa a raya aunque eso le costara más incremento en la seguridad pero afortunadamente ese costo fue cubierto. Su teléfono vibró. Era un mensaje de texto.

> Buen Trabajo. El dinero está siendo transferido a su cuenta hoy. Manténgame informado de más desarrollos.

Él envió el correo electrónico con una respuesta a su jefe diciéndole que le diera un buen bono ahora que ya podía costearse los gastos de ir a un lugar exótico.

Capítulo 7

La Estación de Servicio

Yo sabía que, tan pronto como entráramos a cualquier nuevo ambiente, Leddicus me empezaría a bombardear con preguntas pero la necesidad desesperante que tenía de tomar café se sobrepuso al tedioso trabajo de explicarle todo lo que pasaba en el mundo como si fuese un libro andante.

-Necesitamos encontrar un lugar dónde comer. Por favor, mantén tus ojos abiertos a cualquier aviso o señal que tenga un cuchillo y un tenedor-

Incluso el buscar señales en la carretera se volvió algo interesante para Leddicus.

Yo supuse que esto iba a ser una gran aventura y en realidad no me equivoqué. Es increíble las múltiples cosas que hacemos durante el día y simplemente las tomamos como corrientes y comunes. Ni siquiera nos detenemos a pensar en esas cosas. Leddicus se bajó del carro, se apartó unos metros y se quedó allí parado esperándome. Caminé hacia él señalé mi auto con la mano y presioné con mi alarma el botón que indicaba que el carro estaba trancado.

Leddicus se me quedó mirando un poco sorprendido.

-¿Qué fue lo que hiciste?-

-Tan solo activé la alarma para trancar el carro- le pasé a él la llave del auto y le mostré cómo se presionaba el botón para activar y desactivar el botón de trancado.

Podíamos estar allí parados todo el día. Leddicus se parecía más a un niño fascinado al ver cosas como aquella.

-Vamos- le dije –Necesito tomar café-

Caminamos hasta la entrada de la estación de servicio y las puertas automáticas se abrieron. Leddicus estaba un poco al frente de mi y pensé que le habían disparado al ver como saltaba hacia atrás sorprendido una vez que las puertas automáticas se abrieron para él. El retrocedió y las puertas se cerraron y luego, por supuesto, el se acercó un poco más y las puertas se volvieron a abrir. Pensé que nunca entraríamos ya que Leddicus entraba y salía a su antojo.

-Esto es asombroso- dijo -¿Cómo funciona esto? Señalé el sensor que estaba arriba de la puerta automática. Estaba seguro que Leddicus quedó insatisfecho con mi breve explicación pero mi necesidad por tomar café se volvía urgente por el momento.

Finalmente entramos pero comencé a preguntarme si al fin podía tomar mi café. Muchas distracciones durante la mañana, Muchas estaciones de servicio tenían cuarto de juegos muy cerca de la entrada. Esta estación no era distinta de las otras y Leddicus parecía un imán al ver las luces y los sonidos electrónicos. El se paseó de máquina en máquina. Un joven estaba persiguiendo terroristas, destruyendo edificios y disparándole a la gente. Habían muchas explosiones y mucho ruido. Leddicus quedó boquiabierto mientras miraba todos aquellos efectos. Unos metros más allá, otro joven estaba mirando intensamente la pantalla, agarrando el volante mientras aumentaba la velocidad para alejar a los demás autos en una competición internacional en el circuito de Le Mans. Los dedos de Leddicus se deslizaron sobre su cabello mientras movía su cabeza en confusión.

Como en un susurro Leddicus preguntó:

-¿Por qué alguien manejaría un auto de mentira cuando ellos pudieran manejar uno de verdad?-

Afortunadamente el joven que jugaba el juego estaba tan metido en la carrera que no oyó el comentario.

Finalmente acordamos entrar y beber ese café que tan desesperadamente quería y por supuesto buscar algo que comer. El restaurante, que estaba en un área del lugar, era de estilo bufé. Cogimos una bandeja y comenzábamos a movernos por toda el área de la comida para hacer nuestras selecciones. No estaba tan lleno en aquel momento. Leddicus estaba al frente de mí y podía ver como sus ojos se quedaban fijos en muchos de los compartimentos de comida: carnes frías y calientes, vegetales que humeaban en grandes tazones, ensaladas de cada tipo y forma y patatas cocinadas de cualquier forma y estilo. Cogí unas rebanadas de jamón, una buena rebanada del mejor queso Suizo Emmental y un poco de ensalada verde. El pobre Leddicus no sabía ni siquiera que pedir y se quedaba allí parado observando los platos.

Finalmente le pregunté: -¿Qué tipo de comida te gustaría comer?-

-Comida que esté caliente- respondió.

Cogí un plato por él y comencé a servir arvejas, papas horneadas y pastel de carne picada con puré de papas. Cogí dos bebidas para los dos y nos dirigimos a la taquilla de pago. Leddicus se quedó fascinado mientras pagaba pro la comida y la chica me hablaba en italiano. La chica cogió el dinero, me dio el vuelto y lo deposité en las manos de Leddicus que se quedó allí fijamente observando las monedas y billetes.

Finalmente llegamos a una mesa desocupada y comencé a tomar un largo sorbo de café. No hablamos mucho durante la comida. Los alrededores del lugar distrajeron a Leddicus por un largo rato observando cada detalle y movimiento de las cosas que sucedían a su alrededor.

Satisfecho por el almuerzo, dejamos la mesa y nos dirigimos a la salida. Pensé que sería divertido el darle a Leddicus una experiencia de entretenimiento y entramos a la sala de máquinas para jugar un juego. Lo senté en una máquina titulada "Formula I Grand Prix". Él me miró un poco dubitativo pero con calma le expliqué lo que tenía que hacer asegurándole que nada le pasaría a él ya que sólo era un juego. No estaba muy seguro si él me creía o si realmente entendía mis palabras pero yo deposité una moneda en el tragamonedas y allí estaba él, agarrado el volante con ambas manos y mordiéndose el labio mientras manejaba por la carretera. Una vez le agarró el gusto al juego no había manera de sacarlo de allí. Cundo el dinero se había agotado y el juego había finalizado, el se me quedó mirando como un niño.

-¡Me gusta manejar este carro de mentira y lo quiero hacer otra vez!- exclamó emocionado.

Deposite otras monedas y el jugó de nuevo. Al cabo de un largo rato, su turno terminó de nuevo y él quería continuar.

-Leddicus. Lo siento. Pero debemos irnos-

El me miró con mucha decepción mientras él se levantaba del asiento de la máquina y me seguía. Pasamos por las puertas automáticas y caminamos hacia el carro. Saque la llave-alarma de mi bolsillo y presioné el botón. El carro emitió un sonido dándonos a entender que las puertas ya estaban destrancadas.

-¿Cómo supo el carro que nosotros veníamos hacia él?- preguntó Leddicus.

-¿Qué?-

-El carro. ¿Cómo lo supo?-

Abrí la puerta del copiloto y lo invité a que se sentara mientras cerraba la puerta.

-Déjame manejar amigo mío. Te explicaré en el camino- le respondí cansinamente exhalando un suspiro.

Capítulo 8

El Camino Hacia St. Gallen

-¿Cómo funcionan?- preguntó Leddicus mientras manejaba por la carretera en dirección a St. Gallen.

-¿Qué?-

Sabía exactamente lo que él estaba preguntando pero en ese momento yo me sentía distante y con apatía de querer responderle.

-Las puertas- El movió su mano hacia arriba y hacia abajo para indicar cuando las puertas se abrían y se cerraban.

-Ellas tan sólo lo hacen- respondí

Soy un historiador no un científico. Traté de mantener mi buen humor y no volverme arisco.

Él se quedó tranquilo por un momento. Debió haberse dado cuenta de que ya había tenido suficiente con explicaciones. El sol aún brillaba con fuerza implacable en aquella tarde sobre colinas y montañas. El aire acondicionado nos protegía de aquel sol. Estábamos inmersos en un capullo automotriz mientras manejaba por toda aquella carretera.

Por el rabillo de mi ojo podía ver cómo Leddicus me miraba de vez en cuando. Mi conciencia comenzó a molestarme por un momento.

-¿Qué pasa?- le pregunté

Él sonrió con alivio. Él odiaba estarse tranquilo.

-El hospital. ¿Qué dijeron ellos sobre lo que me estaba pasando?-

-Bueno...que todo está bien- le respondí y me volteé sonriéndole de vuelta.

-¿Qué es?-

-Al menos quieres saber cómo funcionas y no cómo funcionan las puertas, la llave o el...-

-¡Está bien! ¡Está bien!- me interrumpió dándome un ligero golpe con su puño en mi hombro.

¿Acaso ellos en su mundo golpean a las personas en el hombro o simplemente está pagando su frustración conmigo?

-Dime. ¿Qué te dijeron ellos a ti? Cuando yo les pregunté ellos no sabían la respuesta-

-Ellos no saben realmente lo que pasó. Para ellos tú fuiste un caso único. Ellos piensan que tienes estrés post-traumático-

-¡Por favor!- exclamó el alzando sus manos en señal de frustración.

-Yo no sé qué significan esas palabras pero trata de entenderlas. Luego te diré lo que significan-

-Estrés Post-Traumático- dijo obedientemente.

Desde que él comenzó a aprender Inglés, yo siempre había llevado su entendimiento hasta el límite incluso cuando él a menudo se hartaba de que yo hiciera esto. Si él iba a hacerse camino en un mundo tan falto de compasión como este, él necesitaba ampliar su vocabulario.

-Estrés Post-Traumático- dijo de nuevo –¡Ahora explícame por favor!-

-Cálmate. Déjame explicarte. El término se refiere a lo siguiente: luego de que algo malo sucede, tu cerebro y tus emociones pueden estar afectados de alguna manera. Voy a explicar estas palabras con detalle. Post significa después, traumático significa algo desagradable e impactante y estrés significa presión o tensión-

Detuve mi explicación para ver si Leddicus entendía lo que yo estaba diciendo. Sentí que no sólo era importante que entendiera las palabras sino que él entendiera a plenitud lo que le estaba pasando a él emocionalmente. Él me miró de vuelta y me pidió que continuara.

-Los médicos piensan que el haber estado congelado en aquella montaña ha causado que tu memoria se difuminara, se hiciera borrosa y bloqueara todo el shock de lo que te ocurrió. Ellos piensan que tú has empezado a imaginarte un montón de cosas extrañas y qué afirmas ser alguien que no eres-

-Ya veo- respondió él calmadamente –Gracias. Eso ayudó bastante-

-Ellos piensan que has olvidado completamente quién eres-

-¿Y tú? ¿Qué piensas?-

-No tiene ningún sentido- Lo miré brevemente. Él estaba escuchando atentamente. Hablé lentamente para asegurarme de que él entendía –Si tú no eres lo que dices ser entonces eres la farsa más grande de todas. Sabes tanto de la era romana que supongo viene de tanto leer libros pero entonces recuerdo las ropas con las que tú viniste, las monedas que llevabas y tu impresionante conocimiento de Latín, Arameo y Griego antiguo-

-Nadie puede vivir por dos mil años. Eso es imposible- interrumpió Leddicus. Él raramente se angustiaba pero el tono de su voz comenzó a subir –Sé que no pertenezco a este mundo y no tiene sentido para mí-

Él comenzó a apretar sus puños tratando de contener su frustración.

-Y sé que tengo una familia, hijos y un negocio. ¿Dónde están ellos ahora? ¿Quién soy yo Gerhardt? ¿Qué me ha pasado? ¿Cómo llegué aquí?-

-Leddicus. Ojalá yo pudiera saber con exactitud lo que te está pasando. Estoy tan confundido como lo estás tú ahora. Nunca he visto u oído nada como esto en mi vida-

Al ver como crecía su frustración dije gentilmente:

-¿Qué eran esos papeles que llevabas contigo? ¿Qué decían esos papeles?- Esperaba con esto disminuir su rabia.

Pero mi intento de apaciguar su temperamento hizo que las cosas fueran de mal en peor. De tenso y hablador, mi compañero se volvió de pronto silencioso y taciturno.

Yo, en lo particular, no era una persona sensible pero era muy obvio que el haberle preguntado sobre el contenido de los papeles había sido un grave error. Manejé en silencio por un rato. Sus manos estaban aún apretadas y sus nudillos estaban casi blancos. Yo estaba completamente intrigado.

-¿Qué es lo que te inquieta tanto sobre esos papeles?-

-Por favor no me hagas decírtelo. Puedo poner mi propia vida en peligro-

Congelado

-Creo que te puedo decir con toda seguridad que quienquiera que estuviera persiguiéndote ya quedó muy pero que muy atrás-

Él se relajó lentamente.

-Quizás pueda confiar en ti-

-¡Por supuesto que sí!- le respondí sin estar completamente seguro a qué se refería pero yo estaba dispuesto a decir lo que fuera necesario para llegar al fondo de aquel misterioso asunto.

-Debemos tener cuidado a qué tipo de personas le decimos lo que dicen las cartas. No se puede confiar en muchas personas y si le digo a la persona equivocada ésa persona se lo pasará a las autoridades y nosotros seremos arrestados, golpeados, puestos en prisión e incluso terminar muertos-

-¿Qué es lo que dicen las cartas que hagan que tu vida esté en constante riesgo?-

-Las cartas hablan de El Camino-

-¿Qué camino? Ahora te toca a ti explicarme a qué te refieres con eso- le respondí sonriéndole agriamente.

Su cejas se abrieron en señal de sorpresa.

-¿Acaso no has oído nada sobre El Camino? ¡Pero si eso se habla por todo el mundo! Todo el mundo tiene una opinión distinta sobre ellos-

-Bueno. Es obvio que no soy uno de ellos. Así que actualízame-

-Hubo un hombre en Israel y muchos le siguieron porque él siempre hacía buenas cosas. Algunos pensaron incluso que él era el Mesías judío que estaba escrito en las profecías, pero los Romanos y los líderes judíos se juntaron y mintieron sobre lo que él había hecho y cómo resultado de ésas mentiras él fue crucificado-

-¿Es este hombre, si interpreto correctamente todo lo que me estás diciendo, Jesús de Nazaret?-

-¡El mismo!-

-¿Lo conociste?- Estaba casi en el borde del asiento sorprendido.

-No. No personalmente pero la palabra se riega como lluvia por todos lados. Nosotros los Romanos nos gusta discutir y averiguar lo que está pasando-

-Entonces....¿Por qué hay tanto peligro en que esos papeles que llevas hablen de él?-

-Porque luego de que él murió en la cruz se regó la palabra de que él había resucitado- Ésta vez él hablo de forma lenta y pausada. – Cuando alguien es crucificado por...¿cómo podrías decirlo tú?...causar que las personas estén en contra de sus líderes-

-Activista político-

Él frunció de nuevo el entrecejo. Le costaba trabajo realmente el encontrar las palabras adecuadas.

-Está bien. Sé a qué te refieres- le respondí con el objetivo de que la historia que me estaba contando siguiera fluyendo.

-Cuando alguien causaba disturbios o decía cosas que no estaban alineadas con las leyes locales usualmente ésa persona era condenada a muerte y ejecutada. Al instante, todos los seguidores que le juraban fidelidad desaparecían rápidamente-

Él hizo una pausa para beber un poco de su agua *Evian*. Se secó con el dorso de su mano y continuó.

-Ésta vez no fue así. Sus seguidores desaparecieron por unas cuantas semanas. Pero para sorpresa de todos, ellos volvieron a aparecer, más fuertes y más valientes que nunca asegurándoles a todos que él había resucitado- Él aún hablaba de forma lenta y pausada buscando las palabras correctas. Asumí que se debía al miedo que tenía en aquel momento.

-Escuché lo que ellos me dijeron. Quedé convencido de que ellos estaban diciendo la verdad y me convertí en un seguidor-

-Aún no me has dicho el porqué es un peligro para ti el decir qué hay en los papeles-

-Las autoridades judías están furiosas y están tratando de eliminar a cualquiera que hable de que alguien ha vuelto a la vida. Los seguidores de El Camino creen que este hombre era el Mesías y esto hace que las autoridades se enfurezcan más aún-

El hizo una pausa y me miró por unos momentos.

-¿Cómo es que no sabes eso si sabes su nombre?-

-Prosigue- dije

-Las personas que están en la casa del César están en peligro si las autoridades encuentran que ellos están siguiendo a El Camino también. Necesito darle a ellos estos papeles en secreto y el mensaje los alentará a continuar-

-No estás pensando claramente mi querido amigo pero no me pondré a discutir contigo sobre el asunto-

-¿A qué te refieres?-

-Tú estás bastante confundido y no estás pensando con claridad. Si tú eres tan antiguo como ambos creemos que eres entonces ¿Qué crees que ha pasado con la casa del Cesar?- hice una pausa para que pudiera pensar más claramente -¿Y dónde están todos los líderes judíos en tu opinión?-

Él no respondió. Él simplemente exhaló un suspiro y respiró lenta y profundamente por unos minutos. Mientras bordeábamos la próxima curva, se comenzó a ver la garita que indicaba que estábamos llegando a la frontera Suiza. Mi corazón comenzó a latir más rápido ya que podía anticipar un largo interrogatorio y así ocurrió cuando los guardias comenzaron a ver los papeles de Leddicus.

-Control Fronterizo- dije lentamente –Estamos a punto de dejar Italia y entrar a Suiza-

Detuve mi auto y esperé al guardia fronterizo para que revisara nuestros papeles. No podía percibir un atisbo de incomodidad o alegría en su rostro ya que vestía una gorra que le cubría la frente y unas gafas de sol oscuras que me impedían ver cómo estaba él. Un hilillo de sudor salió desde su frente hasta su mandíbula. Él revisó nuestros papeles y pasaporte de forma cortante y mecánica. Él observó cuidadosamente nuestros documentos, revisó la placa trasera del automóvil y las calcomanías correspondientes, las cuales eran Suizas, y luego nos pidió que siguiéramos nuestro camino con normalidad.

Respiré con alivio, pisé el acelerador y pude observar por el espejo retrovisor como el punto fronterizo desaparecía de nosotros. Me sentía alegre de tener mi pasaporte al día.

-¡Sí!- grité lleno de emoción golpeando el aire con mi puño.

-¿Estás contento?-

-Sí. Sí lo estoy. Si ellos hubiesen revisado tus papeles con cuidado entonces ellos te hubiesen hecho una serie de preguntas muy incómodas y yo honestamente estoy harto de más preguntas. Quiero llegar a casa-

No fue sino hasta la medianoche que estacioné mi auto en el estacionamiento subterráneo. Leddicus estaba ya cansado de actuar sorprendido cuando pulsé un botón en mi espejo retrovisor central para que la puerta del garaje se abriera. Las luces se prendieron automáticamente y pude pasar tranquilamente. Me quedé en mi auto por un rato para relajarme mientras bostezaba cada cinco minutos.

El ascensor nos llevó a mi apartamento y nunca me había sentido tan bien como en aquel momento que me acercaba a la puerta de mi apartamento. Le mostré a Leddicus su habitación y le di un rápido tour para que supiera en dónde estaba el baño y la cocina incluyendo la comida en el refrigerador. Ah, la alegría de tener una ama de casa como parte del acuerdo de la renta.

Él me siguió lentamente sin decir palabra. Él fácilmente podría estar sonámbulo. Abrí la puerta de su habitación y tiré la maleta al suelo

-Descansa- le dije —Nos vemos mañana-

Antes de que mi cabeza tocara la almohada yo ya estaba dormido.

Capítulo 9

Universidades y Revistas

Me levanté un poco desorientado al saber que estaba de vuelta en mi apartamento. El sonido de la alarma del televisor me tuvo despierto. Saqué las lagañas de mis ojos y revisé la hora.

Eran las cinco de la mañana.

Me levanté lentamente y caminé hacia la sala. Leddicus ya estaba bañado y vestido. Estaba sentado en el sofá y me dio un caluroso saludo con su mano al verme.

-¡Mira! ¡Hice que tu caja se pusiera a hablar!- Obviamente él estaba muy orgulloso de sí mismo.

-Es solo la televisión- le dije gruñendo para mis adentros.

-Sí, sí. Y me paré en tu máquina de lluvia e hice que la lluvia fuera caliente-

-Ducha- le respondí automáticamente -¿Acaso no te das cuenta de que son las cinco de la mañana¿ ¿En qué planeta estás tú?-

Sin esperar por una respuesta, entré a la cocina y bebí una taza de café instantáneo mientras esperaba. Mi adormecimiento empezó a desaparecer poco a poco.

Leddicus hizo su aparición en toda la entrada.

-¿Estás enfermo?-

-Es demasiado temprano. Siento que dormí solamente cinco minutos- tomé otro sorbo de café. Impasible ante mi respuesta, el asintió con la cabeza. La emoción de estar fuera del hospital no se había apagado en lo absoluto.

-Tengo hambre, por favor-

Me levanté lentamente y comencé a buscar entre los estantes algo de comer y mi asombrosa ama e llaves me dejó simplemente con las cosas esenciales. Agité una caja hacia él.

-¿Y qué tal si te doy *muesli*?-

-Eso sería bueno-

Cogí unos platos, cucharas, tazas, leche y azúcar y los puse sobre la mesa y con un gesto de mi mano le indiqué a Leddicus que me acompañara a comer. Leddicus se sirvió una buena cantidad de *muesli* mientras le servía café. Coloqué la taza de café cerca de él determinado a comenzar a educarlo en cuanto a siempre beber este importante líquido. Él cogió la taza de café y olfateo su contenido. Su nariz se arrugó en total disgusto. Él tomó un pequeño sorbo de café y dejó salir un grito lastimero al ver cómo se quemaba su lengua.

-Aquí. Ten algo de esto y esto- mezclé la leche y el azúcar en su taza y la agité vigorosamente.

El la probó de nuevo. La nariz aún se arrugaba pero ya no tanto al saber que ya estaba dulce.

-Es esencial. Debes beber café si vas a ser parte del siglo veintiuno-

El asintió de forma dubitativa, se tomó otro sorbo y luego comenzó a comerse el *muesli* poco a poco mientras yo le redactaba el programa del día. Le expliqué de forma simple tan brevemente como me era posible cómo yo estaba manejando mi carrera, ganando dinero y generalmente promoviéndome a mi mismo porque yo le conocía. Le dije que yo era su primer punto de contacto con el mundo. También le expliqué lo que había pasado cuando dejamos el hospital con los paparazzi, diciéndole que podía pasar de nuevo. El bajó su cuchara y, en aquel momento, su cara reflejó una total preocupación. Ignoré esto y seguí.

-Hoy yo te voy a llevar a mi universidad donde habrá todo un equipo listo para conocerte-

Yo sabía que eran palabras que él no podía entender pero yo esperaba que de alguna manera las entendiera

—Yo escribo para una revista de historia y los editores quieren conocerte. Luego de eso habrá una conferencia de prensa. Los periódicos y revistas están muy interesados en ti así que esta será una oportunidad para que ellos te conozcan en un ambiente mucho más controlado-

La revista *Archiv* había estado en contacto conmigo gracias a una serie d publicaciones históricas y muchas personas estaban agradecidas de asistir. Había recibido muchos correos electrónicos desde el momento en que Leddicus había dejado el hospital. El Sr Bernard había sido insistente conmigo en que no dijera la fecha.

Puse más café y comencé a evaluar la extraña situación. Aquí estaba yo, sentado junto a un plato de *muesli* con un supuesto hombre de dos mil años tratando de preparar una rueda de prensa de la que él no tenía ni la más mínima idea. Todo lo que él sabía era que las personas que iban a estar allí eran como los paparazzi los cuales lo habían perseguido desde el hospital. Estaba muy seguro de que él pensaba que lo íbamos a matar con sus luces, flashes, cámaras de videos y los micrófonos. Lo que él no sabía era que ellos podrían matarlo verbalmente y destruir mi reputación entera si él se equivocaba en responder alguna de las preguntas que le harían.

Leddicus se portó bastante bien en aquel momento y se mantuvo impasible cuando le expliqué todas las cosas que tendría que pasar y entendió más de lo que yo mismo esperaba.

-Si tú haces dinero haciendo esto, está muy bien. Me has ayudado mucho y has sido un buen amigo. Si el conocerme te hace feliz entonces yo soy feliz. Lo mereces-

Yo no estaba tan seguro. Cada ciertos momentos, la consciencia me recriminaba de vez en cuando pero luego imaginaba mi nombre en las principales portadas de las revistas y me dejé llevar en un mundo ficticio de fortuna y fama. Puse los platos en el lavabo. Estaba muy preocupado como para ponerme a lavar los platos ahora. Mi mente estaba volando. Me pregunté cuál era la mejor manera de traer a Leddicus a la conferencia de prensa. Cuando le pedí a la revista *Archiv* que arreglara todo lo referente a la entrevista me parecía una buena idea. Ahora tenía otros pensamientos. Decir que estaba ansioso era simplemente una confirmación.

Dejé que Leddicus viera la televisión mientras yo tomaba una ducha y me vestía. Luego me senté y mientras bebía mi tercera taza de café yo hice una lista de todo lo que necesitaba llevar a la universidad. Yo estaba muy nervioso. No quería dejar nada al azar. Sistemáticamente empaqué las cosas en mi maleta y revisé la laptop dos veces para cerciorarme de que mis archivos estuvieran allí y nos fuimos al estacionamiento.

Algunas veces la fascinación infantil que tenía Leddicus por todas las cosas modernas era bastante llamativa. Hoy era definitivamente uno de esos días y tuve que morderme la lengua al ver como él presionaba cada botón que estaba en el ascensor apenas entrábamos en él. Entramos al estacionamiento luego de un lento recorrido el doble del tiempo en el que deberíamos ya haber llegado.

Leddicus dio un gran salto mientras caminábamos por el ligeramente oscuro estacionamiento. Las luces de mi auto brillaron y nos metimos al auto cuando de repente, escondida detrás de un pilar, una mujer joven se paró al frente de nosotros. Salté en shock. Leddicus pudo percibir mi tensión y se echó para atrás nerviosamente. Ella era alta, algo esbelta y estaba inmaculadamente vestida con unos pantalones grises y una chaqueta roja. Sus cabellera rubia lisa y larga brillaba en medio de la leve oscuridad del sótano del estacionamiento.

-Hola. ¿Eres acaso Gerhardt Shynder? dijo ella en inglés.

-¿Quién eres tú?- repliqué nervioso por el simple hecho de que deliberadamente una mujer había estado allí parada en la oscuridad burlando los sensores y con el vago pensamiento de que el estacionamiento estaba ocupado.

Ella no respondió. Ella pasó de largo y extendió su mano. –Tú debes ser Leddicus el Romano- ella sonrió ampliamente y estrechó la mano de mi amigo con entusiasmo. Leddicus estaba asombrado y consternado a la vez.

Yo estaba furioso.

-¿Quién eres tú y cómo rayos te metiste aquí?- le dije en voz baja y cortante.

Ella me sonrió.

-Mis disculpas si los asusté. Un carro salió del estacionamiento y entré dentro del garaje tan rápido como pude antes de que las puertas se cerrasen- Ella hablaba de forma gentil y suave –Yo realmente quería conocerle a usted y a Leddicus- Ella le sonrió a mi amigo de nuevo y él le devolvió la sonrisa.

Yo no estaba sonriendo.

-¡Eres una periodista!- exclamé y mi sangre comenzó a revolverse.

-No exactamente. Más bien soy una reportera para un gran número de periódicos en el Reino Unido. Estoy actualmente viviendo aquí en Suiza. Solamente me pagan cuando archivo una historia así que estoy segura que usted me ayudará si tengo una rápida charla con Leddicus-

-¡No lo creo!- le dije parándome entre ella y mi amigo –Si usted quiere, puede venir a la conferencia de prensa en la Universidad de St. Gallen hoy a la hora del almuerzo. Allí puede hacer sus preguntas-

-Bueno..sí...yo planeo estar allí pero yo más bien esperaba tener algo un poco más...exclusivo-

Inesperadamente Leddicus se unió a la conversación.

-¿Cuál es tu nombre?-

-Julie. Julie Bright- respondió ella sonriendo con dulzura.

-¿Por qué no hablamos más tarde los dos? Mi amigo Gerhardt quiere ir a la universidad ahora pero quizás nos podemos conocer mejor en algún lado. Tal vez puedas venir aquí más tarde-

Yo estaba desesperado por volver a tomar la iniciativa. Mi corazón estaba latiendo a mil por hora y podía ver cómo mis acuerdos financieros con los medios de comunicación se iban al traste. Éso sin olvidar el acuerdo que el Sr. Calabro y yo tuvimos sobre nuestra exclusividad del caso.

Traté de ganar tiempo y me dirigí a Leddicus.

-Podemos planear algo luego de la conferencia de prensa-

Julie, completamente tranquila y serena ante toda la situación, también le habló a Leddicus de forma directa.

-Estoy completamente de acuerdo y así podré hablar contigo más tarde-

Ella le estrechó la mano y silenciosamente se alejó del estacionamiento. Ella volteó y nos sonrió para ver si nosotros íbamos a salir de allí. Era evidente que esperaba por nosotros para que la puerta se abriera y así ella se podía ir.

La rabia y el enojo surgieron dentro de mí y me culpé por no estar preparado ante tal situación y al mismo tiempo estaba furioso con Leddicus por ser tan amable. Abrí violentamente la puerta del auto, cogí mis llaves y prendí el auto. Apreté el acelerador varias veces para ver cómo rugía el motor mientras esperaba que las puertas se abrieran. Las llantas hicieron un ruido ensordecedor mientras pisaba el acelerador pasando a Julie como un rayo que se despedía de nosotros al mismo tiempo que pasaba por debajo de las puertas para irse.

Exhalé un suspiro. *Esto no estaba en mis planes.* Luché valientemente dentro de mí para calmarme mientras manejábamos a mi universidad y casi regresé a mi actitud alegre y despreocupada cuando cruzamos la entrada principal de la universidad. Estaba aliviado al ver que no había ningún periodista o periodistas que estuvieran encima de nosotros. Cuando entré a mi área de estudio, yo no estaba sorprendido de ver un puñado de ellos encima de mi tutor, el jefe de departamento, tres colegas míos que eran investigadores, el rector de la universidad junto a su secretaria y dos de los editores de la revista *Archiv*.

Hice mi presentación y les presenté a Leddicus comenzando por el rector hasta cada miembro del personal de la universidad y luego nos sentamos en unas sillas que estaban puestas en forma de círculo para ese propósito. *Esto ayudará a Leddicus a prepararse para la conferencia de prensa.* Sin embargo, rechacé la idea la instante. *Estas personas serán amables y educadas a diferencia de lo que pagan mi salario que son unos buitres sin descanso.*

Mis colegas, como yo lo esperaba, fueron pacientes y amables. Ellos tomaron turnos para hacerle preguntas a Leddicus. Preguntas las cuáles ya le había formulado hace unas semanas atrás. Ellos no preguntaron nada nuevo pero era un alivio de que al fin ellos le conocieran. Eso no dañaría en lo absoluto mi credibilidad. Luego de una hora, la secretaria trajo los inevitables biscochos y tazas de café, una tradición a la que Leddicus estaría ya acostumbrado. El sonrientemente aceptó el café. Yo tan solo notaba como fruncía el entrecejo cuando probaba y degustaba el oscuro líquido.

Cuando se terminó la conversación mi corazón comenzó a latir más rápido. Muy pronto nos moveríamos al gran salón para participar en la esencial y extenuante conferencia de prensa.

***

-¿Estás bien José?-

-Eduardo, mi amigo. Yo estoy muy bien. Tengo buenas noticias. Ella ya hizo contacto con el romano-

-Excelente. Excelente. ¿Y cómo está el Romano? ¿Esta él bien?- Eduardo cogió un cigarrillo, lo colocó en sus labios y comenzó a fumar lentamente. El observó su reloj y exhaló una gran bocanada de humo.

-Te puedo asegurar que él es quien dice ser y ella pensó a lo mejor que fue muy bien recibida. Ella pondrá presión para conocerlos mucho más tarde-

-¿Bien recibido? ¿Por Shynder?- Los ojos del Sr. Calabro se oscurecieron al oír el nombre.

-No. Él estaba furioso. El Romano fue más bien el que la recibió amablemente-

-Bien. Bien. Debemos reunirnos pronto para comer y hablar sobre esto, José-

-Por supuesto-

Capítulo 10

Hora de hablar con la Prensa

Nos movimos en masa a la sala principal de la universidad. La prensa estaba ya presente en el lugar, apiñados los unos con los otros, bebiendo café en tazas de poliestireno, haciendo anotaciones en sus cuadernos, ajustando cámaras, revisando micrófonos y conectando cables. Toda la sala estaba abarrotada. George Christen, nuestro jefe de prensa, caminaba por toda la sala dando órdenes y organizando los espacios.

Nuestro equipo entro por la puerta de la tarima y ocupamos nuestros asientos al frente de una mesa larga de pino. Nos sentamos en nuestras sillas correspondientes. El rector, Gianluca Wicky, se sentó al lado de Leddicus que parecía disfrutar del momento. Él quedó prendado al ver la multitud de micrófonos y la multitud de personas que estaban paradas ante él. La reunión preliminar logró su objetivo. Leddicus se veía calmado. La sala quedó en silencio una vez que terminamos de tomar nuestros asientos.

El rector se levantó.

-Damas y caballeros de la prensa. Bienvenidos a la Universidad de Zúrich. Gracias por venir. Soy Gianluca Wicky, el rector de esta universidad. Espero que todos ustedes tengan copias de nuestro paquete oficial de prensa. Si no lo tienen, por favor alcen sus manos y nuestro jefe de prensa, George Christen, se asegurará de que reciban una- él rápidamente comenzó a enumerar y recordar las normas de higiene y salud terminando por recordarles a todos que debían tener sus teléfonos en silencio o apagados. Durante la conferencia, todas las llamadas debían ser recibidas fuera del salón.

Respiraba entrecortadamente y mis uñas ya lastimaban las palmas de mis manos ante tanto nerviosismo contenido. En un esfuerzo por calmarme a mí mismo, traté de distraer mi angustia al recordar la agonía que había pasado la noche anterior luego de trabajar con George para tener listo todo el pack. Él era una persona que se dejaba llevar mucho por los detalles. Él a veces me decía cosas las cuales yo jamás había considerado y el tenía una lista más larga que mi brazo entero.

Todo saldrá bien. Este fue mi pensamiento mientras veía como George había resuelto todo el asunto de la conferencia hasta el más mínimo detalle.

Gianluca entonces comenzó a presentar a cada persona que andaba en la plataforma.

-Les recuerdo que como está establecido en la documentación que les entregué, que Leddicus ha estado aprendiendo Inglés de forma paulatina. Todas las preguntas deben ser directamente re direccionadas hacia mí. Hemos dejado aproximadamente unos veinte minutos para las preguntas que no están escritas en los documentos y si es necesario daremos un tiempo extra para que esas preguntas sean respondidas. Quiero recordarles que deben tener paciencia ya que para Leddicus es su primera experiencia frente a las cámaras-

¿Paciencia? Pareciera que se lo pidieras a una jauría de tiburones impacientes que deben esperar a la hora de almuerzo para comer.

La conferencia comenzó al fin y pude respirar aliviado al ver que todo iba según lo planeado. A medida que las preguntas eran respondidas, era obvio que la prensa no sabía en lo absoluto lo que estaba preguntando. Toda la información básica estaba ya planteada en el pack de documentos que se le entregó a la prensa incluyendo el quién era él, qué edad tenía, de dónde era y cómo sobrevivió al estar encerrado en un cubo de hielo en una montaña. El cuestionario entonces se enfocó en lo que pensaba Leddicus de la tecnología y en aquel momento las preguntas fueron más relajadas y placenteras. Leddicus estaba en su elemento en este asunto.

Se le pidió también que comparara la cultura actual con su cultura. Esto fue bastante difícil para él. Él tan sólo conocía el hospital y, en las últimas veinticuatro horas, la carretera desde Bolzano hasta St. Gallen. Gianluca lentamente desvió este tópico como un experto.

Un breve silencio reinó por el lugar por un momento. Un joven desde la parte de atrás se levantó y alzó su mano. Gianluca asintió con su cabeza.

-David Yates del *Daily Mirror*, Londres. ¿Está el Sr. Leddicus consciente de que es imposible de que un hombre pueda vivir dos mil años? Y que nadie, absolutamente nadie que haya estado enterrado en un bloque de hielo puede vivir y hablar cómodamente sobre ello?-

Luego de la pronta intervención de Gianluca, Leddicus respondió y su respuesta me dejó impresionado.

-Estoy de acuerdo con usted en ambas partes. Es imposible. Por favor, tome en cuenta que yo no he asegurado nada al respecto. Pero yo sé de dónde vengo, quién soy y cómo llegué a su montaña. Lo que pasó después de ese suceso simplemente no lo entiendo. Ni siquiera lo recuerdo. Si usted es tan amable en explicármelo a mí estaré aquí para escuchar-

Una avalancha de risas resonó por todo el salón. David Yates se sentó y comenzó a hacer anotaciones rápidamente. Hubo otra serie de preguntas sobre los exámenes llevados a cabo y el resultado de los mismos los cuales Gianluca me dio la palabra para responder a tales preguntas.

Una mujer en el centro de la sala alzó su mano. Ella la mantuvo allí, firme en el aire. Gianluca la señaló.

-Pricilla Morrison. Cuerpo de prensa del Vaticano-

Oh, no. No sabía que el Vaticano tenía un cuerpo de prensa. Obviamente fui muy ingenuo. De haberlo sabido, me hubiese preparado más y hubiese preparado mejor a Leddicus para enfrentar a un equipo de prensa altamente eficiente y experimentado. Me revolví nerviosamente en mi asiento.

-Mi pregunta va dirigida al Sr. Palantina. ¿Es usted un Cristiano?-

Luego de ver a Gianluca por un momento, él respondió:

-No estoy consciente del grupo al que pertenecen los Cristianos así que no sé cómo responderle apropiadamente-

Pricilla se levantó y comenzó a hablar.

-¿Acaso no es cierto que ustedes los Romanos fueron despiadados al perseguir a aquellas personas que clamaban ser seguidores de Jesucristo? Ustedes fueron crueles opresores y tuvieron en su poder a muchos, pero muchos esclavos-

Las palmas de mi mano estaban frías y me pregunté cómo Leddicus iba a sortear aquella pregunta.

Gianluca y Leddicus hablaron calmadamente antes que Leddicus diera su respuesta.

.-Las autoridades Romanas necesitaban siempre tener el control. Sin él, entonces habría una...- Él dudó por un momento mientras abría y cerraba sus manos. Él estaba buscando las palabras correctas.

-...masacre. Se armaría un revuelo. Cualquier cosa que no iba alineada al Imperio debía ser manejada con firmeza. Pero por lo que he visto, los romanos ordinarios están más que dispuestos en saber quién es Jesús. De hecho, muchos Judíos, Romanos y Griegos le seguían-

Él terminó de hablar pero Gianluca le habló tranquilamente al oído.

-Siento haber olvidado esa parte. Sí. Hay muchos esclavos. Pero...¿Qué puedo hacer frente a eso?-

Las carcajadas resonaron por todo el salón.

Priscilla aún estaba parada sobre sus pies y rápidamente hizo una tercera pregunta.

-¿Así que usted es un Cristiano entonces?-

Leddicus fue rápido y certero.

-Le respondí eso en la pregunta anterior-

Wow. Él podría ser un político.

Gianluca observó su reloj y comenzó a impacientarse. Yo sabía que él no estaría cómodo en un ambiente como aquel. Su ambiente natural giraba alrededor de discusiones académicas, no de preguntas controversiales hechas por inquisitivos medios de comunicación como los que veía en aquel momento. George, astuto como siempre, se escurrió por la línea de sillas y se posicionó detrás de la silla de Gianluca. Leddicus estaba sonriente, disfrutando el momento y preparándose para la siguiente pregunta.

En aquel punto de la conferencia, la periodista debería haber sabido que su estrategia ya no estaba funcionando como ella pensaba pero el grupo del Vaticano era bastante terco y se negaban a perder la oportunidad. Su voz se alzó por encima de los susurros del salón.

-Tengo una pregunta para Gerhardt- Ella usó mi primer nombre como si me conociera –Usted parece estar dirigiendo este evento y liderando la investigación sobre todo lo relacionado con la aparición y supervivencia del Sr. Leddicus. Yo hubiera pensado que usted está muy lejos de estar cien por ciento calificado para esta posición-

Mi cerebro estaba alerta tratando de encontrar una respuesta. En realidad, ella me había humillado enfrente de todo el mundo y yo no tenía ni la menor idea de cómo responder la pregunta. Antes de que tuviera siquiera la oportunidad de abrir mi boca, George se levantó, dio un fuerte aplauso y anunció:

-Damas y caballeros. Gracias por venir. Ya no estaremos respondiendo más preguntas-

Inmediatamente, el resto de la prensa se levantó acalorada y comenzaron a hablar al mismo tiempo. Algunos que estaban cerca de la plataforma intentaron hacer algunas preguntas más. Otros se quedaron atascados en sus micrófonos y celulares. George tan solo levantó sus manos en señal de cansancio: ya no quería más preguntas. Entonces él comenzó a caminar lo más rápido posible para salir de aquel salón.

Llegamos al área de estudio. Mis manos estaban temblorosas mientras cogía mi taza de café. Levanté la taza delante de todos un poco descorazonado y comencé a beber. El resto se animó e hizo lo mismo. Nos quedamos en silencio mientras observábamos nuestras tazas delicadamente como si nuestra vida dependiera de ello. Sin embargo, Leddicus estaba de muy buen humor.

El estaba parado en la entrada sonriente.

-Fue muy divertido. Que personas tan interesantes. ¿Cuándo lo podemos hacer de nuevo?-

Nunca sería la mejor respuesta que pudiera darte. Me las arreglé para no decir lo que pensaba en voz alta. Más bien dejé salir una lastimera carcajada.

-¿Acaso sabes quienes eran ellos?- le pregunté

-No. ¿Quiénes son ellos?-

-Ellos son los que casi te asustaron hasta morir cuando saliste del hospital-

-¡Oh!- exclamó Leddicus sonriente.

George resumió los pormenores de la sesión y luego hizo salir a toda la prensa del salón. Luego de hacerlo, salió corriendo como un descosido.

Una que otras conversaciones tomaron lugar y dejamos que la tensión se dilatara. Tomé un sorbo de mi café y ya comenzaba a sentirme como una persona normal cundo me acordé de aquella mujer llamada Julie Bright. La había visto escabullirse en la parte trasera del salón. Yo estaba aliviado de que George me hubiera salvado de aquella mujer del Vaticano.

¿Quién se cree ella que es? Su ataque hacia mi persona fue muy personal. Tenía aún mucho que aprender sobre el cómo lidiar con periodistas como ella que al ver tu debilidad simplemente te aplastaban sin piedad. Me di a mí mismo un aliento interno y decidí ser más duro que antes.

-¡Hey! ¿Quieres unas de estas?- le pregunté a Leddicus extendiéndole un plato lleno de uvas -¿Podrías quedarte aquí por media hora?-

El cogió el plato y asintió vigorosamente. -¿A dónde vas?

-Necesito concretar unos planes con Serge Graty, mi tutor. No tomará mucho tiempo.

-¿Vas a regresar para llevarme? Así podemos conocer a Julie.

Oh no. Había esperado ansiosamente que él se olvidara de ella.

Capítulo 11
La Prensa Según Julie Bright

Finalmente nos subimos al Audi y nos fuimos a casa. Yo estaba cansado. Mi adrenalina estaba en cero pero Leddicus estaba más animado que nunca. Siempre me preguntaba si es que él había tenido una seria sobredosis de drogas. Él había estado despierto desde las cuatro de la mañana y aún así el no paraba de hablar. Cada vez que yo trataba de decir algo, el me interrumpía y opinaba. Yo estaba cansado y frustrado. Necesitaba ponerlo al día de la reunión que tuve con mi jefe pero opté por no convertir la charla en una discusión seria. Ninguno de nosotros estaba en sus cabales en aquel momento. Sentí como si mi cerebro no estaba funcionando a plenitud y mi amigo no tenía ninguna intención en concentrarse en lo absoluto. El estaba emocionado y halagado por toda la atención recibida así que mantuve mi boca cerrada. Yo necesitaba lidiar con él de forma sabia. Sin embargo, hoy las cosas se habían salido de control y antes de poder hablar con Leddicus yo necesitaba tomar un doble *espresso* para concentrarme en mi juego.

Me forcé a mi mismo en tratar de lidiar con el asunto de la periodista Julie Bright. La había visto en la conferencia de prensa.

Ella se sentó en la parte trasera sin hacer ninguna pregunta siempre sonriendo de forma muy serena a Leddicus al cual miraba directamente a los ojos. Tenía una mal presentimiento acerca de todo aquello. *¿Podría ella estar intentando separarnos a mí y a Leddicus?* Sin embargo, me consolé sabiendo que no había concretado nada en lo absoluto con ella. Tan solo una vaga respuesta de que tal vez nos veríamos luego de la conferencia de prensa.

-¡Maldición!- dije enfadado a medida que entraba al estacionamiento.

Allí estaba ella, apoyando su espalda en contra de la pared mientras comía una manzana. Tan pronto como ella nos vio, sonrió y nos saludó con un gesto de su mano. Yo la miré con mi ceño fruncido. Leddicus abrió la ventana de su asiento y sacó su mano para saludarla.

Él se asomó por la ventana y le sonrió de oreja a oreja.

-¡Hola Julie! ¡Hola! ¡Qué gusto verte!-

Mi mente revoloteaba. Simplemente no estaba preparado para aquello. Si yo fuese una persona hospitalaria, simplemente hubiese tomado ventaja sobre Leddicus rápidamente y si yo fuera odioso y seco, Leddicus se hubiese resentido fácilmente. Él realmente estaba embelesado con ella.

¿Cómo puede él ser tan estúpido y no ver el plan que ella se trae entre manos? ¿Cómo pude ser tan ingenuo? Debí haberme dado cuenta en ese instante que ella nos estaba espiando. Sabía que debía sacarla del apartamento lo más pronto posible. Eso era mi prioridad principal o jamás me iba a deshacer de ella. Detuve el auto bloqueando la entrada y salí hacia afuera para hablar con ella.

-Gusto en verla otra vez- le dije estrechando su mano. *Quizás sea yo quien la engañe.*

Ella estrechó mi mano y me dedicó una cálida sonrisa.

-Leddicus y yo necesitamos prepararnos y descansar un poco. Hemos estado fuera todo el día-

-Subiré y los esperaré- dijo ella al instante mientras mordía su manzana lentamente.

-No hay duda de eso pero necesitamos nuestro espacio, muchas gracias- Me paré al frente de ella y señalé con mi mano un camino. Hay una taberna a la izquierda de este camino...una cuadra exactamente. No recuerdo el nombre pero hay solamente una. Nos veremos allá en...- Observé mi reloj –veinte minutos-

Dije esto tan firmemente como pude pero con una sonrisa. Esperaba que ella no tuviera ninguna duda de que yo no estaba dispuesto a negociar nada con ella.

-Yo no necesito descansar. Iré con ella- dijo Leddicus mientras salía del auto convencido.

-Eso es muy lindo de tu parte- Ella tomó su brazo.

Mis hombros se encogieron con cansancio y la idea de una ducha fría y una buena taza de café desaparecieron rápidamente. *Maldición. Debo estar pendiente de esta mujer.*

-Déjame estacionar entonces mi auto y estaré con ustedes dos- Me subí de nuevo al auto y avancé mientras lo veía a los dos caminando hacia la taberna.

Aceleré el auto y lo estacioné en el espacio más cercano que encontré. Esta acción escandalizaría al comité del edificio. Todos los espacios estaban ya ordenados. Julie y Leddicus estaban juntos tan solo por cinco minutos antes de unirme a ellos en la conversación.

Nos sentamos en una mesa cómoda y un mesonero apareció enseguida para tomar nuestra orden. Julie pidió un jugo de naranja. Yo ordené un excelente vaso de vino tinto para Leddicus y yo pedí mi usual lager o cerveza europea.

Como había sido incapaz de tener una conversación privada con Leddicus y yo no podía confiar en esta mujer, decidí poner mis cartas sobre la mesa de una vez por todas.

-Srta. Bright. Hay u problema con esta entrevista. No voy a seguir más con esto hasta que tengamos un acuerdo beneficioso entre los dos con Leddicus y otros beneficios extra-

¿Y lo que yo quiero qué? ¿Es que acaso no cuenta?

-Julie, por favor- me dijo ella tocando ligeramente mi hombro.

-No me importaría en lo absoluto ayudar a Julie- remató Leddicus.

-Ése no es el punto- respondí y mi corazón se hundió lentamente.

Me sentí terrible por no haber pensado las cosas con cautela. Debería haber planeado estas situaciones. Debería haber hablado con George para ver cómo podía lidiar con tales circunstancias. Ahora yo estaba metido en este problema y yo esperaba manejar la situación lo mejor posible y allí estaba la exclusividad que el Sr. Calabro me había advertido tan ceremoniosamente.

-¿Cuál es el punto?- repitió Leddicus.

Como siempre, Julie tomó la palabra rápidamente.

-No quiero arruinar ninguno de sus planes ni acuerdos que tienes tú y Leddicus- Sentí instantáneamente como la palabra tú fue acentuada de forma precisa –De hecho, creo que los puedo llevar al rumbo correcto. Ustedes necesitan un publicista. Yo tengo muchos contactos de la prensa en Londres. Conozco la persona correcta que los llevará a la dirección correcta-

¡Oh! ¡Qué buena es ella! ¡Astuta como una loba pero camuflada en piel de ángel!

Antes de que pudiera hablar ella continuó. Su voz era suave y, de cierta manera, reconfortante –Tan solo me gustaría saber un poco más sobre las cosas que acabé de oír en la conferencia de prensa- Ella puso su mano en mi antebrazo y yo hice todo mi esfuerzo para no quitarla de allí. –Estoy segura de que tu historia…o, me atrevería a decir…la historia de Leddicus…continuará desarrollándose. Por favor, déjame hacerle a Leddicus algunas preguntas personales. Tú puedes escuchar si lo prefieres. Si piensas que esto interferirá en tus acuerdos futuros no registraremos esta conversación y nadie lo sabrá y en recompensa te presentaré a mi mejor publicista-

No existe nada como conversación no registrada. El mantra de George me había estado persiguiendo una y otra vez cuando nosotros trabajábamos en preparar los documentos para la prensa hace unas horas atrás.

Dudé mientras yo pensaba en las posibilidades. Un publicista me podría ser muy útil. Abrí mi boca pero antes de que pudiera formar las palabras Julie habló inmediatamente.

-¿Cuáles son tus planes inmediatos?-

-Leddicus y yo ni siquiera hemos hablado de eso aún-

-No hay problema. Déjame oírlos y los podemos discutir ahora- Leddicus sonrió al oír aquello.

Levanté mi mano.

-Srta Bright. Leddicus. Antes de que sigan yo necesito hacer una llamada telefónica-

-Está bien- sonrió Julie mientras tomaba un sorbo de su jugo de naranja. Ella le dio una sonrisa a Leddicus.

-¿Tengo su palabra de que no hablarán nada que esté relacionado con la conferencia de prensa hasta que yo vuelva?-

Ella se miró las uñas de sus manos y me estrechó su mano.

-Trato hecho- dijo mirándome con sus ojos azules.

Una vez fuera de la taberna llamé al Sr. Calabro. Estaba un poco asustado de él y esperaba recibir un auténtico regaño cuando le expliqué la situación pero me quedé sorprendido con su respuesta. -¿Es así la cosa? Bueno, estoy de acuerdo con eso pero no admito a nadie más. Debe hacerme saber con exactitud todo lo que ustedes van a discutir esta noche-

-No seré capaz de monitorear la conversación a tiempo y poder mandarle un correo electrónico esta noche a las ocho-

-No hay problema. No seamos tan restrictivos con la fecha límite para entregar los reportes y no lo haremos todos los días. Ahora usted está en una rutina distinta así que acordemos que usted me enviará reportes de su trabajo tres veces a la semana- De pronto, la línea se fue. Empecé a mirar mi teléfono. Mi respiración comenzó a tornarse normal al ver cómo el tono de voz del Sr. Calabro había cambiado.

Me volví a unir a la conversación que tenía Leddicus y la Srta. Bright.

-¿Todo bien?- preguntó ella con serenidad

-Todo está bien- respondí mientras tomaba un largo sorbo de mi lager —Está todo acordado pero debo tener todo esto registrado antes que esto sea publicado. ¿En dónde estábamos nosotros?-

-Me preguntaba cuáles eran tus planes-

Me sentí mucho mejor en aquel momento.

-Quería volar a Roma mañana porque siento que Leddicus debe ir allí y luego volar a Londres. Estoy acordando unas reuniones con algunas universidades en la capital inglesa y Leddicus estará más que disponible en responder algunas preguntas-

Una luz iluminó la mente de Leddicus. El dejó salir un sonido que yo reconocí de inmediato como de sorpresa.

-¡Volar a Roma!- El golpeó la mesa con su mano –Ésa es la cosa más loca y extraña que he oído. ¿Será que caso esperaremos a que nos crezcan alas y nos volvamos pájaros humanos?-

La tensión que provocó la intervención de Leddicus desapareció al momento en que Julie y yo reímos a carcajadas.

-Si te ajustas a los planes entonces veremos si es verdad lo que dices- dije

-¡Sí! ¡Sí! ¡Está bien!- respondió -¡Entonces debo ir! ¡Qué emocionante!-

-Ok- le respondí a Leddicus – Haz tu entrevista. Luego, discutiré con esta joven aquí sobre el publicista de Londres y luego nos iremos a la cama y aún así necesitaré apartar los vuelos esta noche-

Respondí esto último como si estuviese peleano una batalla ya perdida y en realidad así era. Sin desalentar a Leddicus, parecía que no tenía elección.

Me senté otra vez y me concentré en mi lager. Julie comenzó a hablar y Leddicus comenzó a responder mientras su lápiz volaba en cada página en la que ella anotaba. Le preguntó sobre sus años en Roma, su vida en Cesárea de Filipo, su esposa, sus hijos y sus padres. Era toda la información que yo ya había oído anteriormente. Pensé que ya debía de estar en algún lado, en una página web o en una revista. Me quedé sorprendido en el detalle que ella imprimía en cada pregunta y acotación sacando cosas de Leddicus las cuales yo no había considerado antes. Leddicus estaba en su ambiente, disfrutando a plenitud la entrevista. Mientras la charla seguís, mis ojos comenzaron a cerrarse y yo no había dicho ni una sola palabra.

-Yo soy Cristiano y yo sé que en tu época los Cristianos normalmente fueron llamados "Los del Camino". Quizás estemos diciendo lo mismo pero en una zona horaria distinta-

-¡Whoa! ¡Deténganse!- dije de pronto .Es suficiente por esta noche. Es tarde y para ser honesto aún me estoy recuperando de esa inquisitiva periodista del Vaticano-

Para mi sorpresa, Julie calló. Cerró su cuaderno de notas y se reclinó un poco hacia atrás en su silla.

-Hmm…esa mujer del Vaticano era toda una Rottweiler ¿no lo crees?-

Leddicus me miró confundido pero yo simplemente asentí con mi cabeza. Yo estaba muy cansado como para dar explicaciones. Julie, en su estado normal de tomar ventaja contra todo pronóstico, nos ofreció el llevarnos al aeropuerto en la mañana. Acepté contento aunque en realidad estaba desesperado por llegar a casa. Yo sabía que aún había mucha tela que cortar.

-Podemos discutir los detalles en el camino- dijo ella alegremente –Y si me dejan saber en qué área se quedan ustedes en Londres yo les facilitaré la estadía- Julie me extendió su tarjeta de presentación – Mándame un mensaje de texto con los detalles del vuelo. Entonces sabré a qué hora los recogeré-

Incluso en mi somnoliento estupor me sentía un tanto incómodo por la cómoda y absorbente relación que se estaba formando alrededor nuestro. Algo me estaba sacudiendo la mente pero yo estaba muy cansado para analizarlo. Nos despedimos en la taberna y estaba aliviado de que Leddicus no tuviera ganas de hablar en aquel momento.

Ya en casa, le encargué a Leddcius de que se hiciera una merienda para nosotros mientras estaba en la computadora reservando vuelos para Roma y Londres. Encontré un hotel justo cerca del aeropuerto de Roma y el presupuesto salió más caro de lo que pensé pero quería tener todo bajo control. Me senté en el sofá de la sala mientras masajeaba un poco mi cuello y mi cabeza.

Le mandé un mensaje de texto a Julie, puse la alarma y me hundí en un sueño impenetrable.

Capítulo 12

Visita a Roma

El sonido de la alarma me despertó a las seis y media de la mañana. Sabía perfectamente que si me quedaba dormido por otros cinco minutos no me despertaría y perdería todas las oportunidades de coger el vuelo a Roma. Así que me levanté de la cama y caminé a tientas hacia el baño para tomar una ducha. El agua caliente me trajo de nuevo a la normalidad.

Aún en mi estado somnoliento yo tenía todo listo y organizado esa mañana. Estaba sentado a la mesa con mi usual plato de muesli y bebiendo mi segunda taza de café cuando Leddicus apareció.

Él se sentó y me saludó con una amplia sonrisa.

-¡La máquina de lluvia funciona de maravilla!-

-Es una ducha- le respondí sonriéndole a medias.

El noticiero de aquella mañana estaba anunciando las principales noticias en alemán así que tuve que tomar el control remoto y cambiar el idioma al inglés para que Leddicus pudiese oír lo que decían. Al momento que cambié el idioma allí estaba Leddicus sonriéndome de vuelta. Él se acercó a la pantalla y observó atentamente cada detalle. Él aún no había superado su fascinación con la tecnología y estaba sorprendido.

-Estás viendo la conferencia de prensa que tuvimos ayer- dije.

Él me ignoró por completo y continuó observando. Las noticias iban cambiando progresivamente pero él aún seguía pegado a la pantalla completamente ensimismado.

-Vamos. Relájate. Tenemos que irnos- dije apagando el televisor mientras él me observaba completamente desilusionado.

-¿Sobre mí?-

-Quizás más tarde-

Las noticias de aquella mañana me sorprendieron. Aunque Leddicus había estado en la escena pública por meses los reporteros le hacían ver a las personas que él había aparecido tan sólo ayer. Algunas veces las noticias podían ser interminables. *Ahora adivina que se vende. Viejas noticias no son noticias.*

Arreglamos la casa y terminamos de empacar. Exactamente a las diez en punto de la mañana sonó mi teléfono.

-¡Buenos días! ¡Es Julie!- habló ella.

Pulsé el intercomunicador.

-Sube. Piso cuatro. Apartamento veintinueve-

Traté de ser cálido y amable a la hora de hablar pero aún me sentí tentado a no responderle. *¿Pero qué otra opción tengo?* Sería demasiado grosero dejarla esperando en el lobby. Ella estaba, después de todo, salvándonos de llevar nuestras maletas al Bahnhof y de lidiar con los costos y tarifas aunque tuve el presentimiento de que el ir con ella me costaría mucho más de lo que imaginaba.

Ella hizo su aparición mientras entraba al apartamento y se veía completamente calmada y serena. Leddicus le dedicó su mejor sonrisa.

-Gracias por venir. Es un gusto- traté de no sonar demasiado familiar.

Leddicus habló con ella por un rato mientras hacía un repaso mental de que lo teníamos todo: pasaportes, tiquetes de avión, laptop y cámara fotográfica. Hice una revisión exhaustiva de cada objeto en mi lista. Luego de cerciorarme que todo estaba en orden, me paseé por el apartamento asegurándome de que no faltara nada.

-Ok. Creo que es hora de irnos-

Cada uno de nosotros cogimos algunas de las maletas y mochilas. Tranqué la puerta de mi apartamento dos veces y entramos al ascensor juntos.

Leddicus pidió al momento el sentarse en el asiento delantero mientras Julie manejaba en dirección al aeropuerto de Zúrich. El efecto de la cafeína estaba disminuyendo y me sentí como si me estuviera adormeciendo pero me contuve. Debía estar despierto para poder escuchar lo que Leddicus y Julie hablaban. Leddicus le contaba a Julie emocionado lo que había visto por televisión.

-Y habrá mucho más de eso. Tu rostro está en las principales páginas de los periódicos esta mañana- le respondía mientras pasaba un camión de forma impecable en la carretera.

-¿Yo? ¿En los periódicos? ¿En serio?-

-Sí. Así es. Estás en las noticias, en diferentes idiomas y yo me las arreglé para enviar mi reporte anoche justo a tiempo para que aparezcan en las primeras ediciones de los periódicos londinenses mañana. Deberían estar ya disponibles en el aeropuerto-

Entre más me metía en este circo, más desconcertado me sentía. Yo quería el reconocimiento y las recompensas financieras pero todo el apuro de los paparazzi, publicidad y la presión do encajaban bien con este hombre académico. Sabía muy bien que debía acostumbrarme a aquello pero aún me faltaba mucho para lidiar con todo aquel embrollo. Aún me enojaba el simple hecho de tener que pasar por todo eso. Deseaba a veces poder controlarlo pero todo lo que yo quería era una vida tranquila. Creo que fue por eso que decidí estudiar historia en primer lugar.

Volví a enfocarme. De pronto, me quedé estupefacto con lo que Julie me dijo a continuación.

-¿Enviaste una copia? ¿Has olvidado acaso que te pedí ver alguna de tus copias antes de publicarlo?- Mi enojo comenzó a subir de nuevo.

-Lo sé. Pero no creo que estuvieses animada a recibir un reporte detallado a la una de la mañana. Tengo una copia en mi maletín para que lo leas-

Aún estaba enojado.

-Y además, ése no es el punto. ¿Acaso no podía esperar?-

-No, Gerhardt. No podía esperar. Una historia tardía es equivalente a un año tardío de publicación. Simplemente es noticia vieja de un día al otro-

No podía discutirle su razonamiento así que ni lo intenté.

-¿Cómo rayos te las arreglaste para tener tu copia anoche?- le pregunté a Julie sorprendido.

-Quizás porque trabajo mucho. No podía descansar hasta que el trabajo estuviese terminado. Envié la copia a las dos de la mañana y luego hice unas llamadas al editor nocturno. En media hora ya todo estaba listo-

-¿Tuviste tiempo siquiera de dormir un poco esta mañana?-

-¡No! ¡Para nada! Eran las seis de la mañana y ya necesitaba' prepararme para venir acá. Tuve que enviar una montaña de correos electrónicos- decía ella mientras tomaba una pausa y prendía las luces de freno. Ella lentamente se revisó los bolsillos y sacó un papel algo arrugado.

-Pensé que podía interesarle esto. Tengo una suscripción al servicio prensa y esto vino esta mañana-

-Es de un periódico gratuito que ellos dan en las estaciones de metro de Londres. Creo que se llama *Metro*. Y creo que lo que usted va a leer también ha aparecido en otros diarios-

> *Noticias Metro. Londres, Reino Unido.*
> 14 de Junio del 2009
> **Insecto resucitó luego de 120.000 años**
> Los científicos han descubierto recientemente un sorprendente hallazgo: un insecto volvió a la vida luego de estar en hibernación por más de ciento veinte mil años. Esto levanta evidencias de que probablemente haya vida en Marte. El pequeño microbio púrpura denominado *Herminiimonas glacei* estaba atrapada casi en dos millas de hielo en Groenlandia. Tomó casi once meses revivirla por medio de una incubadora. El insecto finalmente volvió a la vida y comenzó a producir colonias frescas de bacteria marrón y púrpura.

Alisé los bordes de la hoja y leí el artículo que trataba sobre la resurrección de un insecto que se halló en el hielo en las tierras de Groenlandia. Un equipo del la Universidad Estatal de Pennsylvania dirigido por la doctora Jennifer Loveland-Curtze encabezó una serie de experimentos. Aparentemente, lo que habían calculado fue que el insecto se tomó una siesta de 120.000 años antes de despertarlo.

-¡Fascinante!- exclamé. El artículo me sorprendió genuinamente- Pero este es un insecto microscópico. Leddicus, en cambio, es un hombre hecho y derecho-

-Mmm...sí. Eso lo había notado. Pero al menos es algo y hablan también de un montón de cosas sobre criogénicos que no tiene ni el más absoluto sentido para mí. Al menos eso fue lo que pensé hasta que conocí a Leddicus. Hay un montón de cosas que nos dice la ciencia la cuales aseveran ya entender y comprender hasta que de pronto consiguen algo que les desorienta por completo-

El tráfico estaba aún pesado y lento. Ella volvió a escarbar en sus bolsillos y me entregó otro pedazo de periódico.

-De uno de los periódicos alemanes: una flauta hecha del material de un monstruo prehistórico. Pensé que ellas existían mucho antes de que estos seres existieran y aún así hallamos que el instrumento fue hecho de su hueso-

-Raro asunto. Como sea- contesté mientras doblaba el papel dando por finalizada mi lectura del artículo. —Quizás los investigadores italianos encontrarán de golpe todas las respuestas al asunto de Leddicus y el mundo de la prensa se convertirán de cínicos a creyentes y estarán sobre nosotros como un vendaval. Nunca comeremos y dormiremos ¡Y eso te incluye a ti!- reí

Ella rió conmigo mientras entraba lentamente a la zona del aeropuerto que estaba dirigida a las salidas. Luego de estacionarse justo frente a la sección de Alitalia, Julie abrió el maletero y puso todos nuestros bolsos y maletas en un carro portaequipaje.

-Gracias por la vuelta. De verdad, muchas gracias- Estreché su mano.

Julie abrazó a Leddicus y le besó ambas mejillas. Él sonrió y trató de devolverle los besos pero en medio de la indecisión chocó su nariz con la suya. Ella retrocedió un poco y le dio una suave palmada en el hombro.

-¡Que la pase bien!- ella se dirigió a mí -¡Los veré en Londres!-

Mientras caminábamos por la terminal ella volvió a hablar.

-No olvides mandarme un mensaje de texto con los detalles del vuelo para poder recogerlos en el aeropuerto de Heathrow-

Las puertas automáticas se abrieron y nos adentramos a la terminal pasando por un mar de gente hacia las escaleras eléctricas. Empujé el carrito hacia el escalón mientras lentamente ascendíamos hacia la mezzanina. Cargué mi tarjeta de crédito en la máquina del check-in y de allí salía una cinta para pegarla en los equipajes. Las coloqué todas y las dejamos al encargado que las llevaría al lugar adecuado. Me sentía autosuficiente al ver lo bien y ordenado que éramos nosotros los suizos a la hora de viajar. *Nosotros los Suizos somos muy hábiles e ingeniosos.*

Leddicus estaba sorprendido. La vista y los sonidos le dejaron pasmado. Él se detenía y miraba alrededor. Su boca estaba abierta. Constantemente yo le agarraba del brazo para que no se perdiera. Él estaba tan sorprendido que quedó como en shock. Había tanto que ver y experimentar que él no tuvo ni siquiera la capacidad ni las ganas de preguntar nada de nada. No podía ni comenzar a imaginarme cómo debía de sentirse uno al ver todo aquello por primera vez. De una manera extraña, le envidiaba.

Finalmente estábamos parados en la sala de espera del aeropuerto. Las ventanas gigantes mostraban a sus anchas una vista panorámica de la pista de aterrizaje. Leddicus se adelantó y se quedó pegado al vidrio. El vidrió se empañó un poco y no fue sino hasta que se despegó de el por dos minutos para decirme lo siguiente.

-¡Carros gigantes!- dijo él a medio respirar, lleno de asombro y adrenalina.

-No son carros. Son aviones. Vamos en uno de esos hacia Roma-

¿Y cómo llegaremos allí? ¿Por la carretera? ¡Los caminos son muy pequeños!-

Doblé mi mano en forma de v invertida luego la extendí y finalmente subía lentamente mi mano en el aire.

-Ellos vuelan-

Él se quedó completamente asombrado.

-¿Acaso ellos mueven esas cosas de metal a los lados? ¡Eso no es posible! ¿Cómo pueden ellos volar?-

Me reí ante su simple lógica.

-No lo sé. Yo soy un historiador no un ingeniero aéreo. Pero créeme. Ellos vuelan. Siento tener que apartarte de aquí. Tenemos un vuelo que tomar y aquí hay horarios.-

Él caminó a mi lado. Sus ojos no se apartaron de la pista ni por un segundo. Él se detuvo algunas veces y cuando agarraba su muñeca para apurarle pude sentir cómo su pulso vibraba como si fuese un martillo. La única adrenalina que yo tenía era el miedo de ver cómo mi equipaje se iba de mi hacia los puestos dónde estaba el resto de equipaje. Pensé que no lo vería más. Normalmente yo empacaba mis cosas en una maleta más pequeña.

Llegamos a la sala principal de salidas y me senté lejos de los vendedores de periódico. Me ubiqué tan lejos como me era posible de ellos. Ya había visto demasiadas fotos de un Leddicus sonriente y malhumorado mirándome a mí. Pensé tal vez mandarle una copia a Julie pero ella ya me había dado una copia. Quería mantener este asunto bajo perfil de la manera más discreta posible. Comencé a buscar un lugar en dónde pudiesen vender café. A pesar de que era demasiado temprano, le di a Leddicus una pequeña copa de vino. Él estaba más en shock que la vez que lo observé en el hospital. Él apuró la copa alegremente y aún no encontraba palabras que decir. De vez en cuando, me miraba, se quedaba con la boca abierta y no decía nada. Al rato, volvía a tomarse su vino.

Anunciaron nuestro vuelo y nos dirigíamos a las puertas del pasillo correspondiente a Alitalia. Caminamos por el pasillo y la única pista que tenía Leddicus de que ya estaba dentro de avión fue el momento en que la azafata comenzó a dirigirse hacia nosotros. Encontramos nuestros asientos y Leddicus se sentó junto a la ventana. Cogí mi equipaje de mano y cuidadosamente lo puse en el portaequipajes mientras observaba el rostro sorprendido de Leddicus que miraba el horizonte a través de la ventana fijamente. Le ayudé a abrocharse el cinturón de seguridad. Él se quedó fascinado mientras la azafata explicaba la rutina normal de vuelo a los pasajeros.

Él aún ni había hablado. Los motores, los cuales habían estado silenciosos, comenzaron a rugir lentamente hasta que el sonido se hizo más fuerte. Leddicus me observaba con el rostro lleno de terror. Él podía sentir la presión a medida que los motores llegaban a su máximo potencial. De pronto, sentimos cómo el avión comenzaba a avanzar. Poco a poco la velocidad del avión fue aumentando a medida que el Boeing 747 se preparaba para despegar. Le pedí a Leddicus que observara atentamente todo mientras despegábamos.

-¡Mira! ¡Mira!-

Él contuvo la respiración. Sus manos se aferraron al reposabrazos. Su rostro se puso blanco. El dobló su nariz contra el vidrio. El se quedó observando el aeropuerto y la ciudad hasta que éstos se volvieron del tamaño de Liliput. Muy pronto todo lo que pudo ver fueron pedazos de azul, verde, blanco hielo y más allá del horizonte, el vívido azul cielo. Entonces Leddicus comenzó a abrir la boca y no paró de hablar. Las preguntas se amontonaban una sobre otra sin orden alguno. Mi amigo parecía están tan sorprendido como un niño de diez años. El dolor comenzó a asomarse por toda mi cabeza pero yo no me quejaba. Su ánimo y emoción eran contagiosas e infecciosa y, al menos que el tuviera un Oscar por semejante actuación, yo hubiese pensado que estaba sentado al lado del verdadero McCoy.

El vuelo tomó du curso a medida que avanzaba y Leddicus apretaba cada botón y fue al baño casi siete veces tan solo para caminar el pasillo y sentirse libre de estar allí sentado. Él hablaba con cualquiera que pasara por allí y no dejaba de sonreír como si fuera un auténtico gato Cheshire.

El avión, luego de un largo tiempo, comenzó su descenso al aeropuerto de Roma y Leddicus se quedó en silencio otra vez. La vista desde el aeropuerto le dejó pasmado. La aduana y la revisión en Roma fueron simples y directos. Afortunadamente, mis miedos desaparecieron al ver cómo mi equipaje y el de Leddicus volvía a nosotros.

Al cabo de un rato salimos fuera del aeropuerto en el sol de la media tarde y le di a Leddicus una palmada en el hombro.

-¡Bienvenidos a Roma amigo mío!-

Él se quedó allí tan solo contemplando todo de forma silenciosa con su rostro completamente sorprendido y asombrado. Él siguió observando todo desde la ventana del taxi mientras el taxi nos transportaba al hotel. Yo estaba muy cansado pero Leddicus, siempre preparado con un bagaje de preguntas, estaba tan emocionado como si fuera un cachorrillo de seis años.

Aún cuando era la última cosa que yo quería hacer, una vez que pusimos nuestras cosas en el cuarto de hotel, nos salimos del hotel y recorrimos las calles por u rato. Él tenía muchas, pero muchas preguntas. Esperé pacientemente por unos quince minutos y luego le detuve.

-Suficiente, amigo mío- le dije secamente –¿Puedes callarte por un rato? No tengo energías hoy-

Él calló y luego me sonrió amablemente y asintió. Caminamos en silencio por las calles traseras por una hora. Eventualmente conseguimos una taberna tranquila en dónde comimos una cena deliciosa. Mientras hablábamos de los planes que íbamos a realizar en los días siguientes, bebimos una excelente botella de Chianti y finalmente me las arreglé para llegar al cuarto temprano en la noche. Ya yo estaba roncando alrededor de las nueve de la noche.

***

> Envío listo. Todo en orden. Transferencia a depósito suizo programada para mañana en la mañana. Diecisiete objetos adquiridos tal cual como los pidió. Ellos vendrán en el tercer envió. Confirme la transacción. El pago es doble debido al tiempo extendido de viaje y al mínimo ritmo de producción. Se le llamará esta madrugada a la 1:00 de la mañana para discutir otros detalles.

El correo electrónico encriptado se envió rápidamente. Eduardo revisó su reloj. Él tenía libre dos horas antes de la llamada. Él abrió el manuscrito que estaba guardado en su laptop y comenzó a trabajar. La nueva copia que él recibió ayer era simplemente excelente. Ésa copia ayudaría a llenar los huecos que inicialmente habían aparecido cuando comenzó a trabajar en el manuscrito y así ponerle más sustancia al asunto.

Capítulo 13

El Tour

Leddicus y yo bajamos al área del desayuno y llegamos prácticamente a las nueve de la mañana. Merodeamos por la mesa del buffet y escogí dos croissants calientes, unas tajadas de unos jugosos jamones y una humeante taza de café. Aunque Leddicus prefirió tomar un vaso de jugo de naranja su mente aún se dividía por ver si tomaba café o no.

El café estaba exquisito. *Nadie hace café como los italianos.* Lo bebí de forma pausada mientras engullía mis dos croissants con jamón. El croissant y los jamones estaban deliciosos.

-Hoy vamos a hacer un tour por la capital romana- le dije a Leddicus mientras cogía otro croissant. –Voy a llevarte por toda Roma- Leddicus simplemente asintió con la cabeza —Cogeremos un bus. Podemos sentarnos en la parte más alta y ver mejor todo-

Comí pensativamente y por un momento me relajé bastante animado por el excelente desayuno que tuvimos. Me sentía con ganas de caminar hoy y mi estado de ánimo era óptimo.

-En algunos lugares en los cuáles te quiero llevar quedan lejos así que tomaremos un taxi y, por supuesto, caminaremos un rato. Así

que come bastante. Necesitarás las calorías-

Leddicus me sonrió.

-Ésta es la Roma moderna pero veremos algunas construcciones antiguas que reconocerás al instante cuando tu padre vivía aquí. Planeo finalizar nuestro tour en el Coliseo y luego en el Vaticano.

Espero no cruzarme con esa odiosa periodista del Vaticano.

Leddicus permaneció en total silencio pero yo estaba de tan buen humor que ni presté atención. Tan sólo aproveché la oportunidad para relajarme. Cogí un cuarto croissant y al terminarlo me levanté de lam esa.

-¿Listo para otra pequeña aventura?- le pregunté

Leddicus me siguió juiciosamente hasta el hotel y nos adentramos en la creciente y estresante marea de lo que es hoy la moderna Roma italiana. Cruzamos la calle y cogimos un bus en la calle del frente del hotel. Iba exactamente al centro de Roma. Se oían incesantemente las bocinas de los autos a medida que carros, motos y buses se agolpaban en las atestadas calles. Las aceras estaban repletas de gente que sonreía, otros caminaban apurados, otras bebían café sentados en sillas ubicadas en el exterior. Era un caos de color, sonido y movimiento.

Leddicus finalmente rompió su silencio exhalando un largo suspiro. Observé su rostro somnoliento.

-Esto no es lo que yo esperaba- me decía mientras observaba por las ventanas del taxi. Sus cejas eran demasiado tupidas.

-¿Cómo pensaste entonces que sería?- le pregunté un poco irritado ante su declaración. Teníamos un excelente día por delante.

-Esperaba ver gente vestida como yo, bueno, no cómo estoy vestido ahora pero como solía vestir-

-Hmm. Desafortunadamente vinimos a esta ciudad gracias a un Boeing 747 no en una máquina del tiempo- dije un poco desafiante. Había tratado de las mejores maneras en explicarle que la Roma que veía ahora no era para nada la Roma que él conocía hacía unos dos mil años atrás

-Sé de memoria lo de la brecha del tiempo pero de alguna manera yo pensé...bueno pensé que estaría en casa...- dijo Leddicus exhalando un largo suspiro.

Puse mi mano sobre su hombro y traté de imaginarme cómo se sentía. Mi irritación se evaporó al darme cuenta de que su emoción por volar no era tan sólo por el simple hecho de volar sino porque él sentía que volvía a casa y porque mi entendimiento de él era limitado, no pensé que él esperaba encontrar algo familiar, algo que él pudiera reconocer. Pero todo lo que encontró fue más confusión.

-Lo siento. No puedo ni imaginar lo difícil que esto debe se para ti. Espero que este viaje a Roma te aclare un par de cosas que tienes inconclusas. Ésta parte de Roma es moderna y vivaz pero te mostraré otra parte de Roma, no tu gente por supuesto, pero al menos algunas de las construcciones que quedaron-

Nos bajamos del bus fuera del Panteón el cuál era el templo de todos los dioses.

-Esto fue construido entre el año 118 y 125 antes de Cristo, un poco más tarde del nacimiento de tu padre. Pienso que fue Adrián, el emperador romano, el que dirigió esta construcción así que apareció luego de tu accidente en el hielo.

Leddicus trató de sonreír pero no lo hizo. Un halo de desesperanza dominó sus ojos. Comencé a relajarme interiormente. *No puedo hacer nada en contra de eso. Él tendrá que lidiar con esto. Éste lugar es asombroso.* Caminé alrededor, absorto con Leddicus siguiéndome los pasos de forma pausada detrás de mí. Estaba simplemente observando cada detalle de la estructura que me parecía genial y asombrosa. Observé el imponente arco que nos cubría a medida que pasábamos y observé con detalle las puertas gigantes de bronce.

-¿Sabías que éste fue el domo más gigante del mundo por casi cincuenta mil años?- le comenté tan animado que ni me fijé en la reacción de mi amigo.

Nos movimos hasta llegar al Forum.

-Sé que no has estado aquí antes pero entiendo que esto es un complejo gigante de arcos ruinosos y basílicas. Aparentemente, ésta era la Roma social, legal y ceremonial de aquel entonces. Era como un lugar de negocios en aquel tiempo-

Leddicus sonrió débilmente.

-Creo que pudiese haber estado allí con mi mercancía de telas-

El viaje no parecía ser divertido tal y como me lo propuse. Nada parecía sacarlo de su apatía. Tenía la cámara conmigo así que la saqué de mi bolso.

-¡Hey! Déjame tomarte una fotografía. Párate en ése pilar- estaba tentado de decirle que se la podía mostrar a sus amigos cuando volviera pero callé sabiamente antes de que las palabras saliesen a borbotones.

Leddicus mostró algo de interés en la cámara y luego de unas cuantas tomas, él se tomó una foto conmigo enfrente de las ruinas. El primer intento salió mal pero luego de varias tomas logramos tomar una foto decente.

El sol del mediodía comenzaba a asomarse mientras nos encaminábamos a un café en las cercanías del sitio. Intenté brindarle a Leddicus una buena pizza italiana. Él, al final, eligió una con pescado y anchoas que se desperdigaban alrededor de la base de queso.

Él comió la pizza de forma tentativa y luego esbozó una sonrisa por el resto del día. Él siguió comiendo y mientras engullía su pizza trató de decir algo pero su boca estaba tan llena de comida que me costó entender lo que decía.

-¡Esta buena! ¿Acaso hacen ellos pizza de ostras?- preguntó Leddicus

-¿Pizza de ostras? Lo dudo amigo- le respondí incrédulo.

Él tomó un sorbo de su copa de vino y enfocó sus ojos al horizonte.

-Cuando yo iba a los baños romanos, los vendedores de ostras siempre estaban allí. Solíamos estar tan hambrientos que luego de tomar un largo baño, comíamos cientos de ellas-

No estaba de humor para discutir sobre anchoas o ostras pero estaba complacido de ver cómo la pizza le levantaba los ánimos. Me pregunté el porqué aquella melancolía invadió a Leddicus en el momento que pisábamos Roma. Quizás su sentimiento de estar perdido entre dos mundos comenzó a crecer dentro de él pero no había nadie que le consolara, ni siquiera un anciano de su época que estuviese descongelado y que caminase por aquellos parajes por casualidad.

Pagué la cuenta y luego de su mención de los baños públicos pensé que sería una buena idea el llevarlo precisamente allí.

-Éstos son los baños de Diocleciano y ellos solían cubrir hasta treinta y dos acres de territorio-

Traté de que la conversación fluyera pero me di cuenta de que él no tenía ni idea de lo que era un acre.

-Muy interesante. Me gusta- respondió. Aquello era un dramático cambio de actitud de alguien que siempre estaba alegre, inquisitivo y activo.

Caminamos en silencio mientras yo señalaba y le mostraba características interesantes de la ciudad pero no observé ni una sola reacción de Leddicus en lo absoluto. La tarde me estaba afectando sobremanera y la única solución era buscar un lugar donde vendieran café.

-Aquí es dónde necesitamos ir- le dije mientras señalaba una cafetería en mi libro guía de viajes. Cogí un taxi y le mostré la página al conductor. El asintió y comenzó a hablarme en italiano.

El taxi se detuvo justo al frente del Coliseo. Se detuvo en medio del tráfico para recibir su pago a pesar de que muchos carros atrás le tocaban corneta impacientemente para que despejara el camino. Subimos las escaleras y llegamos al mirador. La inmensa construcción nos saludó sobriamente. Sus pilares y pórticos estaban muy, pero muy lejos de nosotros. Ambos contuvimos la respiración ante el imponente tamaño del lugar.

Leddicus se sentó para detallar mejor la construcción. Buses, carros y scooteres estaban por debajo de nosotros pasando a toda velocidad pero él tan solo se quedó mirando el Coliseo. Él estaba tan absorto que el simplemente asintió cuando le pregunté si quería café.

Yo estaba sorprendido y con un contagioso entusiasmo, comencé mi monólogo de historia con Leddicus.

-Incluso si se compara a los estadios modernos esta construcción es una maravilla de la arquitectura hecha con una experticia en construcción nunca antes vista. Fue construida alrededor del año 80 después de Cristo y albergaba aproximadamente cincuenta y cinco mil espectadores. Fue construida por el emperador Vespasiano y su grandiosa maquinaria moderna aunque obviamente también tenía a su favor una amplia multitud de esclavos que le hicieron más fácil y rápido el trabajo para finalizar la construcción.

-He oído mucho sobre este lugar. Sus planes de construcción se discutían por todos lados. Las noticias llegaron incluso a nuestros oídos en Cesárea de Filipo. Estaba causando un gran impacto a decir verdad-

El comenzó a beber su café lentamente y arrugó su rostro al alejar la taza de sus labios. Le pasé una taza de azúcar para que él pudiera endulzar el café. El cogió la pequeña cucharilla y añadió unas cucharadas de azúcar a su café de forma lenta.

-¿Por qué dices siempre antes de Cristo cuando hablas de fechas? ¿Tiene acaso un significado?- preguntó Leddicus de repente.

-Sí- cogí mis lentes de mi bolsillo y me los puse. El sol ya comenzaba su lento descenso en aquel momento. –Significa "después de Cristo" En tu idioma es "Anno domini"-

-*Anno Domini* significa "en el año del Señor" no "después de Cristo" O como yo lo diría: *Anno Domini Nostri Iesu Christi*. En el año de nuestro Señor Jesucristo. Qué extraño. ¿Crees que él aún sigue vivo?-

-Me temo Leddicus que esta conversación me ha dejado confundido. Vámonos y echemos un vistazo al Coliseo.

-¿Podemos entrar?- preguntó mi amigo un tanto sorprendido.

-Seguro que sí. Por un par de euros-

Valientemente atravesamos el intenso tráfico y llegamos al otro lado del camino con tranquilidad y seguimos las señalizaciones en donde estaba el área para comprar los tiquetes del Coliseo. Compré un par y nos pusimos justo detrás de unos turistas japoneses que fotografiaban todo lo que veían a su paso. La arena se abrió frente a nosotros. La enormidad de la construcción me dejó sin aliento. Tomé unas cuantas fotos y luego señalé algo para que Leddicus lo viera pero él se sentía más miserable que nunca.

-¿Qué es lo que pasa ahora?-

-Este lugar, tan increíblemente grande, con tan imponente estructura fue precisamente el lugar en dónde sentí la muerte de muchos esclavos, animales y personas. ¿Para qué propósito? Como un espectáculo ¿Fue tan solo por entretenimiento? Nosotros somos muy malvados y eso me entristece mucho-

Y acto seguido, el bajó la cabeza cubriéndola con sus manos.

Hoy yo no tenía ni idea de qué decir. Normalmente yo me cansaba de dar tantas explicaciones a su constante inquisición. Hoy tan sólo pude darme cuenta de lo triste que él andaba. No me dio ninguna explicación del porqué él estaba así y yo no tenía ni la más remota idea de lo que pasaba por su cabeza.

-¿Quieres regresar al hotel?- dije desesperanzado y frustrado. Yo realmente quería ver aquella magnífica construcción.

-No. No. Debo ver el porqué me trajiste aquí. ¿Qué es lo próximo?-

Afuera cogí un taxi y nos metimos adentro.

-A la Plaza de San Pedro- le dije al taxista mientras éste pisaba su acelerador para seguir el camino. A cada momento tocaba su corneta.

-Iremos a la Ciudad del Vaticano. Y eso va a marcar nuestro día- le decía a Leddicus lentamente mientras me agarraba a mi asiento al ver cómo el conductor italiano frenaba de golpe ante una luz roja del semáforo –Lo que vas a ver a continuación es el país más pequeño del mundo entero-

Me pude dar cuenta de que Leddicus estaba allí tan sólo por complacerme pero yo seguí.

-El idioma oficial es el Latín, tu idioma. La población es de aproximadamente ochocientas personas nada más. Las personas que viven aquí tienen su propio pasaporte del Vaticano. Incluso tiene su propia oficina postal-

Leddicus tan sólo miraba fuera de la ventana y le prestó poca atención a mi monólogo.

-El Papa vive aquí. Él es la cabeza de la Iglesia Católica así que podría decir que éste sitio es el centro del Cristianismo-

-¿Cristiano? ¿Cómo Julie Bright?-

-Oh. ¿Acaso ella dijo que era una?-

-Sí. Pero no me dio muchas explicaciones. Ella me dijo que me contaría mucho más al estar en Londres-

-Bueno, creo que ella entonces debe saber más al respecto sobre el tema que yo. De todas formas, éste es el centro. Y aquí estamos. Al menos que esté completamente equivocado, por supuesto-

El taxista simplemente se orilló a un lado del camino.

-Vaticano- dijo el conductor. El taquímetro me dejó saber que la suma que debía pagar era la de veintidós euros. Le di veinticinco euros y le respondí en italiano.

-Grazie. Tenga il resto-

El Vaticano debía ser, en mi opinión, la mezcla perfecta entre la Roma antigua y moderna. Habían fuentes hermosas y una gran plaza de mármol la cual, imaginé, se usaban para ocasiones especiales pero más allá pude ver unas estatuas ricamente esculpidas las cuales estaban tan bien posicionadas que permitían al sol desplegar sus rayos a plenitud por el lugar. Mientras caminábamos, noté que habían varias cámaras de vigilancia puestas en cada punto estratégico.

Caminamos por toda la Plaza San Pedro, pasamos el obelisco y nos adentramos más y más en los pasillos de la plaza. Eventualmente terminamos llegando al auditorio principal. Obviamente, pudimos ver que se estaba llevando a cabo una misa. Oí música y un poco de gente con grandes sombreros. Estaba un poco confundido al ver todo aquello y no sabía cómo explicárselo a Leddicus pero él veía todo de forma tan desinteresada que dudé que él quisiera oír alguna explicación al respecto.

Una procesión comenzó su lento progreso desde la parte trasera de la construcción con grandes objetos que despedían incienso por todo el lugar. La esencia flotaba por todo el lugar. El hombre que dirigía la procesión se veía bastante serio. El caminaba de forma recta a pesar de su gran sombrero. Muchos hombres le seguían. Sus largas túnicas negras rodaban por encima del suelo de mármol. Pude ver mucha pompa en la ceremonia que me di cuenta al instante de que no era precisamente un lugar para tener una conversación normal. Pude ver cómo muchos de ellos demudaban sus rostros concentrándose en el ritual. Me pregunté qué era lo que Leddicus pensaba en aquel momento. Me pregunté si demudar el rostro de aquella manera era un pre-requisito para ser espiritual.

Me estaba comenzando a aburrir y tenía mucha hambre pero pensé que sería irrespetuoso alejarme en mitad del servicio. Pude ver hombres vestidos en trajes negros por todos lados. La seguridad del Vaticano sin lugar a dudas. Ellos aparentemente se aparecían como por arte de magia para evitar cualquier comportamiento inoportuno de acuerdo a la versión de un amigo mío que fue expulsado del lugar tan solo porque a un sacerdote le dio unas palmadas amistosas en su hombro. Leddicus se quedó en silencio escuchando con atención. La ceremonia parecía estar finalizando. La columna de hombres de túnica negra lentamente se alejaban del recinto y nosotros estábamos de vuelta afuera, a la luz del sol.

Rompí el silencio.

-¿Qué te ha parecido hasta ahora?-

El respiró hondo y me parecía a mí que el trataba de escoger sus palabras con mucho cuidado en aquellos momentos.

-Fue muy interesante. El techo en esa construcción fue lo que me dejó pasmado. La pintura fue asombrosa. ¿Cómo pudo el artista hacer cosa semejante?-

-Le tomó años. No creo que su cuello haya quedado de la misma manera luego de aquello-

¿Los soldados? ¿Son ellos soldados? Se visten de forma muy extraña comparados con los demás-

-La Guardia Suiza. Ellos vienen de mi país. Ésa es su vestimenta tradicional. Tan solo espera cuando veas a los Beefeaters en Londres-

-¿Beefeater?- Leddicus se rascó la cabeza al hacer la pregunta

-No importa. Continuemos-

-El ritual en ese lugar, los cantos, el sermón…no lo entiendo. ¿Es éste el Cristianismo del que Julie hablaba?-

Ahora era mi turno de rascarme la cabeza.

-Lo siento Leddicus. No tengo idea. A la que le tienes que preguntar eso es a Julie. Yo tampoco lo entiendo si te soy honesto. Mi Latín es…-

-No. ¡No! ¡No es a eso a lo que me refiero! Yo entiendo muchas de las cosas que dicen pero es precisamente las cosas que ellos decían allí que no me gustaron en lo absoluto. Ellos no parecen tener empatía con la gente de El Camino- dijo él con la cabeza baja en señal de decepción.

-Tu Latín mejoró entonces. Eso es bueno. Entonces ¿Porqué no te gustó?-

-Demasiado formal, muy controlado, exageradamente controlado…todas esas ropas extrañas. Ellos hablaban de Jesús el Cristo. Eso lo sé…pero…pero-

-¿Qué ocurre? Continúa- no tenía ni idea de lo que estaba diciendo pero yo trataba en lo posible de entenderle. Si tan sólo pudiera sacarlo de su ensimismamiento.

-Es como si ellos quisieran controlarnos, quiero decir, de la forma en que Roma lo hace. Roma observa cada aspecto de nuestras vidas. Estamos siendo controlados con límites muy precisos. Así es como esa gente habló allí dentro pero quizás los malentendí-

-Estoy seguro de que Julie te ayudará a entender mucho mejor todo lo que dices. Dejemos esta discusión de lado hasta que lleguemos a Londres. Estoy cansado. Volvamos al hotel, descansemos y luego veremos que nos deparará el día de mañana-

-Estoy listo para eso- respondió Leddicus regalándome la mejor sonrisa que no vislumbré durante todo el día.

Cogimos un taxi y me sentí aliviado de volver al hotel. Sugerí que fuéramos temprano y dejé a Leddicus en la puerta de su cuarto. Ordené una cena hacia nuestros cuartos al servicio del hotel y me actualicé en la noticias a medida que comía. Me tiré literalmente a la cama y me pregunté que había comido Leddicus de cena y si él tenía alguna idea de lo que era el servicio a la habitación pero el sueño rápidamente dominó mi consciencia.

Capítulo 14

Cambio de Plan

Me senté y comencé a comer mi desayuno sin pensar mucho en aquella mañana excepto lo inusual de saber que Leddicus aún no había llegado al comedor. Normalmente el llegaba mucho antes que yo. Cuando él llegó a la mesa, ya yo había comido mi fruta y mi muesli y ya estaba tomando mi segunda taza de café.

-¿Estás bien?- le pregunté mientras buscaba un croissant para comer pero noté su silencio.

El se sentó al frente de mi y se encogió de hombros.

-Creo que sí. Ayer fue un día duro para mí aunque no sé exactamente el porqué-

Encontré toda aquella búsqueda emocional bastante tediosa pero al menos pensé que podía intentar un poco adentrarme en su cabeza al menos para mantenerle animado.

-¿Qué fue tan difícil? ¿El camino?-

Leddicus me dirigió una cálida sonrisa.

-No. No. Eso estuvo bien. Es tan sólo que no puedo explicar lo que es incluso no me lo puedo explicar yo mismo- dijo él mientras buscaba la cafetera. Siempre supe que él se distraía mientras buscaba el café –No estoy seguro como lo dices en tu idioma. Perdido, creo. Sí. Eso es. Creo que me siento perdido o quizás siento que perdí algo- decía mientras agregaba azúcar a su café –No sé qué pensar o sentir. Nada fue como yo lo esperaba. Sé muy bien que me mostraste cosas, como tú siempre lo mencionas, de mi tiempo pero todo fue muy extraño- Y la reunión Cristiana, en ese pequeño país. Tampoco entendí esa. Nada tiene sentido para mí en tu mundo-

No hablé por un rato. Lo miré y pude darme cuenta de lo calmado que estaba. Yo estaba intentando dar la apariencia de tranquilidad pero por dentro yo trataba de poner a prueba mi paciencia.

-Debe ser difícil para ti. Debes sentirte aislado. Podemos hacer un tour por la ciudad hoy y ver más lugares pero si quieres no lo hacemos. Obviamente ya tu no podrás enviar tus cartas a la corte del Cesar. Ya no está allí. ¿Qué te gustaría hacer? ¿Ir de compras en Roma? Es tu turno de decidir-

Sin ningún reparo el asintió fuertemente con su cabeza.

-Sí. Pienso que he visto demasiado de mi tiempo aquí. Me entristece. Me confunde y me hace sentir temeroso y perdido. ¿Qué más podemos hacer?-

Mi gran idea de visitar Roma lo cual pensé que sería fascinante y divertido para nosotros dos, especialmente para Leddicus estaba transformándose rápidamente en un martirio. En lugar del disfrute, mi amigo se hallaba confundido y desesperanzado. El miedo lo atormentaba.

-Podemos ir de compras- le respondí rápidamente. No intenté explicar nada más al ver su rostro confundido. Pensé tal vez que las compras hace dos mil años no tenían la misma importancia ni el status que tenían hoy en día en pleno siglo veintiuno.

-Había planeado originalmente que estuviéramos en Roma tres

días pero si no te sientes a gusto podemos ir a Londres más temprano-

Una sonrisa al fin iluminó su cara.

-Sí. Eso está bien. Me gustaría mucho eso-

Al fin, algo lo había calmado. Él estaba tan emocionado con la idea de ir a Londres que el apetito volvió a él de forma instantánea mientras se comía un croissant. Mientras el comía, yo le explicaba lo que necesitábamos hacer ya que los palanes cambiaron. Tendría que buscar vuelos baratos en Google. Los anuncios que estaban colocados en varias partes del hotel me indicaban que el aeropuerto de Stanstead era la opción más barata en comparación con Heathrow. Y, por supuesto, necesitaba asegurarme si el cambio de planes le sentarían bien a Julie.

No estaba seguro si la mención de Julie cambió a Leddicus que en aquel momento estaba comiéndose un buen plato de *muesli* pero cuando terminé de hablar el simplemente me sonrió y asintió vigorosamente.

-¡Sí! ¡Sí! ¡Hagamos todo lo que tú dices!-

-Ok- dije mientras terminaba mi copa de café –Dame unas horas para cuadrar esto. ¿Puedes divertirte por tu cuenta? Vendré y te recogeré en…- observé mi reloj -…mediodía. Luego almorzaremos y caminaremos por la Roma moderna.

Leddicus asintió y me dedicó su genuina sonrisa.

-Luego de desayunar veré televisión-

Al fin, estoy en la pista correcta.

No me tomó mucho tiempo el apartar los tiquetes de avión para el vuelo a Stanstead para la mañana siguiente.

-Hola Gerhardt. Que gusto oírte. ¿Cómo te está yendo en Roma?-

decía una alegre Julie cuando la llamé a su oficina.

-No muy bien. Pienso que Leddicus está enfrentándose de repente a la realidad y se siente miserable. El quiere cambiar los palanes y venir más temprano a Londres-

-Oh. Siento oír eso. Pobre. ¿Cuándo vienen entonces? Espero que no sea hoy. Ando maniática-

-Reservé el vuelo de las nueve y cuarenta de la mañana para Stanstead mañana. No te molestes en recogernos. Nosotros llegaremos a nuestra manera. ¿Acaso no está Stanstead lejos de donde tú estás? Creo que será un largo camino para que nos reunamos-

-No. No en lo absoluto. Stanstead suena genial. Queda mucho más cerca de donde yo estoy. Ustedes deberían llegar alrededor del mediodía ¿no es así?-

-Algo por el estilo pero no importa. Está bien. Podemos tomar un taxi-

-No. Insisto. Espera. Déjame revisar- ella puso su teléfono abajo y se ausentó por un momento. Al minuto regresó. —Está bien. Puedo salir a las once y media y reservaré los cuartos del hotel para mañana en la noche-

-Gracias. Eso sería genial-

-Oh, sí. Recuerda que te mencioné a mi amigo publicista. Haré los arreglos para ver si fijamos una reunión a tempranas horas de la tarde en el hotel. También creo que puedo darte un paseo por Londres si eso es lo que gustas-

-Bueno, si estás segura de ello, está bien. Gracias por todo- le respondí. Nos despedimos y me quedé allí sentado en silencio. De nuevo, Julie se había encargado de todo.

No importa lo que haga siempre termino haciendo lo que ella quiere que haga. ¿Qué hay en ella que la encuentro irritablemente impulsiva?

La tarde fue genial y sin noticias raras de ningún tipo. Caminamos por el centro de la ciudad, vimos algunas tiendas y Leddicus volvió a su habitual curiosidad al preguntarme de las cosas que él había encontrado. Cenamos temprano en uno de los tantos restaurantes que estaban ubicados en las calles de Roma y luego tomamos un taxi directamente al hotel. Decidí que ya tuvimos suficiente con Roma.

-Londonium y Julie mañana- le decía a Leddicus mientras abría la puerta de mi cuarto –Desayuno a las ocho. ¿Podrías estar listo antes de esa hora para comer e irnos tan pronto terminemos?-

-Estoy muy feliz- respondió Leddicus mientras caminaba hacia su habitación.

***

-Eduardo. Tengo buenas noticias-

-José. Precisamente te iba a llamar más tarde pero el día ha sido intenso-

-Hay una reunión mañana. Finalmente conoceré a nuestro Romano-

Eduardo acercó el teléfono más a su oído y habló tranquilamente.

-La copia que recibí es excelente. Estoy haciendo buenos progresos. Te mandaré un correo electrónico con las cosas que necesitan ser discutidas-

Eduardo se reclinó en su silla muy lejos de su escritorio y tiró una bola de papel a su papelera que estaba en toda la esquina. Su oficina tenía una fuerte apariencia espartana pero a él le gustaba de esa manera.

-¿Cómo está Marguerite?-

-Ah. Ella continúa molestándome con el asunto de que la oficina y el lugar necesitan aire acondicionado pero yo me resisto-

-¿Aún tan terco como siempre?- preguntó José desde el otro lado de la línea.

-¿Qué puedo decir?-

-Esperaré tu correo electrónico y la sugerencia de una fecha en la que podamos cenar-

Eduardo sonrió.

-Sí. Debería terminar con esto en unos tres meses aproximadamente a menos que cambien las circunstancias-

-Te llamaré en unos días para ver cómo van las cosas-

-Bien. Hasta entonces, *ciao*-

Capítulo 15

Londinium

Le mandé un mensaje de texto a Julie de los detalles exactos del vuelo mientras bajaba a desayunar caminando rápidamente junto a Leddicus en las escaleras. El sonrió y me dio una palmada en el hombro, una de las cosas que él había aprendido de mí. Luego comenzó a menear sus dedos pulgares imitando mi manera de mandar los mensajes de texto.

-¡Ok! ¡Ya déjalo!- le respondí alegre de verlo de tan buen humor – ¡Este es tu mensaje de sal de la cárcel ya!-

-¿Voy a la cárcel?-

-¡Sí! ¡Si no te apuras!-

No nos quedamos mucho luego de desayunar y muy pronto ya estábamos en camino al aeropuerto en un bus tipo cama al que Leddicus insistió en llamar "un gran carro". El bus merodeó de hotel en hotel hasta recoger los pasajeros que, como nosotros, iban al aeropuerto. El camino fue lento ya que estábamos en pleno tráfico acostumbrado de Roma en plena mañana.

Revisé online los pasajes aéreos y los imprimí así como

cerciorarme de que todo estaba bien para no agolparnos durante el check-in. Íbamos a volar en Cheapojet.

Cómo odio estas aerolíneas de descuento pero cómo no tengo un presupuesto ilimitado, debo sonreír y aguantarlo.

Pasando por los puestos de periódicos estaba aliviado de no ver fotos de Leddicus confirmándome una vez más lo voluble que era en realidad la prensa y sus seguidores. Leddicus estaba emocionado por el hecho de volar y estaba comenzando a ponerse hiperactivo de nuevo así que lo evité a todas costa comprándole cafeína impregnada en el momento en que yo compraba las bebidas mientras esperábamos.

-No hay café para ti- le dije mientras me sentaba con él a la mesa en dónde el cuidaba de las maletas -¿Te parece bien jugo de manzana?-

Leddicus asintió.

-Perfecto porque eso es lo que tienes. Además al lugar que vamos ya no se llama Londinium. Tan sólo la Londres habitual de siempre-

-Creo que oí ese nombre una vez de un centurión Romano que compró alguno de mis materiales para su familia. Él había estado allí en ese lugar por un rato nada más-

-Es mucho más grande ahora. Más grande de hecho. Quince millones de personas viven allí-

-Debe de ser una ciudad muy atestada-

-Sí. Así es ciertamente. Mucho tráfico. No está nunca quieta. Julie nos ofreció llevarnos de tour por la ciudad si lo deseas-

Su gran sonrisa había dicho que sí antes de que lo vocalizara.

-Sí. Eso es muy bueno. Muy bueno-

-Es muy distinto de Roma. Incluso aunque fue base Romana no versa casi nada de su influencia-

Despegue. Una vez más el sorprendido Leddicus estaba allí con el alma en vilo mientras miraba a la ventana con asombro y fascinación. El se calmó una vez que estábamos sobre las nubes así que pensé que sería divertido presentarle a la Coca Cola. El, al probar la bebida, arrugó su rostro exactamente como un niño que va a probar algo nuevo. El estaba inseguro al principio pero luego lo dulce de la bebida lo animó.

Yo divagaba sobre la cantidad de dinero que la compañía había hecho de vender la Coca Cola por todo el mundo cuando al mencionar la palabra finanzas Leddicus recordó algo que llevó la conversación a un carril distinto.

-Estoy tan triste del hecho de que no pudiera llevar esas cartas y el no haber hecho ningún negocio para mi padre y mi familia-

Me sentía tan apenado de que, una vez más, el estaba perturbado por algo que estaba tan lejano y tan inalcanzable y que yo estaba allí sin poder hacer absolutamente nada al respecto.

Pero creo que ésa es la forma en que la mente trabaja cuando no puede entender o enfrentar la realidad.

-Hice una orden de telas en Malet. Y todos los negocios iban bien en ese aspecto. Espero que el mensajero que envié haya podido lidiar con todo y que mi familia pueda haber tenido un buen ingreso-

Yo tan solo escuchaba a medias pero mi arduo interés en la historia me atrapó hasta el final de lo que dijo.

-¿Cómo hiciste para avisarle a tu familia de que estabas en Malet haciendo esa transacción?- le pregunté

Leddicus regularmente me sorprendía y aquella fue una de ésas veces. Él de pronto cambió la expresión de su rostro y enmudeció. Un terrible miedo cruzó su rostro.

-¿Qué ocurrió? ¿Qué te está pasando?- le pregunté urgido pero comenzó a mirar por la ventana y comenzó a doblar la revista de vuelo hasta que adquirió la forma de tubo.

-Leddicus. ¿Qué pasa?-

-Yo no quiero meter a la gente en problemas- dijo finalmente

-Por supuesto que no pero ayúdame. ¿Por qué la gente se podría meter en problemas por llevar información a Malet?-

Él no respondió. Se quedó mirando a la ventana por un par de minutos y luego se volteó hacia mí.

-Realmente no quiero meter a la gente en problemas- dijo tajantemente

-No entiendo ¿Cómo es que alguien puede meterse en problemas por tan solo enviar un mensaje?-

-La cosa es…-Él me miró por un momento. Sus ojos estaban muy abiertos.

-Está bien. Continúa-

-La cuestión es que hay oficiales esclavos del palacio del Cesar que llevan mensajes al emperador a altos oficiales dentro del imperio. Algunos de ellos están en el grupo de el camino. Y porque yo, que también estoy en el grupo, los conozco por mi padre que fue un centurión. Sabía que soldados iban, a qué lugar iban y cuándo. Por unos pocos denarios, éstos esclavos llevaban mensajes a otras personas-

-Suena como un gran arreglo para mí-

-Conocí a uno de esos esclavos en una reunión y él estaba feliz de hacerme el favor de llevar mi mensaje junto con el mensaje que iba dirigido al emperador. Pero no lo entiendes. Ellos están en negocios estrictamente imperiales y ellos se verían envueltos en problemas si alguien se diese cuenta de que ellos estaban llevando mensajes de mi padre-

-Ah. Ahora lo entiendo. Es cómo un segundo empleo-

-¿Qué?-

-Me refiero al hacer otro trabajo cuando en realidad deberías estar haciendo el trabajo por el cual te pagaron-

Leddicus asintió solemnemente.

-Sí. Así es exactamente-

-Estoy seguro de que él estará buen. Trata de no preocuparte. Incluso si es muy reciente para ti...-

Me detuve para no finalizar la oración.

Afortunadamente, él estaba distraído al sentir que el avión descendía. Leddicus observó por la ventana y observo el pedazo de parche verde de la campiña de Essex debajo de él.

Los vuelos de Cheapojet normalmente aterrizaban y desembarcaban directamente en el asfalto. Ésta era una de esas veces. Leddicus se paró observando la pista de aterrizaje con la boca abierta.

-Una de las pistas más pequeñas- le dije mientras agarraba su brazo para caminar hacia los terminales.

Stanstead estaba lleno de pasajeros regulares y las maletas llegaron a nosotros casi cuarenta minutos en la cinta transportadora. Esperamos y esperamos hasta que observamos que todos habían cogido sus maletas. Comencé a sentir y pensar que mis miedos se estaban materializando. Luego comencé a buscar nuestras maletas y allí estaban: la mía un poco golpeada y su hermana casi tirada bocabajo que venía hacia nosotros. Respiré con alivio mientras nos dirigíamos al área de control de pasaportes.

Un hombre con cara de pocos amigos estaba sentado en uno de los cubículos mientras observaba nuestros documentos de viaje, especialmente los de Leddicus. Mi corazón se estaba hundiendo dl hecho de estar allí parados por horas. Pero el tan sólo estaba haciendo una revisión cuidadosa y eventualmente nos entregó nuestros papeles con semblante serio.

Caminamos en el área de llegadas. Allí estaba ella para saludarnos. Una sonriente y animada Julie Bright.

-¡Hey! ¿Porqué duraron tanto? ¡He estado aquí por horas!- dijo con cierta fiereza. Luego abrazó a Leddicus con calidez y estrechó mi mano. –Estoy tan feliz de que no es Heathrow. He pasado horas tratando de encontrar mi auto perdido en esos gigantes estacionamientos. Ok. Continuemos este show en la carretera-

Julie no habló mucho al momento al momento de manejar alejándose de las inmediaciones del aeropuerto pero muy pronto estábamos ya fuera de Stanstead y entrando al pesado tráfico de la carretera M11.

-Les reservé habitaciones en el hotel Brentwood. No queda exactamente en Londres pero está cerca del aeropuerto y es muy cómodo-

-Gracias por eso. Es bueno saber de que el hotel está cerca del aeropuerto ¿Porqué el tráfico está tan pesado por aquí?-

-La carretera M11 es siempre una pesadilla a todas horas especialmente a finales de la tarde-

-Se necesitan más carriles ¿no?-

Julie sonrió.

-Habría más tráfico. De todas formas, Joe Simmons ya está en l hotel. Ya le proporcioné algunos antecedentes sobre ustedes y él ya está planeando y preparando todo. Aún no puedo creer todo lo que ha logrado en tan poco tiempo. Él está ansioso de conocerlos a ambos. ¿No te molesta? ¿Estás de acuerdo con eso? ¿De que los conozca de una buena vez? ¿O estás muy cansado del viaje?-

-Por mí está bien. Tan solo dame una jarra de café y estarme listo. ¿Estás de acuerdo con eso Leddicus?-

-Lo que te plazca Gerhardt. Gracias Julie por arreglar todo y venir a recogernos-

-¡Es un placer!-

-¿Acaso lo arreglaste todo con tu máquina de hablar?- le preguntó Leddicus colocando una mano en su oído.

-Celular- le respondí automáticamente.

-Es cierto. Me pregunto qué sería de nosotros si ellos no existieran- respondió ella mientras se dirigía al estacionamiento del hotel.

Me pregunté como ellos arreglaban reuniones de este tipo en la Roma de mi amigo. Me pregunté qué fue lo que había sido del esclavo que llevaba el mensaje para Leddicus.

Julie se estacionó y en pocos minutos ya nos dirigíamos a la recepción.

-Sé que les gustará Joe. Él no es el usual reportero que van a conocer. Él es más honesto que muchos que hayan conocido-

Arreglamos todo en recepción, pusimos nuestras maletas en nuestras habitaciones y llegamos al recepción otra vez en tiempo récord. Julie estaba sentada en un sofá de felpa completamente concentrada en la conversación. Tan pronto como ella nos observó, ella se levantó y nos presento al señor Joe Simmons. Tenía el cabello canoso y tenía un cuerpo ligeramente atlético. Parecía ser del os tipos amistosos pero tenía ojos que escrutaban cada detalle. Yo estaba completamente seguro de que él dirigía todo y estaba en control de la situación incluso cuando el sonreía y estrechaba nuestras manos.

Caminamos hasta el restaurante del hotel. Un inteligente y atento polaco nos llevó en lo que, a mi parecer, era una de las mejores mesas del lugar y nos entregó menús cubiertos de cuero. La inmensa variedad de paltos divirtió un poco a Leddicus pero ya Julie estaba por encima de él escogiéndole la comida. No fue sorpresa saber lo que él eligió con ayuda de Julie. Era pescado, por supuesto. No podía simplemente dejar de comerlo. Todos hicimos nuestros pedidos y Joe ordenó una botella de un vino bastante caro.

Una vez las órdenes fueron puestas en nuestras mesas y el vino ya servido el Sr. Simmons fue directo al grano. Julie no se involucró en la conversación al menos no entre la que tuvimos Joe y yo. Ella y Leddicus hablaban como si fuesen viejos amigos. Traté de prestar atención a lo que Joe y Julie decían pero fallé en ambas partes. Joe pensó que yo no estaba interesado en lo que él me decía. Tuve que ordenar mis pensamientos y disculparme con Joe dándole la lastimera excusa de que estaba cansado. Luego le presté mucha atención mientras él explicaba los hechos de lo que parecía ser un emporio financiero que giraba alrededor de Leddicus.

Joe había planeado un tour de aproximadamente un mes a muchas de las ciudades más importantes del Reino Unido. El tour incluía seminarios, fórums de discusión, clases universitarias y pequeñas sesiones de grupo. Mi cabeza giraba mientras él me mostraba los precios que él cobraba por el puro placer de acompañarnos. Para mí, los precios eran completamente exorbitantes pero él me aseguró que todos se habían puesto de acuerdo sin ninguna queja ya que el tour estaba prácticamente reservado. Todos los gastos estaban cubiertos: hotel, viajes y comida. Él simplemente estaba pidiendo su parte, la cual no parecía ser excesiva, pero me estaban pagando muy bien como manager del proyecto con Leddicus.

Me tomó una gran cantidad de fuerza de voluntad de quedarme allí en mi asiento. Simplemente quería saltar de la silla y gritar ¿Si! En ligar de eso, asentí cortésmente y le dije a Joe:

-Gracias. Has pensado en absolutamente todos los detalles-

Mis pensamientos estaban volando. Yo ya estaba hacienda cálculos. Con mi pago de la Universidad de St. Gallen, el contrato que tenía con la revista *Archiv* y esto, yo estaría cómodo financieramente por una buena parte de mi futuro. Rápidamente hice un recuento de lo que había vivido con Leddicus mientras veíamos el plato de frutas más grande que había visto en mi vida. Gracias a Leddicus, alguien le había permitido comer postre y, de paso, ordenar más para todos nosotros. Mientras el llenaba su plato de uvas y melón, el me sonrió a mí y a Julie.

-Estoy muy bien- dijo él alegremente mientras cogía un pedazo de piña –No estaba seguro si él se refería al tour de la comida.

-Joe. Yo creo que Leddicus debería tener su propia cuenta bancaria y de paso ser incluido formalmente en el contrato ¿No crees?- dijo Julie amablemente pero su tono no dejó ninguna duda de mi parte de que era mejor que Joe solventara esa situación antes de que se metiera en problemas.

Que mujer tan mandona y metida.

Pero Joe tan sólo asintió pensativamente y accedió.

-Sí. Sí, por supuesto. Imprimiré la versión final hoy. Estará lista para la firma y la revisión mañana por la mañana- dijo Joe mientras buscaba en su maletín entre u montón de papeles. El luego cogió su copa de vino y la levantó en alto.

-¡Por un tour exitoso!- exclamó sonriente.

Brindamos juntos y nos reímos alegremente. El resto de la tarde transcurrió de forma alegre y placentera. Con buena comida, excelente vino y la posibilidad de un cheque gordo en camino a mi cuenta yo simplemente sonreí con alegría. El restaurante que en un punto estaba vacío comenzaba a llenarse con platillos de la tarde. Pude notar que la mayoría de las personas estaban ajetreadas y pendientes de sus teléfonos inteligentes. Asumí que ellos eran hombres de negocios. Nos movimos del restaurante a el salón principal de la cafetería. Aparte de nosotros, todo el mundo parecía inmerso en su propio mundo haciendo *click* en sus laptops o hablando de forma estridente en su teléfonos celulares ajenos a todo lo que pasaba a su alrededor como si ellos estuviesen cerrando el trato de sus vidas.

Con el café ya finalizado, Joe Simmons se preparó para irse.

-Un gusto de haberte conocido Gerhardt, Leddicus- dijo Joe mientras estrechaba nuestras manos –Te llamaré mañana Julie. Nos reuniéremos en cualquier sitio para la firma del contrato-

El se fue directo al estacionamiento y nosotros estábamos allí en un mar de copas de café, laptops, teléfonos que sonaban a cada momento y la suave melodía de la música clásica. Leddicus dio un bostezo y yo me levanté para estirar mis piernas.

-¿Es de agrado el hotel que les escogí?- Julie le pregunto a Leddicus.

-Es maravilloso. Es todo un poco…bueno, es abrumador-

-¿Cuáles son tus planes para esta tarde Gerhardt?- dijo Julie mientras se levantaba.

-Debo escribir una monografía para la revista *Archiv* o perderé la fecha de entrega. Tengo que ponerme al día con un trabajo de la universidad. Quizás, Leddicus, puedas ver televisión ¿Podrías?-

-Por mi está bien- Él siempre estaba dispuesto a complacerme.

Julie alzó su mano para pedirle al mesero la cuenta. El mesero llegó al instante.

-El hombre que se retiró pagó toda la cuenta Madame-

Ella le sonrió y le dio una propina. No pude ver el porqué ella le daba dinero.

-¿Te gustaría que mañana los llevara a pasear por la ciudad de Londres?- me preguntó Julie.

No era la primera vez que yo estaba en Londres pero una guía local siempre me había hecho las cosas más fácil aún si esa guía turística era la misma Julie Bright. Sonreí.

-Sí. Eso serie genial y de gran ayuda. Nos veremos entonces alrededor de las nueve y media mañana por la mañana. Mañana es jueves ¿no es así? Estoy perdiendo la noción del tiempo-

-Por mí está bien- respondió ella al mismo tiempo que se volteaba para hablar con Leddicus -¿En serio que tan sólo quieres ver televisión? ¿Tienes hambre? No conozco la localidad de Brentwood muy bien pero sé de un par de lugares en donde podemos comer si te gustaría cambiar de ambiente.

A Leddicus no se le dificultó decirle que sí.

-Sí. Estoy un poco hambriento la verdad-

-Tú siempre tienes hambre- le dije

-Gerhardt. A mí no me importaría entretener a Leddicus por un par de horas mientras trabajas-

Y ahí estaba de nuevo. La trampa ya colocada sobre mí. No quería que Leddicus se apartara de mi vista ni un segundo y especialmente con Julie Bright. Pero me sentí perdido en aquel momento y no podía explicar el porqué no le podía negar nada. Sin parecer grosero, yo no me esperaba este cambio de planes y mucho menos esta cita. Pero de nuevo, yo estaba atrapado en una esquina.

-Creo que está bien. Él ya es un hombre hecho y derecho con dos mil y treinta años de edad así que puedo estar más que seguro de que puede cuidar de sí mismo- dije sonriendo débilmente.

-No te preocupes- dijo ella –Él estará bien y lo traeré de vuelta sano y salvo al hotel- me aseveró ella tranquilamente. Su tono era calmado pero llevaba un dejo de condescendencia. Leddicus ya estaba caminando hacia la salida. Julie me dio unas palmadas en el hombro.

-El estará bien. Nos vemos en la mañana- dijo ella y acto seguido siguió a Leddicus por las puertas giratorias.

Todo el mundo estaba feliz excepto yo. Me fui a mi cuarto y a mi laptop con un incesante sentimiento de mal augurio.

***

Eduardo leyó el documento por tercera vez revisando exhaustivamente cada detalle. El adjunto la más reciente versión al correo electrónico y comenzó a escribir.

> José. Aquí no hay huecos en este informe que te envió. ¿Acaso no hay tiempo de que un abogado le eche una última hojeada para asegurarnos de que todo está en orden? ¿Estás seguro de que no puedes atrasar la reunión? E

Él hizo *click* y luego desvió su atención al manuscrito que él estaba escribiendo. No recibió ningún correo de Shynder hoy pero eso no importaba. Había material más que suficiente para mantenerle ocupado.

Cuarenta y cinco minutos más tarde, un correo de respuesta llegó a su bandeja de entrada.

> Eduardo. Ya yo he hecho eso. ¿Acaso te has olvidado de Charles? Hice que revisara cada línea. No temas. Todo está en orden. Confirmo que mi correo está encriptado. Sin preocupaciones sobre el asunto. J

Capítulo 16
Tour número Dos

¡Por todos los cielos! ¡Ella ya está aquí!

Julie Bright, tan eterna como la vida, estaba ya sentada con Leddicus y revisando el menú.

Me estaba sintiendo un poco mareado. Quizás había bebido mucho vino mientras trabajaba y por esa razón no estaba de buenas o alerta como era lo usual en mí. Incluso no estaba de humor para socializar a pesar de que iba a tomar mi primera taza de café.

-¡Buenos días!- dijeron ellos al unísono.

Traje una silla hacia mí y les murmuré algo incoherente. Ellos sonrieron el uno al otro con un dejo de conspiración. Vertí un poco de café y bebí media taza antes de hablar.

-Ya estás aquí ¿no?- le dije a Julie.

Julie asintió y me dedicó su perfecta y amplia sonrisa. Sus cabellos rubios estaban recogidos mostrando su perfecto y delineado rostro. Ella vestía de forma casual con pantalones vaqueros degradados y una simple franela negra.

-Oí que ésta es una gran ciudad así que comencemos lo más temprano posible. Julie me prometió que iba a comer un full Inglés o cómo sea que se llame- decía Leddicus

Qué demonios. Si no puedes vencerlos, entonces únete a ellos y así te curas del estrés.

-Haré eso también y así no tendré la necesidad de comer por el resto del día- dije mientras vertía una gran cantidad de café en mi taza para luego cogerla con las dos manos para más comodidad.

Dos desayunos ingleses ya estaban servidos a la mesa. Julie ni se molestó en pedir uno y en lugar de eso buscó fruta fresca. Los ojos de Leddicus se abrieron de par en par ante el plato de comida.

-¡Wow! ¿Qué es todo esto? Sé que esto es una tostada- decía mi amigo mientras vertía una larga porción de mermelada en todo el medio del plato -¿Qué les parece tan divertido?- preguntó Leddicus al ver como Julie reía al verlo elegir los condimentos.

-Bienvenido al desayuno inglés. Salchichas, tocineta, huevos, champiñones, granos, tomates y pan frito- dije mientras señalaba cada alimento con el tenedor –Pero no daré más detalles ya que me sentiré más hambriento-

La comida estaba deliciosa y me sorprendí a mí mismo limpiando el plato. Comencé a sentirme más normal a medida que la comida diluía el alcohol de la noche pasada.

-Bien. ¿Cuál es el plan entonces? Ustedes dos ya deben de tener un plan entre manos-

-Bueno- dijo ella –Los llevaré al North Circular a la estación de metro más cercana. Entonces podemos bajarnos en Leicester Square y caminar hasta Trafalgar Square y luego al centro comercial para terminar en el Palacio de Buckingham. Y quizás a ustedes les gustaría ir al Palacio de Westminster-

-¿Palacio? ¿Vamos a un Palacio?- preguntó Leddicus.

-Dos para ser exacta. En uno de ellos vive la Reina y la otra en donde se reúne nuestro gobierno. También se llama el Parlamento o la Casa de los Comunes-

-Por favor no extendamos las explicaciones de los sitios tan temprano. Podemos ocuparnos de los detalles mientras partimos- dije mientras terminaba mi segunda taza de café. Luego me levanté completamente activo y despierto por la cafeína -¡Vamos holgazanes! ¡En movimiento!-

Firmé y pagué la cuenta. Ya estábamos listos para irnos.

-Necesitamos cuadrar una reunión con Joe en nuestros planes- dijo Julie mientras nos dirigíamos hacia la recepción —Ya he hablado con él y él puede reunirse con nosotros a la hora del almuerzo. ¿Están de acuerdo?-

Asentí. *Vamos a ver si esto resulta.* Esperaba que el tour londinense fuera una mejor experiencia para Leddicus. Él estaba de un buen humor hoy. No estaba tan seguro del porqué. Quizás el problema no era Roma. O tal vez era un lugar en el cual él nunca había estado. O, y eso lo pensaba muchísimo, era el factor Julie lo que lo tenía tan alegre.

Nos estacionamos en un espacio disponible mientras nos dirigíamos a la estación de metro.

-Tengo unos *oysters* para nosotros tres- anunció ella.

-Ya yo estoy bastante lleno con lo del desayuno pero siempre tendré espacio para una ostra- respondió Leddicus.

Julie se rió por lo bajo.

-No. No el tipo comestible. Éstos- dijo ella mientras nos daba a cada uno una tarjeta plástica con la palabra *oyster* marcada en todo el frente –Éstas son muy prácticas y baratas para viajar en el metro. Observen y aprendan-

-No creo que quiera comer esto- dijo Leddicus al ver y voltear la tarjeta. Se asomó una sonrisa socarrona por toda su cara.

Julie avanzó hasta las barreras y acercó su tarjeta al sensor amarillo. Las barreras se abrieron obedientemente. Leddicus trotó justo detrás de ella pero la barrera se cerró dejándole allí pasmado.

-El sensor, Leddicus. Coge la tarjeta y acércala al sensor- le señaló Julie.

Y así lo hizo. Se oyó un sonoro *clunk* y muy pronto él se unió a la larga masa de gente. Yo me uní mucho más tarde y ya nos dirigíamos a las escaleras eléctricas.

Un pasajero gruñón nos gritó.

-¡A la izquierda! ¡Manténganse a la izquierda!- vociferaba mientras él nos empujaba y bajaba las escaleras.

Obedecimos y las escaleras nos llevaron abajo y más abajo. Leddicus observó la escalera opuesta y con asombro observó cómo la gente subía hacia arriba. Él me miró con sorpresa. Su boca estaba abierta y cerrada a la vez. Trataba de decir algo pero estaba sorprendido.

-¡Ellos están volando! ¿Cómo lo hacen? ¿Qué? ¿Cómo puede ser posible?-

El lugar estaba atestado y lleno de ruido como para darle una explicación apropiada así que señale las escaleras eléctricas y le expliqué brevemente que ellos no estaban volando. Había otra escalera eléctrica opuesta a nosotros haciendo exactamente lo opuesto a lo que nosotros hacíamos: llevando la gente hacia arriba en vez de bajar. Durante todo el trayecto hacia abajo, él mantuvo su boca abierta. Sus ojos chocolate quedaron pegados a la escalera opuesta.

Llegamos al fin y Julie se escabulló entre la gente con nosotros siguiéndole los talones. Ella se detenía ocasionalmente para ver los mapas en la pared. La estación estaba tan atestada de personas que estuve pendiente de Leddicus por todo el camino. No quería que camináramos separados. Me pregunté el por qué Julie estaba tan apurada. ¡Yo estaba completamente seguro de que ella era hiperactiva!

Llegamos a la plataforma justo cuando se estacionaba un vagón al frente de nosotros. Las puertas se abrieron y un mar de gente salía a trompicones mientras otro mar de gente estaba lista para entrar. Pudimos entrar casi apretados antes d que el vagón continuara su camino.

-Quizás no fue una buena idea tomar el metro en esta hora pico- dijo Julie por encima de las voces de la multitud

-¿Qué es la hora pico?- preguntó Leddicus

-La hora en que todo el mundo está apurado para ir a trabajar-

Nos detuvimos en el fresco aire de Leicester Square y nos detuvimos un momento para contener la respiración.

-¡Eso fue asombroso! ¡Asombroso!- exclamó Leddicus –¡Y yo pensé que nuestros festivales de mercancía estaban atestados de gente!-

Julie sonrió.

-Es una locura ¿no lo crees? Pero es rápido. Es un vagón de tren que va por debajo del pavimento. Hay trenes que van por debajo también- explicó ella.

-¿Cómo sabías a dónde íbamos nosotros?- preguntó Leddicus

Ella le mostró un mapa del metro que sacó de su bolsillo.

-Todas las líneas del metro están codificadas por color. Tú decides dónde quieres ir y ver en qué línea llega el vagón a la estación que elegiste-

-¿Y desde cuándo las pistas son tan angostas y rectas? ¡Los Romanos debieron haberlas construido seguramente!-

Nos reímos ante su candor.

-No realmente- explicaba Julie –Los Romanos ya habían desaparecido del mapa antes de que el metro fuese construido. Un sujeto llamado Harry Beck trazó unos simples mapas al comienzo del último siglo quitando y resolviendo todos las imperfecciones-

Leddicus le entregó el mapa de vuelta a Julie completamente sorprendido.

Tantos conceptos, nuevas ideas, y extraña tecnología que constantemente le bombardean. Es asombros que esté tan relajado o de lo contrario se volvería loco.

-Vamos a cruzar la calle. Quiero que nos montemos en uno de ésos buses- dijo Julie al ver un bus sin techo que pasaba por allí con la bandera de Gran Bretaña pintada a los lados del bus.

Nos subimos al bus nos sentamos y nos relajamos. El guía turístico iba describiendo todos los sitios de interés mientras el bus iba lentamente por todo el pesado tráfico londinense. Leddicus trató de escuchar atentamente mientras estiraba el cuello. Julie fue de mucha ayuda al añadir uno que otro comentario. Ya podía darme cuenta de que iba a ser un buen día. Exhalé un respiro mientras sonreía alegremente. Luego de unos largos cuarenta y cinco minutos, nos bajamos del bus y nos montamos en un bote para pasear por todo el río Támesis. Leddicus estaba tan feliz como un niño en una caja llena de arena.

Mientras nos bajábamos del bote decidimos tomar un taxi de los negros rumbo a Picadilly Circus para nuestra reunión con Joe Simmons. Leddicus estaba tan alegre con lo que había experimentado aquella mañana añadiéndole a sus gratas experiencias su sorpresa al ver lo espacioso que era la parte trasera del taxi londinense.

-Esto es cómo una carroza Romana y él...- el bajó su voz hasta volverla casi un susurro –¡Maneja como el cochero que llega tarde a la batalla!-

Nos salimos del taxi y Leddicus contuvo la respiración sorprendido por la variedad de anuncios electrónicos que dominaban el área. Casi deseé el haber traído mi cámara tan sólo para poder captar su expresión. Él estaba tan absorto que simplemente no podía hablar. Él tan sólo se quedó allí con su boca abierta. Julie y yo nos sonreímos el uno al otro.

-Me pregunto si esto es cómo tener un niño al lado- me dijo Julie.

-Regresaremos esta noche- le dije a Leddicus –Es aún mejor de lo que crees-

La oficina de Joe estaba justamente en toda la zona de Picadilly Circus al fondo de la calle Jermyn. Era pequeña pero claramente pomposa y cara. Joe tenía todo el papeleo listo limpiamente guardado en una carpeta con una insignia pegada a la extrema derecha de la carpeta.

-Aquí está escrito todo tal cual lo discutimos. Estaré aquí hasta las tres treinta. Sería bueno si podemos firmar estos papeles hoy mismo-

Estreché su mano.

-Gracias por arreglar esto de manera eficiente y rápida. Vamos entonces a tener que arreglar esto junto con una buena comida. Entonces volveremos para discutir y finiquitar lo de las firmas-

-Perfecto. Los veré más tarde entonces- Él entonces llamó a su secretaria –Lisa, por favor envía esto en mi próxima reunión-

Encontramos una mesa en un restaurante llamado Prezzo's. Mientras esperábamos a que las pizzas vinieran a nosotros empezamos a leer los contratos.

-Tenías razón sobre Joe. El sujeto sabe lo suyo. Estoy impresionado- le dije a Julie. Y lo estaba. Aún con las dudas que tenía sobre él y sobre las recomendaciones de Julie ella ciertamente se ganó mi respeto al presentarme a Joe.

Julie bebió un sorbo de agua fría y justo entonces llegó la comida.

-Mmm. Esto luce mejor de lo que pensé- dije emocionado.

Cogí un pedazo de pizza y comí lentamente mientras leía. Fui muy cuidadoso de no estropear los papeles con salsa de tomate. Aparte de los detalles de los lugares habían nombres de contactos específicos, números de teléfonos, correos electrónicos pero esos eran solamente contactos de reserva. La oficina de Joe debía de estarse encargando de todo el proceso, los recordatorios, las llamadas. Las sesiones del tour que él había organizado estaban basadas en el formato de que yo presentaría a Leddicus y exponer un poco su origen, anteceentes y otros detalles pertinentes por treinta minutos. Joe sugirió que esto se podía hacer usando presentaciones de PowerPoint e incluso ofreció su ayuda en realizar las diapositivas para su compilación. Luego de eso, la sesión estaría a cargo de Leddicus con las usuales preguntas y respuestas y con una sesión de resumen dirigida por mí. Cada sesión tendría, en mi opinión, una duración de aproximadamente noventa minutos. Muchos de los lugares eran universidades o centros de educación superior con una excepción. En Liverpool nosotros haríamos la sesión en un seminario católico rodeado de sacerdotes. No estaba seguro de que hacer al estar presentes allí.

Aún estaba asombrado de los costos y de cómo nos cubrían el hospedaje y los gastos. Allí había más dinero de lo que yo imaginaba. Con la oficina de Joe encargándose del asunto y de cada detalle me imaginé que de lo único que tendría que preocuparme era de mantener a Leddicus en forma y saludable y asegurarme de que ambos estuviésemos preparados. El tour comenzaba el lunes de la siguiente semana así que no quedaba mucho tiempo para relajarse y para divertirse. La ultima parte del contrato detallaba todos los arreglos financieros. Allí estaba escrito todo tal cual habíamos acordado la tarde previa. Él era bastante detallista. Joe también estaba trabajando en arreglar las fisuras o espacios que quedaban entre días con más reservas además de lidiar con la parte contable, ingresos y pagos que podían ser canalizados por sus oficinas.

Una vez satisfecho con todo lo que había leído, regresamos a la oficina de Joe y pasamos un rato más con él obteniendo más información en coas prácticas incluyendo detalles bancarios, pago semanal y números de teléfono. Finalmente, firmamos y regresamos para seguir recorriendo la ciudad mientras hubiese luz. Todo estaba pasando tan rápido.

¿Acaso esto me hará famoso? Espero que sí. ¿Esto me hará rico? Quizás no pero no tendré que preocuparme por dinero durante las próximas semanas.

Tomamos el metro hasta Westminster, recorrimos el Parlamento y luego nos unimos a la multitud que quería ver las joyas de la Reina en la Torre. Estaba ya comenzando a oscurecer así que nos regresamos a Picadilly Circus. Aunque comenzaba a cansarme yo quería mantener mi promesa.

Leddicus se quedó observando todo alrededor, absorto con las luces, los avisos y la maravilla de Picadilly Circus por un instante hasta que finalmente anunció lo que más quería en aquel momento:

-Tengo hambre-

-Quiero comer comida china- dije

-Perfecto. Conozco un excelente buffet tan solo a metros de Leicester Square- dijo Julie.

-¿Qué es Chino?- preguntó Leddicus

-Otra aventura para ti en la gastronomía- le respondí mientras me miraba confundido —Comida. Nuevas cosas que no has probado antes-

-Oh, bien. Me gusta probar nuevas cosas-

Ni Leddicus ni Julie estaban tan cansados como yo lo estaba. Al menos si ellos lo estuvieran, ellos no lo hubiesen expresado pero estaba complacido de sentarme una vez que habíamos llegado a nuestro sitio para comer.

Parecía que el hotel estaba muy lejos de nosotros y que nos tomaría siglos llegar a dormir allí probablemente porque estaba cansado y adolorido. Mis pies ardían de dolor.

Julie apareció a nosotros de pronto con café luego de ausentarse por un rato.

-¿Cuál es el plan para mañana?-

Julie ahora estaba en una posición en dónde teníamos que asumir que ella estaba incluida en todo lo que nosotros hacíamos. ¿Cómo fue que ocurrió tal cosa? Antes de que lo supiera, ella estaba dictando sugerencias. Los ojos de Leddicus brillaban con anticipación y yo asentía a todos sus acuerdos. Aparentemente, nosotros íbamos a visitar más sitios en el centro de Londres y luego ir a un matinée. Julie me aseguró que conseguiría tickets para nosotros.

¿Es que no hay final para sus talentos? Pensé cínicamente.

-En la tarde. ¿Te gustaría ir al cine?- le preguntó Julie a Leddicus.

Estaba seguro de que él no tenía idea de lo que era un cine. Me quedé callado mientras ella explicaba todo y luego ella lanzó la bomba.

-Me estaba preguntando si el Sábado pudiéramos ir a la iglesia Leddicus, tú y yo-

De pronto desperté de mi letargo y respondí rápidamente.

-No. No podemos encajar en esa invitación. Necesitamos prepararnos antes de comenzar el tour.

Como siempre, ella buscó a Leddicus por una respuesta.

-No estoy seguro. No me gusto la iglesia en Roma pero si tú dices que tu iglesia es distinta entonces me gustaría ir. Si Gerhardt no quiere venir entonces ¿Podrías venir y recogerme?-

Y ahí estoy yo. De vuelta a la esquina. Nunca puedo controlar la situación. Entre ellos, Leddicus y Julie son los que deciden todo. Y yo, estoy de nuevo atrapado.

-No es mi escenario pero creo que puedo aguantarlo. ¿Pero por qué un sábado?-

-Te explicaré más tarde. Necesito irme ahora. ¿Qué tal mañana? ¿Comenzamos temprano?-

Ella no ganará esta vez.

-No- dije firmemente –Necesito descansar más. Desayuno a las diez. Eres bienvenida de unirte a nosotros-

-Gracias. Eso estaría bien-

-¿Vas a venir mañana?- Leddicus le preguntó a Julie sonriente. La conversación a veces se tornaba rápido para Leddicus pero el eventualmente se adaptaba.

Dormí aquella noche como un tronco y me sentí fresco y rozagante como Leddicus aquella mañana mientras nos comíamos nuestro desayuno inglés una vez más.

-¿Adónde vamos primero?- pregunté mientras engullía mis salchichas y mis granos.

Noté que, una vez más, Julie estaba comiendo tan solo fruta y cereal indudablemente para mantener su figura esbelta.

-Debemos mostrarle a Leddicus el Tower Bridge. Revisé el itinerario y va a estar abierto hoy. Me las arreglé para reservar tickets para la obra *Sister Act*. Comienza a las dos y media. Entonces podemos irnos a McDonalds y luego ir a South Bank para ver el London Eye. Es asombroso. ¿Lo han visto?-

Ella no esperó por la respuesta.

-Entonces debemos llevar a Leddicus al IMAX. He estado allí una vez. Me dejó si habla. He reservado entradas para ver Caminando con los Dinosaurios en 3D ¿Les parece bien?- concluyó ella mientras comía una fresa.

Sacudí mi cabeza del asombro.

-¡Oh!- su emoción ya se evaporaba.

-No. No. Está bien. Tan sólo me pregunto cómo encuentras tiempo para cuadrar todo eso. Me divierte ver cómo te las arreglas para cuadrar todo ¿Alguna vez duermes?-

Ella sonrió, aliviada de que tan solo yo le estaba tomando el pelo.

-Yo cuadré y arreglé todo mucho antes de que vinieran. Pero no. No duermo mucho-

-¿Y *Caminando con los Dinosaurios*? Tengo mis dudas sobre eso-

-Los comentarios son positivos- respondió ella mientras se comía su melón.

-Leddicus ya ha sido catapultado al futuro y ahora tú lo vas a lanzar en el medio de la era Jurásica?-

-Oh sí. Por supuesto- respondió ella –Lo siento. No lo pensé de ésa manera. Me dejé llevar. Es educacional. Bueno, ya aparté las entradas. Si lo vamos a enloquecer que mejor sea con estilo-

Leddicus nos sonrió.

-No estoy loco aunque algunas veces me siento así. Yo tan solo voy con la corriente. Es la única manera de permanecer cuerdo-

-Ok amigo mío. Tú decidiste y tú llevarás las consecuencias si te aturdes- le dije.

-Él suena exactamente como tú- observó Julie.

El comentario me hizo sentir petulante. Arrogante.

Julie lo había planeado todo al detalle y así el día transcurrió en completa tranquilidad. Luego de dejar el teatro recibí una llamada de Joe para informarme de las reservas adicionales que harían falta en el viaje. El primer mes planeado estaba tan atareado de reuniones y conferencias que él decidió entender el tour a un segundo mes. Pedidos y pedidos de reservas venían como un aluvión. Le pedí que no extendiera el tour por más de tres meses. Ya tenía como propósito en mi mente el llevarme a Leddicus de vuelta a Cesárea de Filipo si es que allá le iban a creer su historia-

Llegamos a las salas de cine IMAX con poco tiempo que perder, nos pusimos nuestros lentes 3D y compramos el menú habitual de una cine: cotufas, Coca-Cola y helado. Leddicus comió con gusto. No hace mucho él había degustado una Big Mac y yo estaba comenzando a pensar que hubiese preferido tener a mi lado un joven enfermo o un anciano en mis manos antes de que se proyectara el filme.

Las luces disminuyeron y nos preparamos para ver el espectáculo. Nunca había estado en un cine 3D antes así que el concepto me intrigaba. La pantalla era tan alta como cinco buses tipo cama de dos pisos. Aunque yo sabía lo imposible que era el intentarlo, quise observar el filme y ver la cara de Leddicus. Un gigante, y babeante dinosaurio caminaba pesadamente por todo el escenario de la Patagonia y lentamente volteó su cabeza en nuestra dirección. El sonido de sus pies golpeaba nuestros oídos a medida que el avanzaba hacia nosotros. Lleno de furia, el mostró sus dientes, rugió y luego comenzó a correr hacia nosotros con sus fauces bien abiertas. El efecto 3D hizo que la sensación estuviera hasta nuestras narices. Leddicus chilló ruidosamente, se cubrió la cara con sus manos para protegerse regando las cotufas por todos lados para luego saltar de su asiento. Antes de que pudiese detenerlo, él ya estaba buscando la salida, tropezándose con las personas y con los bolsos que estaban en el camino. Julie y yo nos levantamos y le seguimos tan rápidamente como pudimos en aquella oscuridad.

Finalmente dimos con él y lo encontramos sentado en la alfombra del pasillo respirando entrecortadamente. Julie estaba afligida por el remordimiento y comenzó a disculparse con nosotros una y otra vez.

Yo tan sólo me reí ante su reacción.

-¡Pensé que podías controlarlo amigo mío!- le dije a Leddicus riendo.

Leddicus que temblaba frenéticamente, se levantó rápidamente. Se alisó sus pantalones y chaqueta.

-Tiré las cotufas- dijo desoladoramente-

Pensamos que era mejor no volver al cine. En lugar de eso, encontramos un supermercado de primera categoría en dónde bromeé con Leddicus sobre su reacción en el cine y él se lo tomó a pecho. También tuvimos un gran debate sobre dinosaurios mientras introducía a Leddicus al mundo de la alta cocina.

-¿Alguno quiere champaña? Pienso que tenemos mucho que celebrar- dije mientras le hacía señas al mesero.

-¡Por un tour exitoso!- dije mientras entrechocábamos las copas.

-¡Por no ver un dinosaurio nunca más en la vida!- dijo Leddicus.

De regreso al hotel, yo ya estaba subiendo las escaleras cuando Leddicus puso una mano en mi brazo.

-Gerhardt. Necesito pedirte un favor-

-Es tarde. ¿Acaso no puede esperar?- dije cortante y casi me arrepentí de haberlas dicho al ver como se entristecía de nuevo.

-Ok. Puede esperar- respondió él. Se volteó para irse.

-No. Lo siento. Vamos. Tengamos una charla nocturna. Bebamos algo antes de dormir. El bar aún está abierto y así tu me puedes contar lo que quieras-

Estaba cansado pero una punzada de culpa me carcomía. Leddicus jamás me había pedido un favor antes.

El barman nos dio a cada uno unas copas de vino. Tomé un sorbo y observé a Leddicus.

-Ok. ¿En qué puedo ayudar?-

-Me siento un poco mal al pedirte esto pero es muy importante para mí. De la reunión que tuvimos con Joe me pareció escuchar que ganaré algo de dinero. Al menos eso fue lo que Julie me explicó-

-Sí. Tú ganarás dinero. Te pagarán por hablar en los seminarios de todo el tour-

-¿Es posible que gane el suficiente dinero para comprarme una laptop?-

Mis cejas se alzaron en franca sorpresa.

-¿Y para qué rayos quieres tú una?-

-Porque espero que al tenerla pueda mejorar más mi inglés y Julie dijo que había algo llamado correo electrónico. Creo que fue así como lo llamó. Una carta que mágicamente va de una laptop a otra-

-No es exactamente magia pero está bien. Si tú quieres una, te conseguiremos una pero no entiendo el porque me tuviste que decir esto hasta estas altas horas de la noche- dije con mucha seriedad.

Leddicus sonrió.

-La necesito rápido. Quiero llevármela conmigo en el viaje que vamos a tener y no tenemos suficiente tiempo para que partamos. ¿Crees que puedes hacer eso?-

-No estoy seguro de eso pero conozco a una chica que lo puede hacer-

Más tarde, me recosté en la cama mirando a la oscuridad.

El hombre se llenó de sombro con una linterna y ahora quiere una laptop. Cómo cambian los tiempos.

***

Eduardo descolgó sus llaves del llavero. Su esposa ya estaba completamente dormida en aquella tranquila casa. El vestía de negro con unos pantalones elegantes a la medida y una camisa negra que estaba a la talla con su cuerpo. La noche aún estaba cálida mientras el caminaba por la oscuridad. Él abrió la maletera de su mercedes CLS500, colocó un gran maletín de cuero en el espacio vacío, cerró la maletera con mucho sigilo y acto seguido se montó en el asiento del conductor.

Él tenía tan solo un mes con el auto y las delgadas líneas ya le fascinaban. El amaba el olor de los asientos de cuero. Él condujo por la carretera y llegó hasta casi el final de Bolzano. Muy pocas personas estaban en la calle esa noche. El manejó por veinte minutos y eventualmente ya estaba en el camino que serpenteaba junto a la línea de un árbol que estaba plantado allí. El comenzó a bajar la velocidad y comenzó a mirar el camino para luego cruzar a la izquierda hacia la salida. El logró divisar una pequeña senda la cual estaba franqueada por una reja. Ésta estaba rodeada de altos árboles. Una vez hubo llegado al lugar, se bajó, observó el camino en ambas direcciones y cerró la reja tras él una vez estuvo adentro.

Gruesas nubes oscurecían la luz de la luna. Las luces frontales del auto comenzaron a iluminar el camino angosto por el cual él manejaba. El maldijo por lo bajo al ver como algunas ramas rayaban el auto por ambos lados. Él carro comenzó a traquetear a pesar de que manejaba lentamente.

Las luces frontales iluminaron a una van blanca que estaba estacionada en un lugar despejado a doscientos metros aproximadamente. El apagó las luces, salió del auto y esperó un momento a que sus ojos se acostumbrasen a la oscuridad. Su contacto estaba allí recostado contra la van fumando. El sacó el cigarro de sus labios y lo tiró al suelo. Acto seguido, él camino hacia la van, abrió las puertas y le hizo señas a Eduardo para que se acercara.

Eduardo abrió la maletera de su Mercedes y sacó el maletín negro. Luego, el se unió al otro hombre hacia la parte trasera de la van. Él puso el maletín en la parte trasera de la van y la abrió.

-Excelente envío. Mi jefe está ansioso por repetir el proceso y él está dispuesto a mantener con usted el pago por unidad tal como se acordó. Usted sencillamente ha excedido las expectativas en cuanto al proceso de esta operación- dijo el hombre satisfecho mientras el comenzaba a depositar fajos de euros en el maletín vacío. Eduardo comenzó a contar mientras cada fajo de billetes estaba siendo entregado.

-Cincuenta, como lo acordado- dijo el hombre mientras cerraba la maletera y miraba a Eduardo para hacerle saber su respuesta.

-¿Puedes hacer que las unidades sigan llegando?-

-Claro que sí, pero no para pedidos. Deben enviarse cuando yo diga. Cualquier presión por parte de tu jefe y mandaré las unidades hacia otro lado-

El hombre comenzó a rascarse la barbilla.

-¿A qué te refieres? ¿Presión?- dijo mientras prendía otro cigarrillo. Le ofreció uno a Eduardo pero él se negó.

-Estoy siendo claro desde el principio. He venido a tu organización habiendo ya renunciado a otra organización previa debido a sus tácticas forzosas. No toleraré más la presión. Las unidades serán enviadas pero no tendré camiones que vayan a un lugar y a otro siguiendo una orden de cuándo llegar y qué deben transportar-

El humo del cigarrillo flotó en el aire. Las tenues luces de la parte trasera de la van iluminaban débilmente a los dos hombres que hablaban.

-Se lo haré saber a mi jefe pero le aseguro que él no negocia con personas que hagan tácticas de niños malcriados. Si siguen llegando las unidades, entonces usted será recompensado-

El hombre fue hasta la parte trasera de la van y cogió una bolsita pequeña. De allí sacó una tarjeta.

-Use este teléfono para contactarme cuando el próximo envío esté listo. El correo electrónico, a pesar de que está encriptado, está ya causando algunas molestias-

Eduardo se sorprendió frunciendo el ceño.

-¿Por qué? Nunca ha habido problemas con los correos que envío. Mi sistema es muy seguro-

-Usted debe creerme ahora. Hay fuerzas allá afuera que están en contra de esto. Dos envíos ya fueron interceptados recientemente. Y esto nos produjo un incómodo contratiempo. La única conclusión a la que puedo llegar es que sus correos fueron *hackeados*-

-Bien- dijo Eduardo mientras recogía la pesada maleta de la van y caminaba hacia su auto. El otro hombre cerró su maletera y acto seguido se subió al asiento del conductor. Al rato, los motores rugieron indicando que ya el hombre se iba de allí.

Capítulo 17

Sábado

Dormí tarde a propósito aquella mañana. Bajé a desayunar mucho después de las diez en punto. Como era de esperarse, Julie y Leddicus ya estaban allí comiendo croissants y bebiendo jugo de naranja. Tomé la decisión de unirme a ellos alegremente. No estaba de humor para ir a un aburrido servicio dominical. Pero ya había dado mi palabra y no había ninguna forma de salir de aquel compromiso en el que me metí sin desprestigiarme constantemente.

Mientras entrábanos al auto para irnos mi humor comenzaba a empeorar.

-¿Qué es lo especial que tiene este servicio de los Sábados? Es un poco extraño ¿no lo creen? ¿Eres tú acaso algún tipo de Adventista de los últimos días o Judía o qué?- le dije a Julie confrontándola pero ella no mordió el anzuelo. Pude ver como su rostro estaba calmado por el espejo delantero.

-¿Por qué no le preguntas a Leddicus cuándo era el día en que los seguidores del camino tenían sus reuniones?-

No pude ver su rostro, pero conociéndole, supe que también el estaría sonriendo. El hecho de que se sentara delante del auto no me molestaba en lo absoluto pero hoy me irritaba sobremanera.

-Nos reunimos los unos a los otros en las casas de las personas lo más posible aunque también lo hacemos en los bosques y en infinidad de sitios. Pero tenemos unas reuniones regulares cada Domingo. Lo hacemos muy temprano antes de que salga el sol. Serían como las cuatro de la mañana en tu reloj- relataba Leddicus.

-Rayos. Ustedes sí que estaban ansiosos de hacer esas cosas- dije.

-Sí. Es cierto. Nos gusta- decía mi amigo –pero no sólo eso. Muchos de los seguidores del camino son esclavos y ellos deben comenzar a trabajar antes de que el sol salga, incluso antes que eso-

Aún seguía irritado.

-Todos ustedes son raros-

Leddicus ignoró mi comentario.

-Debemos reunirnos exactamente en el lugar en donde ponemos a las personas muertas. De hecho, el hombre que llevó mi mensaje a Cesárea en la reunión que fui a Malet o Malta, si lo llamas así es un seguidor que conocí cuando fui a una de las reuniones de *El Camino* en ese lugar. Ellos también se reúnen en dónde dejamos a las personas muertas-

-¿Catacumbas? ¿Por qué?-

Julie se adelantó a nuestra conversación.

-Gerhardt. Era muy peligroso ser un seguidor en aquellos tiempos así que ellos debían reunirse en lugares que estuvieran lo más lejanos posible. Casi nadie iba a caminar alrededor de un cementerio en la madrugada-

-Leddicus no era un esclavo- dije tajantemente.

-No. Yo soy un hombre libre. Un ciudadano Romano pero todos nosotros tanto esclavos como hombres libres queremos estar juntos.

Y la única forma de hacerlo era muy, pero que muy temprano en la mañana-

-Ok. Es justa la explicación- dije gruñonamente –Pero eso aún no me aclara el porqué Julie y su grupo deben reunirse los Sábados-

-No somos dueños de ningún lugar así que a veces tenemos algunos contratiempos a la hora de rentar un lugar dónde podamos reunirnos los Domingos. El centro comunitario que usamos los domingos es más que ideal. Allí, todos podemos reunirnos, pasar tiempo juntos y así podemos pagar la renta más holgadamente-

Allí estaba yo, a regañadientes, sentado en la parte trasera del auto. Yo simplemente no quería oír nada de odiosas preguntas ni de inteligentes reflexiones. Tan sólo observé las hileras de casas y tiendas que pasábamos a medida que nos acercábamos al Norte de Londres que era donde estaba nuestro destino. Eventualmente llegamos a lo que parecían unas instalaciones del estado y Julie ya estaba estacionándose al frente del centro comunitario. A medida que nosotros entrábamos al lugar, pude ver muchos otros autos estaban allí estacionados y también pude notar que muchos iban al mismo lugar. Cuando entré al hall de entrada pude ver cómo la gente se saludaba. Muchos de ellos hablaban como si se conociesen el uno al otro.

Julie nos presentó a varias personas cuyos nombres olvidé al instante. Una mujer sonriente nos preguntó si estábamos hambrientos y nos señaló una larga mesa con comida: ensalada, sopa y todo los tipos de pan. Era prácticamente un buen mesón de platillos.

Julie no dio un plato a cada uno.

-Es hora del almuerzo y así que me gustaría comer con ustedes. Por favor, sírvete-

Saqué diez libras de mi bolsillo para dárselos a Julie pero ella se rió.
-No seas tonto. Es una comida con amigos. Es gratis-

Julie se llevó a Leddicus para presentarle unos amigos y yo estaba allí disfrutando de un buen palto de sopa y un buen pedazo de pan.

Un sujeto se aprecio al frente de mí y me saludó.

-¡Hola! Soy Peter. No creo que te haya conocido antes-

-Mi nombre es Gerhardt. Y estás en lo cierto. No he estado aquí antes-

-¿De dónde eres tú?-

-De Suiza. ¿Y tú?-

Y muy pronto estábamos hablando como si fuésemos dos amigos de toda la vida y descubrí que él era un científico nato-

-¡Eres un científico y te interesa la religión!-

-No realmente. La religión me hace sentir viejo. Estoy más interesado en una comunidad y conocer más a Dios-

-Honestamente no estoy seguro de todo esto- admití.

-Sé lo que sientes. He estado allí. La pregunta que la gente me hace constantemente es si existe un Dios y si en realidad puedes hablar con él. ¿Qué cambiaría con eso? Cambió mi perspectiva y de allí comenzó una larga exploración que inicié desde aquel entonces. He recorrido ya un largo camino- dijo el riendo mientras se encogía de hombros. Aún me queda un largo camino por recorrer. Aún tengo muchas preguntas que hacerme pero también he tenido una gran cantidad de respuestas-

-El conocer a Leddicus me ha hecho reflexionar un poco y desde aquel entonces me he hecho muchas preguntas. Quizás deba pensar un poco más en ello-

-Leddicus, sí. Un caso fascinante Lo he estado siguiendo con avidez. Lo conoces muy bien. ¿Crees que él sea genuino? Aunque no logro imaginar cómo podría ser.

Antes de que pudiera responder, alguien comenzó a hablar por un micrófono.

-Hola. Hola a todos y bienvenidos. Si pudiesen tomar sus asientos. Tengo algunos anuncios que darles-

Los murmullos cesaron y ellos comenzaron en lo que yo pensé era la parte más formal de la reunión. Pero no me pareció formal en lo absoluto.

El sujeto del micrófono lanzó una invitación al grupo.

-¿Hay alguien que quiera compartir algo?-

Una muchacha joven alzó la mano. El ponente sonrió y le hizo señas para que pasara. Enseguida, ella tomó el micrófono.

-Soy miembro de un grupo de danza y nosotras necesitábamos entrenar. Pedimos usar la escuela local pero los encargados de lugar no nos dejaron-

Ella dudó. Apenas tenía nueve años de edad.

-¿Qué pasó entonces?- le animó el ponente.

-Le pedimos a las personas que oraran por mi hace un mes atrás y ahora el colegio cambió de opinión. Nuestras clases comienzan la semana que viene. Gracias por sus oraciones-

El grupo entero aplaudió e incluso unos silbaron de alegría. Qué jovencita tan descarriada como si Dios estuviese interesado en intervenir en un simple grupo de danza. Otros se levantaron. Algunos contaron unas aparentes historias en dónde oraban y sus oraciones eran respondidas. Otros tenían peticiones de oración por problemas que ellos estaban enfrentando. Luego de eso, ellos cantaron un poco. No habían himnarios. Ellos usaron un retroproyector. No conocía ninguna de las canciones pero todo el mundo parecía cantarlas con gran pasión. Luego, alguien se levantó e hizo una lectura de la Biblia. Él luego habló de lo que había leído. Todo parecía tan informal y bajo perfil. A pesar de que no quería venir ni estar allí sentí todo tan ameno y me sentí tan bienvenido que no era aburrido en lo absoluto. No era nada de lo que yo esperaba ver.

Muy pronto, alguien comenzó a hablar de futuros planes. No entendí mucho lo que dijo. Ya comenzaba a perder interés ya que no sabía a quienes el hombre les estaba dirigiendo su charla y no significaba nada para mí. Alguien estaba enfermo o una mujer estaba embarazada y muchos de ellos parecían estar dispuestos a colaborar con comidas por un mes o algo así. Tuve que admitir a regañadientes que aquel era un acto puro de caridad.

Leddicus estaba sentado con Julie y alguno de sus amigos. Él estaba en mi línea de visión y le había echado un vistazo de vez en cuando durante los procedimientos formales. El parecía estar bastante cómodo con todo. Hasta me parecía que hablaba el mismo lenguaje de las personas que estaban allí presentes. Y no me refiero al Inglés. Me refiero a que estaban todos en la misma sintonía. En un mismo sentir.

-Alguien explayó una breve oración y luego la gente comenzó cuchichear y a hablar otra vez riendo relajadamente.

Me hice camino hasta llegar a Leddicus.

-Bueno amigo mío. ¿Cómo te sientes en esta iglesia?-

-Me siento como en casa. Pienso que estas personas sí entienden de lo que hablo- Él parecía estar más feliz de lo que lo había visto en un largo tiempo –Hasta diría que esta gente es Del Camino. Es muy extraño porque no están en mi tiempo y todos los problemas son diferentes pero ellos tienen el mismo amor y cuidado los unos por los otros cómo cuando yo estaba en Cesárea-

-Ajá. Es todo un misterio para mí- respondí.
Leddicus estaba a punto de darme una explicación profunda pero

Julie quien vino de repente de entre la multitud, me salvó.

-¿Listo para irnos?- Ella también tenía esa extraña felicidad que yo recientemente había notado en Leddicus.

Nos encaminamos lentamente hacia la salida. Me acordé del momento en que nosotros dejábamos el hospital. Todo el mundo quería abrazar a Leddicus, besarle en la mejilla o estrechar su mano. Finalmente nos metimos al auto y movimos nuestras manos en señal de despedida. Como era lo usual, Leddicus se sentó en el asiento del copiloto.

-¿Disfrutaste de nuestro tiempo juntos?- Julie me preguntó al instante.

Leddicus respondió con entusiasmo.

-Sí. Sí, me gustó mucho. Es como yo lo percibí: una comunidad. No como mi tiempo en Roma-

Julie rió.

-Sé a lo que te refieres pero estoy segura que habían algunas personas en el lugar que seguían a ese movimiento llamado El Camino que es como le llamas. Pero yo estoy contigo en esto. Yo no soy una persona de ceremonias ni estructuras. Me gusta la comunidad y la realidad-

Me uní a la conversación mucho antes de que la conversación se concentrara exclusivamente entre Julie y Leddicus.

-No entiendo nada de nada de lo que presencié pero me gustó mucho la informalidad aunque algo de teatro es también entretenido- dije recordando mi tiempo en Roma y la rara experiencia que sentí al ver una de aquellas ceremonias religiosas.

-Bueno, al menos eso es algo- respondió Julie como si ella leyera mis pensamientos –Aunque la iglesia no es un lugar al que vas sino realmente algo que eres-

La conversación se estaba tornando muy profunda para mi gusto y estaba aliviado de ver que estábamos llegando al estacionamiento del hotel. Lentamente cambié de conversación.

-Julie ¿Vas a entrar con nosotros? Sería bueno que nos dieras unas ideas para los planes de mañana. De hecho, si cuento con tu ayuda en el tour seria grandioso. Además, Leddicus tiene una petición. Necesito que hagas magia y se la concedas mucho antes de que vayamos al tour-

-Seguro. No hay problema. Los ayudaré tanto como me sea posible. ¿Quieren que les dé el empujón a la estación mañana? ¿O prefieres ir a la estación más cercana para llevarlos a King's Cross. Creo que Joe les reservó unos asientos allí-

Nos sentamos en el bar del hotel. Yo, con mi café, Julie con su jugo, y Leddicus con su usual copa de vino rojo. Hicimos planes para los próximos tres meses que se avecinaban.

Capítulo 18

Viajando Alrededor de Gran Bretaña

Mi corazón latía frenéticamente. La sala estaba llena, calurosa y claustrofóbica. El profesor que nos había guiado hasta la tarima hace diez minutos estaba ahora hablando por el micrófono presentando a Leddicus y a mi persona al público que nos miraba. Eran alrededor de cien personas que estaban allí en todo el salón. El ponente se volvió hacia mí. Me levanté, y a medida que caminaba, respiré hondo por unos minutos para calmarme. Una ráfaga de luces y cámaras invadió mi visión mientras tomaba mi posición en el podio.

-Hola- comencé a hablar casi gruñendo. Tomé un largo sorbo de agua del vaso que estaba a mi izquierda y intenté presentarme de nuevo.

-Hola. Me siento privilegiado de estar aquí-

Tuve que improvisar. La presentación de PowerPoint no estaba funcionando. Luego de hablar por diez minutos de cosas que ni siquiera sabía de lo que decía, les presenté a Leddicus y me senté. Temblaba frenéticamente y estaba cansándome de todo el trauma mientras sudaba copiosamente y agradecí gratamente el café que me habían puesto al frente de mí. Quizás el hablar en público no era lo mío.

El miedo que había experimentado en los primeros lugares de reunión ya se había ido de mi y ahora me estaba volviendo en un experto conferencista y convertí el PowerPoint en un arte. El tour del Reino unido transcurrió de forma rápida. No habíamos parado desde que Julie nos dejara en la estación del metro de King's Cross un Lunes en la mañana hace casi tres meses atrás.

En aquel primer viaje en tren, Leddicus me bombardeó con preguntas tales cómo ¿Cuán rápido es? ¿En cuánto tiempo llegaremos? ¿Cómo comenzó todo?

Estaba feliz de pasar el tiempo con una lección de Historia que dictó George Stephenson. Después de todo, la Historia era lo mío.

Ahora, en los viajes v de tren él se quedaba allí sentado en silencio, totalmente a gusto con su laptop o observando los paisajes. Cómo hizo Julie para poder conseguirle una nueva, rápida y eficiente laptop desde que ella nos dejó aquella tarde antes que el tour comenzara fue todavía un misterio para mí.

El inglés de Leddicus mejoró radicalmente. Él era un sujeto muy inteligente y aprendía rápido. Ahora hablaba el idioma como si fuese un nativo británico. El eventualmente hablaría mucho mejor que yo. Él estaba comenzando a aprender algunas nociones y dichos culturales de Gran Bretaña y estaba a la par del humor inglés superándome con creces. Quizás era debido a mis raíces germanas.

La organización y apoyo de la oficina de Joe Simmons había sido fantástica. Cada dos días, yo recibía una información ampliamente actualizada, ya fuera por fax o correo electrónico o a veces ambas, cubriendo casa detalle del evento. Nos habíamos quedado en los mejores hoteles. No teníamos que preocuparnos por el transporte ya sea por tren o estaciones. Una persona muy amable estaba ya lista para llevarnos a nuestro hotel. Honestamente, los lugares de reunión, que normalmente eran universidades pero que también involucraban colegios técnicos, colegios y sociedades históricas estaban muy bien organizados.

Leddicus había desarrollado una confianza y un aplomo

impresionantes como conferencista, llevando las preguntas con claridad y total precisión. Hacía ya un tiempo que mis nervios habían desparecido y esto me permitió dar detalles más claros sobre la historia de Leddicus hasta el momento, su descubrimiento en la montaña, su estancia en el hospital y los estudios que se hicieron sobre él.

El dinero que recibíamos por nuestro trabajo era asombroso. Estaba asombrado de lo que la gente era capaz de pagar por oírnos hablar. Joe realmente conocía y sabía lo suyo. Cada detalle del viaje fue cubierto con precisión para que no tuviéramos que gastar un solo centavo. Nuestras cuentas bancarias del Reino unido continuaban creciendo a pasos agigantados. No estaba seguro si Leddicus entendía en totalidad de que se trataba todo aquello y en especial todo el asunto financiero que esto conllevaba.

Junto a su asombrosa capacidad del Inglés él también se había vuelto un experto del uso de la tecnología celular. En su tiempo libre, él estaba llamando o mandando mensajes de texto en el teléfono que yo le compré hace muchos meses atrás. Podrías adivinar a quién llamaba la mayoría de su tiempo libre: A Julie Bright. No sabía el porqué ella me sacaba de mis casillas y yo suponía que debiera más bien de estar agradecido. Después de todo, ella fue la que me presentó a Joe Simmons quién había venido en nuestra ayuda y al final salió triunfante. No me importó en lo absoluto si nuestro tour se convirtió en un tren de triunfo para su compañía y para él mismo. No lo envidiaba en lo absoluto en ese aspecto al menos.

Leddicus también había aprendido la computación de forma rápida. Encontré un curso para él en la web llamado *La Guía para los Idiotas en la Web* y él estudió cada sesión con ahínco hasta que el dominó los conceptos. Cada tarde, luego de cenar, nos sentábamos en el hotel con nuestras laptops: yo trabajando para ponerme al día con la universidad, *Archiv*, y el Señor Calabro y Leddicus por el otro lado haciendo no se qué rayos pero siempre con una intensa mirada en su rostro.

El grandioso tour estaba ya a punto de finalizar y estábamos de regreso a Londres. Muchas veces, yo ni supe en qué lugar o ciudad estábamos. No sabía si estábamos en Gales, Escocia o Inglaterra. Ni siquiera habíamos tocado Irlanda todavía. Uno de los lugares que quedó en mi memoria era Bristol. En primer lugar, Julie se unió con nosotros aquella semana o, debiera decirlo, se unió a Leddicus. Segundo, Pricilla Morrison de la prensa del Vaticano apreció en escena. Tercero, nosotros tuvimos ese día prácticamente libre.

La presentación en la Universidad de Bristol transcurrió como un reloj en movimiento. Estaba sentado en la plataforma escuchando a Leddicus concluir su discurso sobre sus experiencias desde que el se había despertado de la morgue y, como era lo usual, él estuvo abierto a las preguntas. Una mano se levantó y Leddicus inmediatamente le dio la palabra. Era Pricilla Morrison la cual se ponía de pie ante la audiencia.

-¿Debo concluir entonces que tú, tu familia y todos tus parientes estaban en la posesión de esclavos?- dijo fríamente. Su tono de voz era duro y severo y a medida que ella continuaba hablando concluyó finalmente que Leddicus era el culpable de todas las acciones que se suscitaban por todo el Imperio Romano.

Yo protesté en franco desacuerdo mientras la miraba de pie en aquel salón. Su cara estaba ya preparada para el ataque. Su aspecto era tan atemorizante como un Rottweiler.

-Muchas gracias por su pregunta. Creo recordar que usted dijo algo similar en Suiza. ¿Estoy en lo correcto?- Leddicus le dijo desarmándola con su amplia sonrisa.

-Sí. Usted está en lo cierto- respondió ella cortantemente

-La esclavitud es horripilante en todas sus formas y no puedo responderle por todo el Imperio Romano aunque aprecio gratamente mi posición privilegiada como ciudadano Romano libre y educado- dijo mientras tomaba una pausa para tomar agua —Aún lucho por entender su mundo. Por favor, perdóneme si lo llamo "su mundo" pero aún no entiendo totalmente en donde estoy. Sin embargo, he investigado algo de su historia. Sé, por ejemplo, que ustedes celebran en este país lo que ustedes llaman el fin de la trata de esclavos y el primer decreto de abolición fue aprobado en el año 1807. En ese tiempo, cuatro millones de personas fueron puestas en esclavitud. Hoy, el numero de esclavos está estimado a doce millones. ¿?Así que el mundo en donde usted vive es realmente un mejor mundo hoy en día?-

Leddicus se quedó allí observando a la Sra. Morrison y esperó a que ella respondiera. Ella abrió su boca pero no salía ni una palabra.

Leddicus continuó.

-Dos jóvenes son tratadas como esclavas cada minuto y estadísticas confiables aseveran que ente dos y cuatro millones de personas sean hombres, mujeres y niños están siendo víctimas del tráfico en las fronteras entre países de su propias naciones cada año-

Noté que la periodista se veía pálida. Ella se convirtió de una salvaje Rottweiler a una mascota dócil.

-Más de una persona está siendo traficada en una frontera en algún lugar del mundo a cada minuto. Esto iguala a cinco jets llenos de personas que despegan cada día. Financieramente, el tráfico de niños, mujeres y hombres dejan unas ganancias gigantes por todo el mundo así como esta gaseosa que estoy bebiendo ahora mismo. ¿Cómo es que se llama?-

Alguien en la audiencia respondió de inmediato.

-¡Coca Cola! ¡Se llama Coca Cola!-

Leddicus ahora estaba en total control de la situación. Él conocía muy bien el nombre de Coca-Cola. Él la bebía a diario. Él sonrió y asintió.

-Bueno, eso es todo y me gustaría añadir que yo no quiero proteger a mi sociedad pero pienso que debe pensar en su sociedad también. Entiendo que las personas en los titulares de prensa soy yo que está parado aquí en este momento y, por supuesto, mi mundo le intriga pero creo que debemos pensar en la situación global también

¿No lo cree?-

Morrison se sentó sin añadir unas palabra más. La audiencia le dedicó a Leddicus un entusiasta aplauso y tuve que contenerme para no quedar con la boca abierta. Estaba sorprendido por su respuesta tan bien articulada, detallada y compleja. Luego pude ver a Julie parada en la parte trasera del salón con una gran sonrisa dibujada en su rostro dándole a Leddicus su aprobación. Miré a Leddicus y, estaba completamente seguro, él le devolvía la sonrisa.

Pensé al respecto cuando estaba concentrado e mi laptop muy temprano esa mañana. Yo estaba terminando un documento para la revista *Archiv* y yo había dejado a Leddicus y a Julie concentrados en sus propios aparatos. Ocasionalmente los miraba y, cada vez, ellos se enfrascaban en conversaciones muy profundas. Julie estaba en su laptop mientras hablaba y Leddicus fruncía el entrecejo con mucha concentración. La luz del sol decrecía. La pequeña pilla había abordado a Leddicus y le había anticipado todo antes de que Priscilla entrara en escena desde aquel primer encuentro en Suiza. A pesar de que muchas veces Julie me irritaba y frecuentemente me tocaba el nervio, tuve que darle las gracias en aquella intervención y pronta ayuda. Ella fue capaz de preparar a Leddicus para desplazar a una veterana como ella con un toque maestro.

Yo estaba sorprendido al ver como aquella mujer llamada Morrison recobró su compostura y hizo un segundo intento, pero ella dirigió su pregunta hacia mi esta vez.

-¿Puedo hacerle una pregunta?- respondió cortante —Ésta pregunta está dirigida a Gerhardt-

Aquí va de nuevo. Ella está usando mi primer nombre como si me conociera.

Ella se quedó mirándome Sus ojos eran duros y carentes de emoción.

-Me gustaría saber porque usted está dirigiendo este tour, me gustaría saber cuáles son sus cualificaciones al respecto y ¿Por qué usted piensa que es un experto en historia?-

Me quedé helado. *¿Qué rayos quiere ella que diga yo?* No había ningún George que me rescatar aquella vez. Me senté allí tratando de conciliar mi pánico. Mi cerebro comenzó a correr en varias direcciones pero estaba literalmente vacío. El rescate llegó rápidamente en la forma de Leddicus.

El se levantó y sonrió.

-Aunque su pregunta está dirigida al señor Shynder necesito enfatizarle que el Sr. Gerhardt es mi amigo. Él ha estado conmigo desde el día uno e incluso estuvo presente durante mi traumático tiempo en el hospital en Italia. En mi opinión, el tiene la cualificación necesaria para este tour. Confió en que esta sea respuesta suficiente para usted. Como usted debe de estar consciente...- Él hizo una pausa, sonrió dulcemente, y la miró fijamente –Nuestro tiempo ya está finalizando y nosotros debemos concluir la sesión- dijo él mientras alzaba su mano en al auditorio –Gracias por sus preguntas y espero que hayan pasado un tiempo agradable con nosotros- finalizó el despidiéndose de la gente bajando su cabeza.

La multitud aplaudió y yo estaba fuera del anzuelo otra vez. Mientras regresábamos al hotel esa tarde, Julie y Leddicus confesaron que ellos habían pasado toda la tarde investigando la historia de la esclavitud para preparar a Leddicus si la periodista tocaba el tema de nuevo.

-Bueno amigo mío. Debo agradecerte por lo que hiciste por mi hoy. Estuviste fantástico. Me rescataste de tener que hablar con esa mujer-

Todos nos reímos y hablamos de lo bien que él había manejado el asunto. Leddicus rió alegremente de forma tan sonora como nunca lo había visto antes. L lágrimas incluso salían de su rostro.

Él eventualmente se secó las lágrimas de la pura alegría mientras nos miraba a ambos.

-No la había pasado tan bien desde hace tanto tiempo. No

recuerdo cuando fue la última vez que lo experimenté-

Él puso su mano en el brazo de Julie y la miró a los ojos.

-Gracias por tu ayuda. No lo podría haber hecho si ti-

Aquella fue la primera vez que Julie se sintió un poco avergonzada. Ella miró al piso mientras reñía tontamente.

Como estaba planeado, el día siguiente era un día de descanso y, como era o usual, Julie lo tenía todo listo para un tour en la ciudad de Bath. La parte más importante era una visita a los baños romanos. La entrada era tan lujosa que sentía como si entrara a un teatro y detrás de un lujoso panel de vidrio en donde se televisaba realísticamente como los antiguos Romanos venían de la terraza a los baños. Parte del panorama incluía a un joven guiando a un cabra.

Mientras rodeábamos el lugar por las esquinas y Leddicus observaba, pude notar cómo se estremecía. Él dejó salir un grito de shock. Julie volteó y observó su rostro e inmediatamente puso una mano sobre su brazo.

-¿Qué pasa Leddicus? ¿Qué ocurre?-

Él recostó su cabeza sobre su hombro, respiró hondamente y puso sus manos sobre sus ojos en confusión.

-Por un minuto yo pensé que había regresado a mi propio tiempo- le dijo suavemente.

Julie le abrazó. Yo le di unas palmadas y le dije que se reconfortara. Luego avanzamos. El incidente fue olvidado rápidamente.

Más tarde ese día, luego de comer una excelente cena acompañada de un buen vino, nos despedimos de Julie que necesitaba estar en Londres muy temprano la mañana siguiente. Leddicus lucía un poco desamparado mientras regresábamos al salón principal del hotel.

En los próximos días, Joe y yo hablábamos regularmente sobre sus planes de promover a Leddicus e diferentes áreas. No le mencioné nada de esto a Julie principalmente porque esperaba que Joe la pusiera a la corriente de los acontecimientos. Hasta la fecha, hubo varias propuestas de una compañía televisiva que quería hacer un documental y un publicista que quería hacer una autobiografía aunque Joe estaba decidido a dejarle a Julie la parte escrita. Una compañía de cine quería incluso hacer una película si aquel libro llegaba a ser un éxito.

En el momento que Leddicus y yo nos poníamos al corriente en una noche de tragos, yo le di las propuestas a pesar de que él no entendía muy bien los conceptos. Además, no me prestaba mucha atención debido a que miraba su teléfono cada cinco minutos. Me rendí entonces, cogí mi vaso de cerveza lager, y decidí no preocuparme por eso. El tour ya se estaba acabando y en unos pocos días, hablaríamos sobre el tema con Joe cara a cara.

Capítulo 19

A bordo de un Tren

Aunque amaba mi Audi y extrañaba la independencia que yo tenía y que el auto me daba, disfruté el viajar en tren y, por supuesto, los trenes en Suiza son los mejores. Los trenes británicos no son tan malos; los nuevos modelos de vagones son razonables, cómodos y rápidos.

El día final de nuestro tour había sido en la ciudad escocesa de Glasgow. Nos esperaba un viaje de cinco horas desde la estación de Euston hasta Londres. Julie se iba a ver con nosotros allí y nos iba a llevar al hotel que ya ella nos había reservado. El tren estaba lleno. Posiblemente porque muchos iban al mismo lugar. Apilamos nuestras maletas en el compartimiento de equipajes y nos sentamos en unos asientos bastante cómodos. Nos sentamos uno al frente del otro y una mesa estaba plantada en medio de nosotros. Yo tenía trabajo que hacer pero yo no me sentía con ganas de sacar mi laptop. En lugar de eso, pensé que sería una buena oportunidad para que Leddicus y yo pudiésemos tener una buena charla.

El tren salió silenciosamente desde Glasgow y yo estaba contento. Yo me las había arreglado para ordenar una taza extra grande de café mientras estaba en el tren y ahora lo saboreaba con tranquilidad.

Miré a Leddicus.

-¡Qué viaje! ¿Cómo crees que fue?-

Leddicus se volteó y sonrió.

-Lo he disfrutado y estoy complacido de ver cuánto ha mejorado mi inglés. Pero también estoy sorprendido de cómo todo el mundo habla el inglés distinto por aquí. Tantos acentos en una isla tan pequeña. En esta ciudad, fue una gran dificultad. Tuve que escuchar con mucha, mucha atención y pedirle a algunas personas que repitieran lo que me decían. Pero ellos son gente muy amable. ¿Y tú? ¿Qué piensas de todo esto?-

-Bueno. Lo he disfrutado mucho. También pude terminar la mayoría de mi tesis de doctorado. Estoy complacido de haber arreglado todo con lo referente a la tesis y enviarla a Suiza. Ha sido muy divertido el estar contigo y hemos ganado montones de dinerodije mientras me reclinaba en mi asiento y ponía mis brazos detrás de mi cabeza para mirar el techo.

-¡Quizás me convierta en un historiador famoso!-

Estiré mis piernas y mis brazos. Me sentí como el niño que había obtenido al fin su premio.

-No creo que no hubiera ninguna parte del viaje que no me haya gustado. Incluso me gustó ir a aquellas dos reuniones dominicales a las que fuimos. No puedo recordar en qué lugares hemos estado en aquel momento pero no estuvieron tan mal. Apuesto a que Julie ya te ha puesto al corriente de todo. ¿No es así?-

El asintió y le dio unas palmadas al bolsillo en donde estaba guardado el celular.

-Julie me llamó para darme sugerencias- decía el serenamente. Él y su celular se habían vuelto inseparables. Durante el viaje, él había estado hablando con Julie regularmente. Ella me llamaba de vez en cuando para darme algunas actualizaciones y actuar como intermediaria entre Joe y yo pero ella y Leddicus hablaban casi todos los días.

-Creo que lo mejor de este viaje fue Lisa-

-¿Quién es ella?- preguntó Leddicus encogiéndose de hombros.

-Ya sabes. La secretaria de Joe-

-Ah, sí. No hablé con ella de todas formas-

-No, lo sé. Pero ella ha sido fantástica. Se encargó de todos los faxes, correos electrónicos, llamadas y de todas las finanzas. Ella engrasó maravillosamente las ruedas de nuestro tour y hizo que todo fuese liviano y tranquilo-

Leddicus, distraído por el fabuloso escenario que se presentaba ante sus ojos se quedó mirando por la ventana. El sol estaba allí colgado en un cielo claro y una luz tenue bañaba las praderas. Las distantes montañas y despeñaderos tenían una silueta definida cuando el sol las tocaba. Las águilas volaban, casi sin moverse, a la espera de su presa en los prados.

Interrumpí su inspiradora visión.

-¿por qué nosotros terminamos yendo a esas iglesias de todas formas? ¿Qué dijo Julie?-

-Ella dijo que quizás debería ir a las iglesias a las que ella ha ido por toda Gran Bretaña y creo que todas ellas fueron interesantes. Fue muy obvio para mí que todos ellos pertenecían e El Camino. Pero aún me cuesta entender sus estructuras y la forma de hacer las cosas. Me parece menos natural de lo que yo estaba acostumbrado a ver. Quizás es porque yo estoy en una era muy distinta. Nuestra comunidad era tan sólo nosotros viviendo lo que nos habían enseñando. Nosotros no vimos a l iglesia como la ven ellos, como un lugar que forma un todo pero creo que ésas personas la ven de esa forma-

-Me has dejado perdido, Leddicus. No estoy seguro de entender tu problema aunque algo pasó en una de las reuniones que casi me asustó hasta la muerte-

-No vi que te enfermaras- Leddicus respondió bastante preocupado.

Me reí ante la respuesta. Él aún no captaba mucho de los coloquialismos británicos y tenía la tendencia de tomarlos muy a pecho.

-No. Yo no estaba enfermo. Yo estaba muy asustado. Uno de los muchachos de la iglesia vino a mí como si estuviéramos listos para irnos. ¿Era ese joven de Newcastle? ¿O fue en Norwich? Como sea, en una de esas ciudades-

-¿Qué paso? ¿Por qué estabas tan asustado?-

-Este joven me dejó pasmado al ver cómo se acercaba a mi directamente diciéndome lo siguiente. "Hola. Espero no molestarlo pero creo que Dios quiere que yo le diga algo a usted" Yo no tenía ni idea de lo que iba a decir así que sonreí educadamente y escuché. Él dijo un montón de cosas sobre el cómo había crecido y lo que planeaba hacer. Y luego resumió todo al decirme esto: "El problema es, cuando tú llegues a donde quieras llegar no te hará sentir satisfecho ni te dará felicidad" Él fue muy preciso y eso me asustó. Yo te aseguro que él no me conoce más que una panela de jabón-

-No estabas enfermo ¿Pero estabas sucio?-

Pude notar que él me estaba tomando el pelo.

-No sabio romano. Tan solo quería enfatizar el hecho de que él no me conoce en lo absoluto. Nunca nos hemos conocido pero él estaba relatándome mi vida y él parecía conocerla muy bien. ¡Asombrosamente bien!-

Leddicus sonrió.

-Estoy feliz de que Dios aún haga esas cosas hoy en día-

Esta conversación se estaba volviendo muy profunda para mi gusto. Y yo no quería meterme en el fondo del asunto. Quizás deba sacar mi laptop y trabajar un poco. Pero yo estaba intrigado sobre el asunto de la estructura en la iglesia que Leddicus me había mencionado u poco antes. Ésa podía ser una buena manera de cambiar el tema.

-¿A qué te referías con la estructura en la iglesia? ¿Qué fue lo que cambio ¿Qué era lo que hacía a tu iglesia distinta de aquella a la que fuimos? No es que ninguno de nosotros lo entienda a plenitud. Apenas hemos estado en dos reuniones-

Leddicus frunció el ceño y se quedó pensando por un buen rato y luego respiró hondo.

-la cuestión es que, y Jesús nos dijo eso, que en primer lugar nosotros deberíamos buscar el Reino de Dios, la comunidad a la que llamo la gente de El Camino. Hoy, lo que las personas llaman iglesia deberían estar haciendo lo que Jesús dijo: buscar el Reino. Eso es todo lo que hay que hacer en esta tierra. Ese es todo el asunto y el negocio con Dios. El Reino es más grande que las personas de El Camino y Dios está trabajando en todo el mundo. Pareciera que, de lo que he observado en las iglesias a las que hemos asistido, a pesar de que las personas fueron muy amables, ellos parecían más preocupados en meter gente a sus construcciones que ellos llaman "iglesias" en vez de estar buscando el Reino de Dios. Quizás esté equivocado pero es así como lo percibí. Pero para mí, buscar el Reino de Dios es simplemente cambiar el mundo-

-¡Wow! Leddicus. Tú definitivamente debieras ser un político. Eso fue un tremendo discurso de tu parte-

Ambos reímos.

-Yo vengo de un mundo muy distinto- me recordaba Leddicus. Su expresión se tornó seria —Y tú siempre me has preguntado el porqué yo escogía cuidadosamente las palabras cuando hablaba de estos temas y es porque no puedo olvidarme de que yo soy un seguidor de El Camino. Donde vivo, es muy fácil ser asesinado por lo que te estoy diciendo, especialmente si hablo del Reino de Dios. Yo tuve dos amigos cercanos. Nos reuníamos regularmente el primer día de la semana y pasábamos horas enteras discutiendo sobre el Reino. Una de las semanas en la que yo estaba fuera, uno de los soldados descubrieron el lugar en dónde mis amigos se reunían y les dijo que su reunión estaba en contra de la ley. E inmediatamente, ellos atravesaron a mis amigos con sus espadas-

Cuando el terminó de decir aquello, respiró hondo.

-Ellos eran esclavos así que era fácil para los soldados el hacer aquello sin tener ningunas consecuencias. Sería más difícil para ellos el matarme sin hacerme ninguna pregunta. No es imposible pero aún así arriesgaría mi vida si me escucharan decir estas cosas-

A mí me parecía más bien una historia de aventura. Para ser honestos, lo que él dijo no me afectó en lo más mínimo.

-¿Por qué las cosas eran así? ¿Por qué estabas más protegido que los esclavos?-

-Tuve el privilegio de la educación. Mi padre era un oficial muy bien pagado. He sido muy afortunado. Pero Roma domina el mundo. El Imperio Romano está en todos lados. Hace esclavos a unos miles y los oprime. El César es llamado el hijo de Dios y las personas le adoran como un dios. Nosotros celebramos el cumpleaños del César y se supone que debería más bien ser el día de las Buenas Nuevas. Entonces vienen personas como yo, seguidores de El Camino, muchos de nosotros esclavos. Nosotros decimos que Jesús es Rey y que Él representa las buenas nuevas. También decimos que Él ha resucitado y que al conocer al Rey Jesús puedes cambiar tus valores, tu ser interior y tu pensamiento. Eso es prácticamente una amenaza para Roma y el César. Es por eso que soy muy cuidadoso pero eso no quiere decir que no crea lo que digo o sigo. Tan solo soy lo extremadamente cuidadoso para poder estar vivo tanto como me sea posible-

-Puedo ver que tan apasionado eres con lo que dices. Quizás deberíamos dejarte hablar al respecto en alginas de las iglesias y las universidades. Dudo que ellos nos paguen muy bien a menos que vayamos a los Estados Unidos lo que me trae otro tema de discusión a la mesa. Cuando regresemos, Joe quiere hablar con nosotros sobre un posible tour por los Estados unidos de América, un documental de televisión, un libro sobre tu vida y la posibilidad de una película. Pero ¿Qué quieres hacer después?-

Dos grandes arrugas se formaron en su frente. Él respiró hondo y exhaló lentamente. Él estiró sus manos sobre la mesa y me miró fijamente.

-En realidad me gustaría ir a casa. A Cesárea. Realmente extraño a mis amigos, familia, bueno…todo-

Respiré hondo esta vez y mi mente se oscureció por un momento. Le miré por un momento y pensé ver un rostro alegre pero yo sabía que no podía seguir pretendiendo que todo estaba bien.

-No creo que cuando vuelvas a casa todo esté tal cual lo dejaste, mi amigo. Pero he aquí mi sugerencia. ¿Qué tal si extendemos el tour por un par de meses a los Estados Unidos? Y luego, te prometo que te llevaré de vuelta a Cesárea de Filipo-

Yo estaba muy preocupado de que él no encajara cuando volviera a su tierra al verla tal cual era. Yo quería asegurarme de que mi cuenta bancaria creciera más antes de tomar ese riesgo. Yo podía sentir que él aún estaba profundamente confundido y me pregunté si el aceptaba la situación como protección a su propio estado mental.

El me miró. Una profunda tristeza invadió su rostro pero el asintió débilmente.

-Mo creo que te guste en lo absoluto lo que vas a encontrar en Cesárea y no estoy seguro de lo que haremos allí o después- dije sintiendo que, a pesar de que Leddicus estuvo y ha estado aquí por algunos meses, él simplemente no entendía algunas cosas o quizás no quería enfrentarlas. No tenía ni idea que hacer al respecto.

-Te va a gustar mucho los Estados Unidos. Es un país divertido y los americanos te amarán-

-Ok. Suena bien- dijo. Su voz sonaba falta de toda emoción.

Revisé mi reloj. Estaba asombrado de ver que nos faltaban solamente cuarenta y cinco minutos para llegar a Londres.

-Leddicus, comamos. Traeré café y unos sándwiches. Londres no debe estar muy lejos-

Su rostro se iluminó al decir aquello.

-¿Julie se va a reunir con nosotros?-

Asentí y le dejé con ese feliz pensamiento y me fui a buscar algo de comida.

Habíamos apenas finalizado vuestra cena cuando el tren se paraba en la estación de Euston. Salimos del tren y allí, al final de la estación, estaba la silueta familiar de Julie Bright, vistiendo una chaqueta roja y dedicándonos una amplia sonrisa.

Capítulo 20

Malas Noticias

Julie nos había reservado habitaciones en el mismo hotel en Brentwood. Nos dijo que no era el más cercano pero que quizás queríamos algo de familiaridad. Nunca hubiese pensado en eso pero realmente me sentí bien apenas entré al hotel. Dejamos nuestras maletas en nuestras habitaciones y nos reunimos con ella en el salón principal del hotel para beber café y hablar por un rato antes de que nos fuéramos a dormir.

-Nuestra reunión mensual será mañana. ¿Quieres venir?- decía ella mientras nos servía café de la humeante cafetera.

Leddicus asintió vigorosamente mientras él le añadía cuatro cucharadas de azúcar de café. Él ya se había vuelto un asiduo bebedor de café debido a mi constante recomendación pero aún fruncía el entrecejo cuando bebía el café sin azúcar.

-Ok- dije sin entusiasmo –¿Nos recogerás o tomaremos un taxi?-

-Yo vendré y los recogeré. No hay problema-

El día estaba ligeramente soleado y el tráfico fue amable con nosotros. Llegamos a buena hora para disfrutar la comida que nos ofrecían. Estaba sorprendido de darme cuenta de que realmente disfrutaba realmente la reunión. Este Sábado en cuestión, una banda de rock se presentó la cual a mi me pareció que erra talentosa y divertida. Algo más estaba ocurriendo conmigo lo cual yo no podía definir, una emoción extraña aunque yo no era nada emocional.

Leddicus estaba en su elemento y se le veía bastante feliz y relajado. En medio de la reunión, le pidieron a él que dijera algunas palabras. No habíamos ni negociado una tarifa. ¿Acaso ellos pensaban que éramos una caridad o algo por el estilo?

Leddicus se levantó de su asiento sin reparos y cogió el micrófono. Él no dio su discurso habitual pero hablo con fluidez y convicción diciéndoles que a pesar de todo Dios estaba con él. Él fue muy honesto con su situación diciendo que él no entendáis lo que estaba pasando con su vida y, aunque sus amigos de la universidad estaban tratando de entenderle, ellos no encontraban una solución a su problema. El dijo que, aunque él estaba separado de su gente, de sus amigos y de su familia, él se sentía en casa en esta nueva familia. Se sentía de la misma manera aunque él no entendía el porqué.

-La mejor parte de esta extraña nueva existencia en la que yo me encuentro metido es que puedo decir lo que quiera, hacer bastante ruido, usar tecnología extraña y ¡Hablar sin temor a que me tiren a los leones!-

La multitud le aplaudió entusiastamente mientras el volvía a su asiento. Me animé al escuchar a Leddicus. Me gustó lo que oí. Él se sentía más en casa en su nueva situación de lo que alguna vez le había oído hablar. Tuve que admitir que la había pasado bien. La comida fue excelente, la banda fue genial y la gente era tan normal y relajada con la que yo podía hablar. Ellos parecían genuinamente interesados en mi y parecían importarle lo que yo hacía.

Regresamos a nuestro hotel en el medio de la tarde y nos despedimos a Julie y luego nos acomodamos para dormir y relajamos. No teníamos ninguna agenda hasta las once de la mañana del día siguiente cuando Joe iba a venir a reunirse con nosotros en el desayuno tardío que íbamos a tener. Se sentía tan bien estar libre de todo estrés y el pensamiento de un descanso reparador fue una delicia a mi mente.

Leddicus y yo ordenamos hamburguesas y papas fritas del bar y comimos en el salón principal.

-Joe va a discutir con nosotros la próxima parte de nuestro tour mañana pero no te preocupes. Le explicaré que quieres ir a casa.

Leddicus vertió salsa de tomate en sus papas fritas y tomó un sorbo de Coca Cola. Él ciertamente había copiado algunos hábitos del siglo veintiuno con verdadera destreza.

-Julie dijo que ella quiere venir con nosotros a mi casa. Eso es bueno ¿no?- dijo él con su boca llena de comida.

Julie había mencionado esto en el carro de camino a casa. En su estilo inimitable, ella misma se auto invitó a ir a Israel con nosotros. Justo a tiempo, yo pude recordar que ella podía ver mi cara en el espejo retrovisor y forcé una sonrisa.

-Eso creo- le dije a Leddicus. Tomé un sorbo de un buen vino rojo que yo mismo escogí –En realidad no quise molestarte con qué querías acompañar tu hamburguesa pero no importa-

-¿No quieres que ella venga con nosotros?- Leddicus se estaba volviendo un experto en leer el lenguaje corporal.

-Me parece que es un asunto cerrado para mí, Leddicus- contesté mientras me entretuve con mi comida para evitar más preguntas complicadas. Esta tarde era para relajarse.

Joe llego exactamente a las once en punto e hicimos nuestro camino a nuestra mesa usual. No recordé el invitar a Julie pero ella vino de todas formas diciendo que le había dado el aventón a Joe. Ella acercó una silla y comenzó a hacer su pequeña charla con Leddicus. Todos ordenamos algo para comer y Joe comenzó con su sección de negocios.

-¿Qué quieres primero? ¿Las buenas noticias o las malas?-

-Las malas primero- dije

El metió la mano en su bolsillo y sacó un extracto de periódico. El o alisó y l opuso en la mesa enfrente de nosotros. Yo reconocí el periódico al instante: era un diario Británico de los sensacionalistas. Una foto de Leddicus estaba impresa por debajo de un titular gigante. El titular rezaba: "El Fraude del Hombre de Hielo Revelado" La historia continuaba con una entrevista en vivo y una foto de su familia en Newcastle Upon Tyne, una ciudad que quedaba a cuarenta y cinco minutos de Edimburgo, Escocia.

Leí la primera línea: "Nuestro reportero halló al fin la familia del supuesto hombre de dos mil años de edad"

Leddicus saltó de su asiento.

-¡Ellos han encontrado a mi familia! ¿Dónde?- El abrió los ojos y leyó y observó el periódico atentamente.

-Ésta es tu hermana y hermano- le dije al señalarle una de las fotos.

-Pero yo no tengo ninguna hermana y no tengo idea de quién es ese hombre-

Julie se unió a la tertulia.

-No creo que los conocieras. La misma gente que dijo que el aterrizaje a la luna fue hecho en un estudio de cine escribió esto-

Leddicus me miró atentamente y luego posó sus ojos en Julie en total confusión y vi un dejo de irritación en su voz.

-¿Luna? ¡Mi familia está en la luna!-

-No, Leddicus. Unos astronautas fueron allí en un cohete pero éste periódico negó los hechos y aseguró que todo fue un teatro ¿Es

que no lo entiendes?-

Leddicus puso sus manos detrás de la cabeza y suspiró hondamente.

-Julie. ¿De qué estás hablando? Ésta no es mi familia ¿Y qué tiene que ver al luna con todo esto?-

Julie se sintió herida ante la respuesta cortante de Leddicus pero Joe vino rápidamente a rescatar la situación.

-Este artículo es prácticamente basura y Julie escribirá una carta bastante seria al periódico para refutar sus declaraciones ¿No es así Julie?-

Ju.ie asintió vigorosamente.

-También presentaremos una que a la asociación de prensa sobre este artículo que ha sido publicado. Una vez la situación haya sido investigada a fondo y que tengamos toda la razón el periódico nos dará una disculpa formal. Entonces la vida continuará normal para nosotros como lo usual- El arrugó el papel y lo tiró –Pero no tengo duda que otros diarios escribirán lo mismo en los próximos días así que Julie por favor, no sólo harás esta carta sino que prevendrás a cualquier diario del país a que hagan o piensen hacer lo mismo-

Julie asintió de nuevo pero ella estaba mirando a Leddicus con bastante enojo.

-¿Por qué ellos harían esto?- Leddicus le espetó a Joe. La preocupación invadió su rostro.

-Para vender más periódicos- dijo Joe –Ellos imprimen todo tipo de salvajes acusaciones con la esperanza de que ellos no sean demandaos. Tú eres la gran noticia en estos momentos. Res como una celebridad y por supuesto a ti te dan el esquinazo-

Toqué el hombro de Leddicus para darle animo.

-¿Y las buenas noticias?-

-Son más que buenas. Ya reservé un tour completo de dos meses por todos los Estados Unidos. Es prácticamente la misma temática y el mismo estilo del tour que ustedes tuvieron en el Reino unido: centros de educación superior y universidades. Pero la mejor parte es que ellos están dispuestos a pagar más que los mismos Británicos-

-Ésas son muy buenas noticias. Maravillosas de hecho- dije felizmente. La decepción del altercado con la prensa desapreció rápidamente.

-Su vuelo a nueva York será la próxima semana y Julie los acompañará. Al menos por los primeros días antes de que el tour comience-

-¡Y ella lo hará!- dije sorprendido.

-Sí. Ella lo hará. Un publicista de renombre nos ha ofrecido un libro sobre Leddicus casi inmediatamente y estoy revisando en estos momentos el contrato antes que firmemos y además estoy lidiando todos los últimos detalles que confirmarán el acuerdo del documental. La oferta por un filme sobre Leddicus está aún sobre el tapete aunque no he finalizado con esa parte. Ellos están esperando a ver cómo se desenvuelve el libro pero ellos presienten que será un éxito. Con todas estas cosas en el aire, yo necesito una persona que sepa tomar notas y lidiar con la situación y esa persona es Julie-

Me recliné en mi asiento y jadeé entrecortadamente.

-Este asunto se está volviendo cada vez más impactante de lo que yo esperaba- dije en voz alta sin dirigirme a nadie en lo particular.

Leddicus, que había estado de mal humor mientras Joe nos hablaba, reaccionó.

-¿Qué se está haciendo tan impactante?- preguntó.

-¡Tú, por supuesto!-le respondí –Todos estos acuerdos monetarios y tú presente en medio de todos ellos. ¿Estás dispuesto a lanzarte a esta aventura? ¿Estás dispuesto a hacerlo?-

-Seguro. Iré a ese Estados Unidos contigo y luego vendrás a casa conmigo. ¿Es ése el acuerdo?-

-Bueno, sí. Algo así- dije —pero aparte del viaje a los Estados Unidos habrá un libro, un filme y un documental-

Leddicus se encogió de hombros y esbozó una sonrisa.

-Ok- respondió y su irritación inicial fue rápidamente olvidada.

Joe rió y le dio unas palmadas a Leddicus por la espalda.

-Hasta ahora todo va bien ¡Volarán el Martes!- dijo él mientras se levantaba y cogía el teléfono —Les sugiero que descansen hoy y mañana y pasen el tiempo juntos. Estaré en contacto con ustedes en veinticuatro horas con los nuevos contratos-

Acto seguido, Joe volteó hacia Julie.

-¿Te doy el aventón hasta tu casa?-

-Seguro, no hay problema- respondió ella mientras cogía su bolso.

-¿Quieren cenar conmigo mañana en la tarde?- nos preguntó Joe de nuevo a todos nosotros. Julie sonrió pero su sonrisa no llegó a sus ojos. Por alguna extraña razón, la irritación de Leddicus aún la hería.

-Sí. Por supuesto- respondió Leddicus inmediatamente lo cual era lo usual cuando algo tenía que ver con Julie. Si él había notado una distancia emocional entre ella y él, él no hizo ninguna mención al respecto.

Al estar sólo con Leddicus, le pregunté qué quería hacer por el resto del día.

-Quisiera caminar-

-Ok. ¿A dónde te gustaría ir?-

-Si no te importa esta vez me gustaría caminar solo. Necesito pensar muchas cosas- me respondió. Al instante se levantó como para hacerme saber que estaba decidido a hacer aquello, se despidió de mi y salió del hotel

Me recliné en mi asiento y cerré mis ojos. Mi cerebro aún estaba en movimiento por todo lo que me estaba pasando. Lo que estaba ocurriendo conmigo iba más allá de mis sueños más excéntricos. Luego de un rato de haber estado allí, decidí volver a mi cuarto de hotel, pedir la comida más cara del menú del hotel, ver un par de filmes, visitar el mini bar y luego dormir temprano hasta el otro día.

***

El correo electrónico decía lo siguiente:

> Todo en orden. Ella tendrá la información en las próximas semanas que rellenará los huecos que has mencionado. Debemos ponernos de acuerdo en cómo tú obtendrás el material. Por favor, llámame a las 11:30 mañana en la noche. J.

La noche siguiente, Eduardo estaba en su lugar habitual, sentado en su silla de cuero y concentrado en su computadora. Su celular, que estaba silencioso en aquel momento, vibró lentamente emitiendo una sonoro melodía indicándole que tenía una llamada.

-José. Tú estás obrando milagros-

-Gracias. Espero que sea así. Tengo un plan en cómo tendrás el manuscrito en tus manos una vez ya esté revisado. Ella no se compromete a enviarlo por medios electrónicos. Ella es más bien de la vieja escuela y confía más en los cuadernos y notas. Una vez las notas estén listas es cuestión de tiempo que las tengamos bajo nuestro poder. Ya tengo la persona indicada para buscarlas y llevártelas en persona. Todo lo que necesito de ti es un punto de encuentro. Los objetos vendrán a ti por un envió Courier especial.

-Déjame ver que hago y te lo haré saber de inmediato. Una vez tenga todo el material lo más probable es que me tome un mes para terminar todo el manuscrito- dijo Eduardo mientras dudaba -¿Estás seguro que los contratos fueron bien redactados?-

-Créeme mi amigo que así es. ¿Alguna vez te he dejado mal?-

-No. Eso lo sé. Pero tú sabes que me gusta proteger mis cosas y salvaguardarlas. Me gusta esta vida. No quiero que ningún novato me la arrebate-

Eduardo se rió por lo bajo.

-Querrás decir *nos los arrebate* amigo mío. También a mí me gusta esta vida. Estoy haciendo todo mi esfuerzo para asegurarme de que eso no pase-

-Ah, y parta que sepas yo ya he cambiado mi dirección de correo electrónico y el proveedor de encriptación. La nueva dirección es setaside@wind.it-

-¿Y qué ocurrió con tu antiguo sistema? ¿Acaso ha tenido fallas?-

-No. Pero pude oír que existen muy buenos hackers merodeando por allí. Sugiero más bien que hagas lo que te digo en este aspecto y sigas mi ejemplo-

-Hackers brillantes merodeando por ahí. ¿Qué tiene eso que ver contigo?-

-Cundo digo buenos no quiero referirme a que son los mejores. Quiero decir morales. Ellos están trabajando codo a codo con la ley-

-Te comprendo. Ya entendí lo que quieres decir. Está bien, yo lo revisaré en cuanto tenga tiempo-

-Sugiero también que hagamos este proceso regularmente- explicó Eduardo –No me parece buena idea que dejemos ningún rastro. Ahora debo más bien estar atento a mis propias fechas límite.

Sí, mi amigo. Tendremos que cenar juntos muy pronto. Será una gran celebración-

Eduardo puso su teléfono en el escritorio suavemente y cambió de opinión sobre el trabajar esa noche en la computadora. Él no estaba cansado, su energía parecía nunca agotarse pero él decidió más bien tomarse un tiempo para caminar. Caminar en el medio de la noche era bastante cómodo y pacífico ya que no habían niños ni personas los cuales él encontraba más intolerables que los mismos adultos.

Capítulo 21
Los Estados Unidos de América

Los cuatro estábamos sentados en el restaurante de hotel desayunando como era lo usual antes del tour que tendríamos en unas horas. Leddicus y yo nos sentíamos a plenitud luego de dos días completos de descanso y esparcimiento. Joe, Leddicus y yo comimos un buen desayuno inglés mientras Julie comía su usual plato de frutas y yogurt. Joe acordó llevarnos a Heathrow para nuestro vuelo de esa noche así que el día era perfecto para nosotros ya que así afinaríamos las cosas que necesitaríamos para nuestro viaje.

Luego de que nuestros platos fueron quitados de la mesa y el café ya servido, Joe puso sobre la mesa el montón de papeles que sacó de su maletín y, como era lo usual en el, comenzó a hablar de los pormenores del viaje. Luego de un rato, Leddicus se sirvió más café, mezclándolo con leche y añadiéndole azúcar para endulzarlo. Él no prestaba mucha atención a los procedimientos. Él trató de escuchar lo que Joe estaba diciendo pero muchas veces el fingía y prácticamente se se aburría. Aquellos contratos incluían a Leddicus y también establecían que tanto yo, como Leddicus, íbamos a amasar una gran cantidad de dinero pero él simplemente no estaba interesado en lo absoluto. Aparte de las ropa, las compras ocasionales y , por supuesto, su amada laptop, él gastaba muy poco. En consecuencia, su cuenta bancaria británica continuaba creciendo.

Una vez todos los contratos fueron firmados y resguardados en la maleta de Joe, comenzamos a planear y detallar los pasos que deberíamos tomar una vez estuviéramos en los Estados Unidos una vez comenzara el tour. Habíamos acordado que Joe debía continuar las negociaciones con respecto a las posibilidades de un filme y la oportunidad de filmar un documental sobre Leddicus. Joe estaba bastante seguro de que él podía incrementar la oferta a favor nuestro una vez termináramos el tour en los Estados Unidos.

-¡Vamos a convertir a Leddicus en una máquina de hacer dinero!- exclamó Joe.

Leddicus le miró mientras mezclaba su café.

-No quiero ser una máquina. ¡A mí me gusta ser humano!-

Todos nos reímos, a excepción de Leddicus, que nos frunció el entrecejo.

-No te preocupes- respondió Joe —Tú seguirás siendo humano pero si el libro es un éxito y el filme se llega a materializar entonces las posibilidades de ganar dinero se expandirán. Por ejemplo, tú podrías promocionar y recomendar productos por la televisión-

-¿Recomendar? ¿Publicitar? ¿A qué te refieres con eso?-

-Una vez el filme ya haya sido lanzado las personas te reconocerán mucho más que antes. Así que podrás salir en un anuncio de televisión diciendo por ejemplo: Este jugo de naranja es el mejor. Deberías probarlo. Eso es un anuncio y te pagarán tan sólo por decir eso- le explicó Joe.

-¡Yo podría hacer eso! ¡No es problema para mí!- dijo Leddicus rápidamente. Su expresión taciturna desapareció mientras el alzaba su taza de café en lo alto -¡Este es un muy buen café! Deberías comprar uno-

Todos reímos y Joe le dio una palmada en la espalda.

-Eres definitivamente alguien con el cual yo puedo contar- le dijo

-Bien por ti- dije –Dejemos que Joe se encargue de eso. Mientras tanto, el acuerdo del libro está listo para que lo firmemos y Julie ya quiere comenzar con eso. Todos nosotros también recibiéremos nuestra paga por eso. ¿Están listos?-

¡Hagámoslo!- respondió Leddicus.

Julie se inclinó y le dio un abrazo a mi amigo.

-Estoy ansiosa por hacer esto Leddicus. Amo escribir. Pero antes de que comencemos tengo una noticia más que darle. El periódico que emitió el reporte se disculpó con nosotros tal cual yo lo esperaba. Lo leí en un pequeño apartado del periódico. Dijeron que habían dado la información equivocada. Tengo mis sospechas de que fue Pricilla Morrison la que estuvo metida detrás de esto pero no puedo probarlo y el periódico no nos dará la fuente de donde vino tan descabellada información-

-Bueno. Eso es mejor que nada y estoy seguro de que tu lidiarás con la situación como toda una experta- dijo Joe –No sé lo que se pueda hacer con Morrison. Quizás Leddicus tenga una respuesta al respecto-

-¡Yo!- dijo Leddicus. Sus cejas se alzaron y la sorpresa invadió sus ojos –No sabría que hacer al respecto-

-Bueno. Piensa- dijo Joe –Alguna idea debe entrar en tu cabeza-

-Ok. Lo haré- respondió Leddicus sin mucha convicción.

Y de aquella manera concluimos nuestra reunión, recogimos nuestro equipaje y nos metimos en el auto de Joe para comenzar así, de forma oficial, nuestro segundo tour.

Como era lo usual, teníamos unas horas disponibles para pasear y merodear por la ciudad antes de volar. Así que tuve la idea de conseguirle un atlas a Leddicus para que lo viera. No entendí el porqué no se me había ocurrido la idea antes. Él siempre estaba interesado en saber dónde estaba tratando de entender el mundo cómo este estaba interconectado. Nos sentamos en la cafetería más y tarde ese día mientras hojeábamos el ejemplar. Le señalaba a Leddicus los lugares de interés y aquellos sitios que pensé el debería saber pero Leddicus aún estaba teniendo problemas con el concepto de la forma geométrica que el mundo tenía.

-¿Es el mundo plano o redondo?- preguntó mientras observaba la portada del atlas la cual tenía la figura de un globo terráqueo bastante grande. Sin embargo, al ver los mapas en el interior del libro, estos eran planos.

Nos escabullimos en algunas tiendas y le mostré a él un globo terráqueo que estaba en el mostrador. Le abrí el atlas para señalarle el mapa de los Estados Unidos que estaba en el libro para luego señalarle en el globo terráqueo la ubicación del país norteamericano. Su expresión me dio a entender que me había entendido a la perfección.

-Ah. Ya todo tiene sentido para mi ahora. ¿Y entonces qué era lo que estaba escrito en los pergaminos Judíos?-

Ahora era mi turno de confundirme.

-¿Pergaminos judíos? ¿Acaso hay mapas dibujados en ellos?-

-No. No. Tiene esas palabras escritas en un libro llamado Job. Lo vi esta mañana cuando observé la copia del pergamino que conservo en mi habitación-

-Me has confundido ahora Leddicus. ¿Ahora qué te traes ente manos? ¿Acaso hay un rollo de pergamino en tu habitación?-

-Hay un libro en mi habitación y tiene la misma escritura que en los pergaminos judíos-

-Ah. ¿Te refieres a la Biblia de los Gedeones? ¿Pero qué tiene que ver eso con el globo terráqueo?- le pregunte rascándome la cabeza de la confusión.

-En el libro de Job dice lo siguiente: *Dios ha colgado la tierra en la nada.* Siempre me pregunté qué significaba pero ahora, al ver esta pelota que llamas tierra, tiene perfecto sentido para mí-

Mi celular sonó. Julie ya había mandado un mensaje de texto para decirme que nuestro vuelo ya había sido anunciado. Regresamos para recoger nuestro equipaje y el de ella. Mientras caminábamos a nuestro pasillo correspondiente se me ocurrió de repente de que era muy extraño que un primerizo como Leddicus haya crecido tan rápidamente. Yo recordé detalladamente el momento que Leddicus había tomado su primer vuelo y quedar fascinado por cada detalle. Hoy, el entraba al avión de una manera tan despreocupada como si él hubiese volado toda su vida.

Aunque era ya un viajero experimentado, Leddicus nunca había hecho un viaje tan largo. Mientras nosotros esperábamos a que el avión despegara le comencé a hablar de las nuevas tecnologías que el vería más adelante. Él estaba particularmente encantado por el televisor que estaba en la parte de atrás del asiento. Él nunca había perdido su fascinación por los aparatos tecnológicos y quería saber cómo funcionaba cada botón y entender cada proceso. Para el momento que el avión dejaba la pista de aterrizaje, ya él dominaba la mayoría de las funciones del televisor. Con sus audífonos puestos, el comenzó a presionar los botones correctos.

-En una hora o dos Leddicus. No todavía. Ellos pondrán las películas y el entretenimiento más tarde- le dije, quitándole uno de los audífonos para que pudiera oírme.

Él entonces comenzó a hojear una de las revistas que estaban en el asiento del avión pero rápidamente se aburrió al ver la cantidad de anuncios y propaganda que él veía en cada página sobre perfumes y joyería. Él entonces se volteó hacia Julie, la cual estaba estirando su cuello para ver los blancos acantilados de Dover con más cuidado. El azul perfecto del cielo e daba una visión perfecta.

-Vi un programa muy interesante sobre valores anoche- comenzó

Leddicus mirándola fijamente.

-¿Qué tipo de valores? ¿Dinero? ¿O la vida?-

-Sobre la vida. Los valores de la ida. En el programa, un hombre, el cual era un artista, estaba hablando con otro hombre que trabajaba en algo relacionado con barcos. Ellos estaban hablando de cómo uno puede tener valores en la vida pero pienso que todos ellos estaban errados. Especialmente el hombre que era artista-

Julie rió tontamente.

-Sí. Yo también vi el programa. Él no era un artista, él era un ateísta y ésa es una persona que no cree en Dios. El otro sujeto no trabaja en barcos, el era un obispo y ése es un alto cargo en la iglesia de Inglaterra-

Un impasible Leddicus continuó su charla.

-El hombre que era artista decía que nosotros obteníamos nuestros valores simplemente porque éramos humanos y por la educación que recibíamos. Me parece una locura. Mi educación y crianza ciertamente me enseñaron ciertas formas en lo que refiere a vivir como un ser humano y ahora creo que todos los valores que aprendí fueron los equivocados-

Me incliné y miré a Julie.

-Yo conozco a Leddicus cuando se pone así. ¡Él puede llegar a ser un hablador muy profundo!- le dije.

Julie sonrió de par en par.

-Lo sé- respondió ella sin ningún rencor –Pero es por eso que él es fascinante-

A continuación, se concentró en Leddicus.

-¿A qué te refieres cuando dices que lo que aprendiste fue un error?-

-Es fácil. Cundo yo me volví un seguidor de Jesús de Nazaret y de El Camino, siguiendo las enseñanzas de Jesús mis valores cambiaron, mi pensamiento cambió y mi vida cambió. Algunos de los valores qye aprendí de Jesús serían una contradicción en mi mundo. Por ejemplo: *Ama a tus enemigos y haz el bien a las personas que te ultrajan.* Ése valor jamás lo escuché de mis instructores y creo que nunca lo escucharé de ellos.

-Ahora entiendo a lo que te refieres y estoy de acuerdo. Si no existe un Dios, entonces ¿Cómo puedes tener un consistente y confiable sistema de valores? Un ateísta diría que un sistema de valores se desarrolla en sí mismo ¿Pero cuándo alguien ha sugerido jamás que nosotros deberíamos ser buenos con las personas que son malas en los anales de nuestra historia?-

-¡Exactamente!- respondió Leddicus —Muchos de los valores que aprendí vinieron del mismo César y él era una persona totalmente corrupta-

Los interrumpí.

-El módulo de entretenimiento ya está en funcionamiento-

Aquellas conversaciones teológicas profundas me irritaban de cierta manera. Me puse mis audífonos y comencé a tocar mi pantalla de televisión. Leddicus rápidamente olvidó el debate y siguió mi ejemplo, moviendo con su dedo la pantalla para escoger los programas que vería.

Llegamos a nueva York la mañana siguiente. Leddicus estaba muy cansado y el cambio de horario lo confundido. A medida que nuestro taxi nos llevaba al tráfico de la pesada Manhattan, le explicaba a Leddicus el concepto de *jetlag* y lo que significaba. También le di unas recomendaciones de cómo enfrentar el asunto.

-¿No nos vamos a la cama entonces?- preguntó él bostezando pesadamente.

-No. Ésa sería la peor decisión que puedes tomar. Para limitar los efectos, tú tienes que acostumbrarte al instante en el nuevo huso horario- le dije rápidamente.

Pagamos la tarifa correspondiente y entramos al Marriot para pedir nuestras habitaciones.

-El restaurante aquí tiene una vistas bastantes raras- dijo Julie –Es en el piso de arriba que el restaurante tiene vistas panorámicas de la ciudad. ¿Comemos aquí?-

-Me parece un buen plan- respondí –Tomémonos más bien una buena ducha y saquemos las cosas de nuestro equipaje. Nos podemos reunir en el restaurante para una cena temprana y disfrutar la vista mientras haya luz-

Al cabo de un rato, cada quien se fue a su cuarto. Leddicus fue el que hizo la primera parada. Mientras él entraba a su habitación, caminé tras él.

-¡Sin engaños!- le dije con autoridad.

-¿Qué?- preguntó él mientras colocaba su maleta en la cama

-No debes tomar una siesta. Me lo agradecerás mañana-

-Ok.- Está bien- respondió él mostrándome las lagañas de sus ojos.

Julie y yo esperamos por unos diez minutos en la recepción del restaurante cuando Leddicus hizo su aparición en la entrada. Respiraba entrecortadamente y si aliento comentándonos de lo sorprendido que estaba al sentir la vertiginosa velocidad del ascensor. Julie me sonrió. Ambos sabíamos lo que había pasado. Él necesitaría una gran cantidad de café mañana. Julie nos había reservado una excelente mesa que estaba justo al frente de una espectacular vista a la ciudad. Leddicus echó un vistazo, completamente despierto, mientras se sentaba y seguía observando la espectacular vista desde el piso cuarenta y ocho. Él se quedó allí observando todo por unos dos minutos sin decir palabra. Sus ojos parecían dos platillos.

-Creo que me siento un poco mareado- dijo él finalmente —Debe de ser por los efectos del largo vuelo que tuvimos. Siento que aún me sigo moviendo-

-¡Es porque lo estás!- le respondió Julie triunfantemente -¡Todos lo estamos! El restaurante se mueve a nuestros ojos y eventualmente verás con exactitud todo Manhattan incluyendo el Times Square y verás como todas las luces arropan Nueva York a medida que oscurece-

-¡Increíble!- dijo mientras se quedaba mirando a la ventana - ¿Cómo es posible que funcione un restaurante de esa manera? ¿Cómo es que el piso se mueve de esta manera?-

-Búscalo por Google- le respondí.

-Pero no tengo mi laptop conmigo-el dijo esbozando una mueca de lamento.

Para distraerlo de su interrogatorio interno, señalé al centro del restaurante.

-¿Has visto eso?- le dije señalando una gran fuente de chocolate y el típico buffer norteamericano el cual podría alimentar a todos los presentes en el restaurante por un año.

-Wow- dijo Leddicus e instantáneamente tuvo ganas de ir hacia la fuente. Todas sus ideas y preguntas fueron olvidadas enseguida.

A pesar de que estaba un poco cansado del vuelo mi adrenalina se disparó al verme rodeado de toda aquella nueva experiencia. Había sido, sin duda alguna, un golpe maestro el llegar al restaurante mientras aún había luz. Podíamos ver con toda comodidad el cómo la noche envolvía la ciudad como si fuese una carpeta de terciopelo negro brillante la cual brillaba y parpadeaba a lo lejos.

Luego de haber cenado, decidimos levantarnos y recorrer Times

Square y experimentar toda aquella imponente estructura con nuestros propios sentidos. Las sirenas emitieron su particular sonido, se escuchaba la música por todos lados, podía percibir y sentir los suaves y deliciosos olores de los vendedores de la calle. Todas aquellas cosas pudieron más que nuestro cansancio y pudimos observar todas las panorámicas que brillaban, parpadeaban, y cambiaban de anuncio. El pobre Leddicus se mareaba al ver todo aquello que en un momento se quedó parado en una acera de la calle observando cada esquina desde cada ángulo. Pude ver como movía su cuello desde el fondo hasta la parte más alta tratando de ver y vislumbrar la cantidad de avisos que dominaban su visión.

La mañana siguiente, nos reunimos a las diez para desayunar y nos sentimos vigorosos y relajados luego de haber tomado un buen descanso.

-Debo volver a Londres en tres días- anunció Julie —Así que Leddicus y yo tenemos poco tiempo para trabajar en cuanto al libro se refiere. Debo capitalizar en este momento el momento en que debo tener el borrador listo para comenzar a redactar el libro-

-¿Qué necesitas que haga yo?- le preguntó Leddicus mientras le ponía *syrup* a sus waffles.

-Responder bastantes preguntas mientras grabo y escribo las conversaciones-

-¿Podemos al menos comer primero?- nos dijo sonriente desafiándonos abiertamente si llegábamos a pensar lo contario.

Inmediatamente después del desayuno, Leddicus y Julie se sentaron en una esquina apartada en el salón de espera del hotel para comenzar la entrevista mientras yo me iba hacia afuera a explorar Nueva York.

Por los próximos tres días, nos embarcamos en una rutina. Desayunábamos temprano para luego ver como Leddicus y Julie se apartaban a un rincón para seguir con lo de libro. Ella le formulaba muchísimas preguntas mientras copiaba diligentemente en su libreta de notas mientras yo me iba a explorar la ciudad o a quedarme en mi habitación trabajando. Normalmente me reunía de vuelta con ellos en la tarde para almorzar y luego a partir de allí todo era lo mismo para nosotros. En las tardes, íbamos a distintos lugares para degustar la comida norteamericana.

A la hora del almuerzo del último día Julie habló:

-Tengo más que suficiente para darle un buen comienzo a este libro. ¡Pasemos el resto de la tarde a ver más cosas de Nueva York!-

Fuimos al Empire State Building. De allí, fuimos a las ruinas y a lo que quedó de las Torres Gemelas y ver cómo iba la nueva construcción. También me las arreglé para hacer un tour privado a las Naciones Unidas al solicitar el favor a un amigo de muchos años.

Leddicus tuvo al instante problemas con el concepto de Naciones Unidas.

-Roma gobierna el mundo. Hay tan solo una autoridad. ¿Cómo es que tienes que consultar tus decisiones y opiniones a una serie de naciones?-

Mientras esperábamos en la entrada del lugar a que nuestro amigo apareciese, observamos la estructura de una pistola con n barril retorciéndose. Le expliqué a Leddicus que ése era un símbolo de paz. Las Naciones Unidas tenían el propósito de acabar con todas las guerras. Habíamos llegado casi media hora antes de la cita acordada así que merodeamos por los jardines del lugar y observamos la estructura de un hombre con un martillo alzado por encima de su cabeza listo para destrozar con su arma a una temeraria espada que el sostenía con su otra mano. La estatua no tenía ninguna inscripción y se erguía orgullosa y valiente en contra del río como telón de fondo.

-Sé lo que esa estatua representa. Está en un verso en los pergaminos judíos pero no lo puedo recordar todo- dijo Leddicus.

-¿Tenemos algo de tiempo para caminar por ese camino, Gerhardt? Recuerdo algo de la última visita que hice aquí- dijo Julie.

Revisé mi reloj.

-Tenemos aproximadamente veinte minutos antes de que David aparezca-

-Ése es tiempo más que suficiente- respondió Julie mientras nos llevaba al Parque Ralph Bunche para que pudiéramos ver la pared de Isaías en la plaza de las Naciones Unidas. Y allí, esculpida en una pared de concreto estaba grabada una parte de la Biblia describiendo la estatua que apenas habíamos acabado de contemplar hace un momento en los jardines del lugar.

Leddicus comenzó a leer lentamente: *Y Él juzgará entre muchos pueblos, y corregirá a naciones poderosas hasta muy lejos; y sus lanzas para hoces; no alzará espada nación contra nación, ni se ensayarán más para la guerra.*

Todos nos quedamos allí parados en total reverencia mientras pensábamos en la estatua y en las palabras que allí estaban escritas ante nosotros.

-Vamos- dije al fin de mala gana –Caminemos hasta la entrada para reunirnos con mi amigo antes de que lleguemos tarde-

Mi amigo, David Wakefield, apareció en escena justo al mismo momento en que nosotros llegábamos y luego de los respectivos apretones de manos, él nos guió hacia la parte de adentro. Una de las mejores partes del tour fue el ser capaces, gracias al pase que David tenía, de acceder al cuarto principal del consejo de seguridad y ver el lugar en dónde todo se decide sea para bien o sea para mal dependiendo del punto de vista que tú tengas.

El fórum principal de las Naciones Unidas había dejado en Leddicus una intensa fascinación y él aún estaba confundido al mirar los asientos que los representantes de cada país tenían allí reservados y estaba más sorprendido aún del hecho de que cada representante tuviera la oportunidad de discutir sobre temas políticos de importancia. Él me preguntó en dónde estaba el asiento de Roma y David le señaló el asiento de Italia. Leddicus también quería saber si se podía poner un asiento allí del lugar de donde él venía. David le mostró los asientos de Israel y Palestina. Él también quería saber cuál era el país en donde había un asiento etiquetado Santa Sede. Yo le expliqué que ése era el asiento de la Ciudad del Vaticano la cual él había visitado durante su viaje a Roma. Él se quedó allí mirándome muy confundido con mi respuesta. Él deambuló de asiento en asiento formulando pregunta tras pregunta. Davis revisó su reloj un poco irritado. Sabía que él tenía una agenda apretada así que intervine delicadamente sacando a Leddicus del salón y diplomáticamente sugiriéndole un viaje a su lugar favorito para comer. Todos nosotros quedamos gratamente impresionados por la visita y agradecidos de haber tenido tan peculiar oportunidad.

Para Julie y Leddicus, Nueva York fue sinónimo de trabajo y confusión pero para mí había sido una aventura. La había explorado tanto y recorrido en varias formas mientras ellos trabajaban. Pero todas las buenas cosas tienen un final y ahora se acercaba el momento en el que Julie debía volver a Londres. Ella nos despidió con alegría desde su taxi. Una hora más tarde, unas personas muy amables de Nueva Jersey nos recogían en nuestro hotel para comenzar nuestro gran tour en ese estado norteamericano.

***

Eduardo abrió el paquete y sacó el nuevo y flamante teléfono celular. Lo conectó a un tomacorrientes para cargar la batería. Él ya había localizado una fuente de nuevas unidades. Algunas de ellas tenían una variedad asombrosa. Las primeras nueve ya estaban listas para el envío. Él ya tenía unos contactos excelentes en lo que se refería al transporte ya listos para el trabajo y un nuevo método a prueba de intrusos. El destino final era Londres.

Mientras él esperaba a que el teléfono se cargara, él le daba las pinceladas finales a el manuscrito. Él ya lo tenía casi listo para mandárselo al publicista. Todo lo que se necesitaba eran las notas esenciales que tenían los detalles íntimos que eran vitales para que el documento tuviese un valor agregado. José ya le había mandado un correo electrónico para decirle que el envío Courier ya estaba en camino y que lo recibiría en unos pocos días. El pago por adelantado, el cual él dividió en partes iguales con José, era de una suma que sobrepasaba alrededor de las doscientas mil libras esterlinas y eso era sólo por la versión en inglés que tendría el manuscrito. Él ya había comenzado a trabajar en la versión italiana del mismo y ya tenía planes para comenzar la traducción al alemán y mucho después al español. Sus habilidades poliglotas nacieron de la única gratitud que él tuvo hacia su dominante padre, que le forzó a aprender todos los idiomas que tanto su pare como su madre hablaban.

José tenía contactos muy cercanos con la industria del cine y si las ventas se disparaban, el acuerdo para una película era simplemente pan comido para él.

***

Una potente Kawasaki se detuvo suavemente en el bordillo de una acera junto a una hilera de casas nuevas en todo el Norte de Londres. El conductor prosiguió la marcha con su moto hasta dejarla estacionada bajo el espeso follaje de un frondoso árbol londinense. Las calles estaban desiertas en plena medianoche y habían muy pocas luces que se veían prendidas en las ventanas de unas casas cercanas.

Él estaba vestido completamente de negro y él no se quitó el casco a medida que él caminaba por el patio frontal de una casa. Subió los escalones que conducían a la entrada, abrió el cierre del bolsillo que estaba al frente de su chaqueta y sacó una objeto bastante fino. Él lo insertó en la cerradura y en menos de quince segundos la puerta se abrió. Para cualquier observador que estuviera de casualidad caminando por aquellos lugares, él era tan solo un residente que volvía tarde a casa.

Él no se quitó sus guantes ni prendió ninguna luz sino que sacó su teléfono celular del bolsillo de su pantalón y prendió su linterna. Él revisó cada habitación hasta que halló una que tenía un escritorio y una computadora personal y allí, en una bandeja junto al teclado vio un cuaderno rojo delgado. Él lo abrió, hojeó unas cuantas páginas y asintió para sí mismo. Él lo colocó en su bolsillo y se quedó allí parado por un momento calmando su acelerado pulso y calmándose a sí mismo.

Ningún sonido se oyó dentro de la casa. Silenciosamente, él se dirigió a la puerta de entrada, la abrió y vigiló cada parte de la calle. Aún estaba desierta. Él se montó en su motocicleta pero no la prendió sino que la rodó hasta el final del camino y allí la volvió a estacionar. Abrió el maletero que estaba detrás de su asiento y sacó una aparato GPS hizo clic en el lugar en donde vivía y colocó las coordenadas en dirección a Dover y acto seguido él encendió su moto.

***

En el tour que tuvimos en los Estados Unidos, usamos un formato similar al del Reino unido y luego todo transcurrió tan rápido que ni siquiera sabíamos en dónde estábamos ni en qué día íbamos a ciertos lugares. La oficina de Joe nos mantuvo de contacto en contacto todos los días. La gran diferencia fue las hospitalidad. En el Reino Unido, al final de muchas tardes, nosotros terminábamos yendo hacia nuestro hotel comiendo en el restaurante del hotel o del servicio de habitación. Pero al final de cada reunión que teníamos, algunas personas insistían en llevarnos a restaurantes caros. Fu fantástico, pero mis pantalones ya se volvían cada vez más incómodos para mí. Incluso las ensaladas añadían calorías a mi cuerpo. ¡Y de qué manera!

A Leddicus no le tomó mucho tiempo el ajustarse a la nueva manera de hablar inglés y muy pronto pudo hablar casi igual a ellos. El amaba la hospitalidad y el hecho que los norteamericanos eran más amables y atentos con él y le hacían muchas preguntas sobre su historia y pude darme cuenta de que eran menos escépticos con él al respecto.

Pasábamos nuestro tiempo haciendo cuatro cosas: dormir, dar discursos, comer y volar. Cruzamos el país desde Texas en el Medio Oeste hasta los estados de Nueva Inglaterra. Incluso llegamos hasta Canadá dónde Leddicus prácticamente me bombardeaba con preguntas.

-Pero...¿Por qué es otro país? ¿Por qué ellos usan diferentes monedas? ¿Por qué la misma persona está aquí en el billete de este país también está presente en el billete del Reino Unido? ¿Por qué dice dólar y aún así tiene un valor distinto al dólar de los Estados Unidos?-

Pero por ahora, él ya lo sabía, a cualquier pregunta que él me formulara yo le tenía la misma respuesta.

-Búscalo en Google-

En una de esas raras tardes libres durante el tour, estábamos sentados en el balcón del hotel y observábamos el paisaje de Nueva Inglaterra cuando su teléfono celular sonó. Él lo sacó de su bolsillo.

-¡Julie!- Su sonrisa rápidamente cambió a un ceño fruncido. Él escuchó silenciosamente por un momento y luego me pasó su teléfono para que hablara.

-¡Hey Julie! Debe de ser medianoche por allá. Hemos tenido un…- pero me detuve de repente al oír sollozos en el otro lado de la línea.

-¡Se ha ido!- dijo ella frenéticamente -¡Perdí todas las notas que había escrito para el libro y perdí las cincuenta páginas que había escrito parta el comienzo de la biografía-

-¿Perdido? Pero…¿Cómo pudiste perderlas? ¿Acaso tu laptop no funcionó?-

-No sé cómo decirte esto. Joe estaba completamente furioso conmigo. Nuca le había visto tan enojado- dijo Julie mientras se detenía por un momento. Pude notar que ella trataba de recuperar el control –También perdí mi cuaderno en dónde estaban todas las a notas que había hecho mientras entrevistaba a Leddicus. Todo lo que Joe decía era "¿Porqué no lo archivaste? ¿Eres idiota o qué?" Yo nunca he guardado respaldos en mi vida. Nunca lo necesité antes-

-Pero…¿Cómo rayos pudiste perder tu cuaderno?- le pregunté gentilmente preguntándome como alguien tan organizada como Julie pudo haber perdido todo su trabajo.

-Lo siento mucho. Los defraudé a todos. No sé cómo arreglar todo esto. Estoy en deuda con ustedes-

-Mira Julie. Sé que esto es terrible pero puede arreglarse. Cuando regresemos podemos comenzar de nuevo. Sé que es un asunto desagradable pero eso tan solo significa que esto tomará más tiempo del debido-

-Espero que tengas razón pero Joe me sigue diciendo que el tiempo es vital. Podríamos no ser reyes del monopolio si no golpeamos primero y esto nos podría llevar meses de retraso si no nos apuramos-

-Creo que te entiendo ahora- respondí mientras Leddicus me hacía señas para que le diera su teléfono –Leddicus quiere hablar contigo- le dije mientras le daba el teléfono a mi amigo. El me dejó sentado en el balcón mientras él iba por los pasillos hablando y confortando a una triste Julie-

En los días que siguieron, Julie y yo hablamos un par de veces más y Julie continuaba su queja una y otra vez. Ella estaba torturándose a si misma al descubrir qué había salido mal pero no podía llegar a ninguna conclusión. La única respuesta que tenía era comenzar de nuevo. Julie le había sugerido esto a Joe pero esto no parecía calmar su enojo. El siguió diciendo que el tiempo era lo importante o alguien más podía endorsarse el triunfo. No podía concebir en mi mente cómo podía ocurrir semejante cosa. Nosotros éramos las únicas personas que tenían acceso a Leddicus.

Cundo yo comparé el tour de tres meses que tuvimos en el Reino Unido al tour de dos meses que tuvimos en los Estados Unidos me di cuenta que el astuto Joe había hecho tantas reservas como las que había emprendido en el Reino Unido. No me sorprendí al darme cuenta de que estaba preparándome para un descanso a medida que el tour finalizaba.

Me senté en mi silla completamente aliviado cuando el avión encendió sus motores listo para un largo viaje al Reino Unido.

-Leddicus, has hecho un trabajo genial. Hemos pasado unos dos meses de ensueño y hay tanto de lo que hablar-

-Sí. Eso es cierto- dijo Leddicus cruzándose de brazos oyéndome atentamente y a la expectativa.

-Pero estoy cansado y necesito darle descanso a mi cerebro así que, si no te importa, tengamos un viaje silencioso a casa-

Su rostro se quedó inerte por unos segundos y finalmente él se encogió de hombros.

-Ok. Entiendo-

Yo estaba seguro de que él no lo entendía. El aún tenía ilimitada energía y nunca parecía quedarse tranquilo y en paz.

Para asegurarme de que él no se hiciera ilusiones y para que el supiera lo seguro que estaba de mi decisión, luego de que el aviso de "quítese el cinturón de seguridad" parpadeó me puse mis audífonos, recliné mi asiento lo más lejos que pude y cerré mis ojos. Casi inmediatamente, me quedé dormido.

Capítulo 22

La Burocracia Puede Arruinar los Mejores Planes

El vuelo de regreso a Londres fue suave, pacífico y sin ningún contratiempo. Incluso me las arreglé para ganar unas horas de sueño. A medida que el avión aterrizaba yo supersticiosamente encendí mi teléfono y le mandaba un mensaje de texto a Julie.

-Y aquí estamos sanos y salvos. ¿Será que nuestro viaje al hotel sea tan suave como el vuelo?-

Puse el teléfono en modo de silencio en caso de que ella respondiera antes de que nos bajáramos del avión. La obediente mentalidad Suiza era muy difícil de dejar. En menos de un minuto, sentí la vibración en mi bolsillo.

-¡Bienvenidos otra vez! Yo estoy lista y esperándolos. En cuanto al viaje relajado en el taxi…ya veremos-

Las puertas del avión finalmente se abrieron y salimos lentamente del mismo hacia la sección llamada Control de Pasaporte que a mi parecer me parecía tan lejana cundo uno está cansado y con hambre. Hicimos la usual cola y lentamente llegamos a los escritorios. Cuando finalmente llegó nuestro turno, Leddicus y yo nos acercamos al oficial de inmigración.

-¡Quédese detrás de la línea!- gruñó el oficial.

-¡Pero estamos viajando juntos!- exclamé

-¡Uno a la vez! ¡Quédese detrás de la línea! ¡Espere su turno!- me gruñó ferozmente.

-Pero vamos juntos-

-¡Si usted no se queda detrás de la línea y espera su turno haré que un oficial lo saque de aquí!- gritó el oficial con fuerza.

Las personas que estaban detrás de mí se quedaron calladas y dejaron de murmurar. Me tragué las palabras que estaba a punto de decir y me paré detrás de mi línea silenciosamente. Leddicus se acercó al escritorio y extendió su pasaporte.

`-¿Cuánto tiempo planea quedarse en el Reino Unido?- oí cómo el oficial interrogaba a Leddicus.

-No por mucho tiempo. Unos pocos días. Luego me iré a casa- respondió Leddicus.

El oficial observó el pasaporte una y otra vez revisándolo con especial cuidado. Luego descolgó el teléfono y hizo una llamada. En un momento, dos hombres corpulentos llegaron. Uno de ellos recogió la documentación mientras que el otro se llevaba a Leddicus.

-Sígame por aquí, por favor- dijo uno de los hombres.

Observé desesperanzadamente mientras veía como se lo llevaban.

-¡El siguiente!- gritó el oficial

Me acerqué apresuradamente al compartimento.

-¿A dónde se llevan a mi amigo?- le pregunté al oficial

-Él necesita responder algunas preguntas- me respondió el oficial sin siquiera mirarme. Al cabo de unos segundos, él selló mi pasaporte y me lo entregó.

-¡Siguiente!- gritó.

Me alejé del compartimento. Un creciente pánico se asentó en la parte baja de mi estómago. Instintivamente me encaminé en dirección al lugar donde yo supuse tenían custodiado a Leddicus pero las multitudes bloquearon mi vista hacia él. Traté de revisar el lugar cuidadosamente por si había algún oficial por allí cerca hasta que noté a uno que estaba custodiando la puerta con el aviso de "No Entrar". Éste aviso estaba pegado a una puerta que daba entrada a una pequeña oficina con sus posters plagados de animales rabiosos y el peligro de dejar los paquetes descuidados.

Un oficial me observó detenidamente desde su escritorio.

-Usted no debería estar aquí-

-Mi amigo vino a la sección de Control de Pasaporte. Dos oficiales le llevaron para hacerle más preguntas. Estamos juntos. ¿Podría por favor llevarme hasta él?- dije. Las palabras me salían a borbotones.

-No le puedo dar ninguna información. Espérelo en el área de espera que está cerca de aduanas. Usted no debería estar aquí. Lo siento, no puedo ayudarlo-

Él abrió la puerta y me guió a la salida.

La puerta se cerró detrás de mí y yo me recosté sobre la pared con mi corazón latiendo a mil por hora y con mi cerebro en shock. Esto no podía estar pasando. Me quedé allí por un rato y traté de calmarme. Luego, me calmé a mí mismo y me fui a recoger mis maletas. Me quedé en blanco a medida que la cinta transportadora circulaba. Nuestro equipaje pasó ante mis ojos perdidos hasta que reaccioné, me metí entre la multitud y cogí las maletas, las puse en un portaequipajes y me fui por todo el pasillo hasta el área de llegadas.

El rostro alegre de Julie apareció a la vista. Ella me saludó alegremente.

-¿Y dónde está Leddicus?- me preguntó tan pronto llegué a su lado.

-Ellos lo detuvieron. Ellos están interrogándole en este momento-

-¿Quiénes lo tienen? ¿De qué estás hablando? ¡Estás tan blanco como una hoja!-

-Los oficiales que están en la sección de Control de Pasaporte. Ellos lo agarraron y se lo llevaron-

-¿Qué?- exclamó Julie y agarrando mi brazo me llevó hacia una cafetería. Ella me compró el café más grande que ella había visto y lo puso en mi mano. Con su rostro sereno, me dijo:

-Ok. Tranquilo-

Bebí el café con agradecimiento, mojando mi lengua y mis labios mientras caminaba detrás de ella. Ella parecía una máquina bien entrenada, moviéndose ágilmente con su cuaderno en mano, de escritorio a escritorio, de oficial a oficial y de cola en cola preguntando calmadamente. Ella siempre estaba en control, era una periodista investigativa por excelencia.

Luego de dos horas, ella no había flaqueado pero yo ya estaba agotado. Acordamos el hacer una intermisión de dejar las maletas en el auto y buscar un sándwich para comer. Nos sentamos en silencio mientras ella escribía copiosamente cada detalle prácticamente llenando la página en la que estaba anotando. Estaba muy agradecido del hecho de que ella estaba en total control de la situación. Me tragué un largo sorbo de café para mantener mi desfase de horario a raya y comí un colosal baguette de tocineta sin siquiera degustarlo como lo hacía de costumbre.

-Creo que ya sé a dónde debemos ir- dijo ella mientras se sentaba de vuelta y bebía su té –Hay demasiados imbéciles trabajando aquí, hay demasiado cruce de información pero todo nos lleva exactamente aquí. Ésta oficina se encarga de los inmigrantes ilegales y problemas de pasaporte-

Y finalizó diciendo estas palabras finalizó de escribir con el último punto a tratar con su bolígrafo.

-Gracias- dije

-¿Por qué?-

-Por encargarte de todo este meollo. Lo siento, me dejé llevar por el pánico allí adentro- dije completamente avergonzado. Me encogí de hombros impresionado de cómo ella había manejado la crisis. En ningún momento se había irritado, molestado o inquietado con el seco personal que conformaba el aeropuerto. Su tono había siempre sido calmado y persuasivo. Su amplia sonrisa jamás se borró.

Ella se encogió de hombros al ver mi rostro.

-No pienses más en eso. Estoy muy feliz de estar aquí ya que soy muy Buena en estos asuntos- me dijo mientras picoteaba su sándwich con los dedos y poniendo pedacitos del mismo en su tensa boca. Eventualmente ella lo dejó de lado. Casi ni lo tocó.

-No tengo nada de hambre. ¿Quieres la otra mitad?-

-No gracias. ¿Continuamos?-

-Sí. Necesitamos ir al piso número dos. Creo que encontraremos a Leddicus allí-

Luego de deambular por el nivel dos por alrededor de veinte minutos finalmente hallamos la oficina correcta. Una joven estaba sentada detrás del escritorio comiéndose sus uñas a regañadientes. Julie le sonrió y la desarmó completamente. Su cara se suavizó un poco.

-Estamos buscando a un amigo nuestro. Él aterrizó hace ya un par de horas atrás pero le interrogaron hasta llevárselo-

-¿Nombre?-

-Leddicus Palantina-

La chica comenzó a revisar el nombre en un libro bastante gordo que parecía más bien un registro. Parecía tomarse el tiempo para hacer su trabajo ya que me parecían años el oír una respuesta.

-¡Ah! ¡Aquí lo tenemos! Palantina. Él ha sido trasladado a un centro de detención. Brook House. Eso está en Gatwick-

-Gracias- dijo Julie amablemente —Por favor ¿Podría darme el número de teléfono y la dirección?-

La chica escribió la información solicitada en una pequeña hoja de notas y la empujo a través de la ventanilla del cubículo.

Tan pronto como habíamos dejado la oficina, yo exploté en rabia.

-¡Pero por todos los cielos! ¿Cómo ellos pueden hacer algo semejante? Él no ha hecho nada malo. ¿Qué locura es ésta?-

-Resulta que yo conozco este lugar- me contaba Julie un poco vacilante -Alberga alrededor de trescientas cincuenta personas. Es el lugar a dónde terminas detenido cuando tienes problemas con tus documentos de viaje. Puedes quedar allí encerrado por meses. Aquellos que están encerrados en ese lugar no tienen los derechos que yo y tú tenemos. Las normas de la Unión Europea no aplican aquí. Necesitamos movernos rápido y sacarlo antes de que se atasque la investigación y estemos atrapados en una espiral sin fin- Ella apretó fuertemente su cuaderno. Sus nudillos estaban blancos de la ira.

-Debemos irnos- dijo ella mientras caminaba al estacionamiento dando grandes zancadas —No hay tiempo que perder-

Ella abrió la puerta del conductor haciéndome señas a que manejara.

-Conduce tú, por favor. Dame un minuto para configurar este GPS. Así puedo hacer unas llamadas mientras vamos en camino-

Yo estaba sorprendido y un poco temeroso de ver este elemento femenino que nunca jamás había visto en Julie. Yo sabía que no podía discutir. Me monté en el auto, tomé el volante y apreté mis dientes. Estaba muy cansado y ahora debía manejar unos cuantos kilómetros.

-No olvides que nosotros manejamos a la izquierda- me dijo ella fríamente mientras sacaba el teléfono de su bolso.

-Está bien- dije mientras me mentalizaba lentamente de que lo único que importaba ahora era rescatar a Leddicus. El cansancio se alejó de mi, respiré hondo y encendí el auto.

-En la glorieta, vaya hacia la segunda salida- comenzó a decir el GPS.

Nunca había usado un GPS antes y me di cuenta de lo fácil que era el usar uno. Julie se quedó sentada allí tranquilamente por un minuto y me dejó acostumbrarme al nuevo auto, el GPS, y al manejar en el lado erróneo del camino.

-Mantenga su izquierda para entrar a la autopista- me avisó el GPS —Continué manejando por veinticinco millas más-

Julie estaba allí, inmediatamente al teléfono haciendo llamada tras llamada. Yo sólo escuchaba a medias. Estaba usando mi últimas reservas de adrenalina para quedarme allí despierto manejando y oyendo atentamente al GPS.

Transcurridos veinte minutos, ella puso su teléfono en sus rodillas y se reclinó exhalando un suspiro.

-Creo que ya estamos llegando. Las visitas son a ciertas horas y son muy estrictos así que tenemos muchas personas que convencer y mucha tela que cortar. Joe tiene amigos poderosos e influyentes tanto en el gobierno como en la policía. Él está llamando en estos momentos a varias personas y nos devolverá la llamada, eso espero, antes de que lleguemos a Brook House-

El GPS nos interrumpió con más direcciones.

-¿Estás bien?- me preguntó tocando mi brazo.

-Sobreviviré. Puedo lidiar con esto si bebo más café pero no nos queda tiempo-

Su teléfono sonó.

-Hola Joe- dijo ella mientras escuchaba a Joe sin decir nada por un momento -¡Genial! ¡Gracias! Te llamaré cuando hayamos cumplido con la misión- dijo ella terminando la llamada y haciendo anotaciones en su confiable cuaderno.

-Bueno. ¿Qué pasa?- pregunté.

-Él lo arregló todo. ¡El buen Joe lo arregló todo! Las autoridades están dando un montón de disculpas por el mal entendido. Según ellos todo el asunto fue una confusión. Podemos recoger a Leddicus esta noche. Ellos están arreglando los papeles para soltarlo en estos momentos-

-¡Fantástico! ¡Ésas son buenas noticias!- dije sintiéndome despierto de repente.

-¿Pero sabes lo que me pone tan furiosa y me saca de quicio?- dijo ella mientras golpeaba el escritorio con su cuaderno llena de rabia – Nosotros teníamos los contactos, sabíamos que hacer y sabíamos a qué personas acudir cuando esto sucedió. In embargo, hay muchas personas que no tienen lo que nosotros tenemos. No tienen contactos ni tienen personas influyentes que los ayuden-

Su furia me cogió desprevenido y no entendí el porqué ella estaba así. Yo estaba furioso de lo que los oficiales habían hecho y de toda la ridícula detención que le habían hecho a mi amigo pero en aquel momento estaba feliz y aliviado de que al fin íbamos a sacar a

Leddicus de su prisión. Su furia me dejó confundido. No entendía nada de lo que ella discutía ni a quién se lo decía pero yo era, después de todo, un historiador cansado.

Pensé que la rabieta de Julie había cesado pero me equivoqué. Ella aún se sentía herida por todo lo que veía.

-He trabajado y he hecho reportes al respecto y lo peor de todo es que parte de la culpa la tiene mi industria. Los que buscan asilo son tenidos en cuenta como el chivo expiatorio. Ellos son culpables de prácticamente todo lo malo que pasa en esta sociedad. El problema es, una vez que los tildan de malos, ellos son deshumanizados. ¿Pero qué les importa a los magnates de la noticia el saber eso? La cuestión es vender periódicos a como dé lugar ¿no es así?-

La pregunta quedó allí en el aire sin recibir respuesta alguna.

-Ellos están demonizados y sin ayuda. Ellos están huyendo de situaciones francamente terribles. Ellos llegaron aquí con la esperanza de encontrar un refugio pero, en lugar de eso, terminan encerrados en un centro de detención porque simplemente respondieron mal una pregunta o porque simplemente su cara no encajaba en sus descripciones. Entonces en vez de hallar paz, son encerrados como animales en un cuarto por meses mientras sus papeles se pierden entre el resto de solicitudes-

Me quedé atónito. Si Julie hubiese sido una fumadora, en aquel momento, ella hubiese encendido un cigarrillo.

-¿Qué hubiese sido de Leddicus si él no tuviese esos amigos influyentes en las altas esferas?-

De nuevo, no respondí. Ella me hablaba a mí y al mismo tiempo no lo hacía.

-¡Oh! ¡Esto me enfurece sobremanera! ¡Es tan injusto! He hecho reportes de uno de los grupos que protestan sobre tales centros y cómo los que buscan asilo son tratados realmente. Traté de poner mi granito de arena y ayudar. ¡Estoy harta de ver que les llamen cucarachas y parásitos! ¡Dios sabe si muchos de ellos han pasado momentos horribles y si han sido confrontados con la burocracia más inhumana, deshonesta que haya existido y ver cómo las estúpidas noticias los rebajan! ¡Me enfurece!-

Ella siguió su perorata pero yo no estaba escuchando para ser honesto. Me enfoqué en la carretera y en el GPS. No quería perderme. Sabía que ella no iba a parar pero el GPS vino a mi rescate.

-Destino en sólo trescientas yardas a la derecha- me avisó el aparato con calma. Julie se calló de pronto.

Detuve el auto y finalmente apagué el motor. Estaba tan feliz de que al fin ya podía dejar de manejar y de conducir en el lado errado del camino y de que Julie ya había dejado de hablar y hablar. Se acercaba ya la medianoche y llovía lentamente. Ambos nos bajamos del auto. Julie caminó hacia la puerta y presionó el timbre eléctrico.

Una voz crepitó desde el auricular.

-Estamos cerrados-

-Sí. Siento de que se haga tarde. Hemos venido a recoger a Leddicus Palantina por la autoridad de...-

Una repentina ráfaga de viento no me permitió escuchar las últimas palabras de Julie. Pero si pude escuchar la otra parte. Se oyó tan clara y fuerte que prácticamente retumbó el auricular.

-¡A mí no me importa un bledo quién sea usted o a quién viene a recoger o qué persona me nombra. No me importa si la Reina en persona le envió. Le respondo al gobernador y él está en la cama. No abrirte esta puerta al menos que él se levante y me lo diga. Así que escuche mujer lo que voy a decirle: váyase de una buena vez y regrese mañana en el horario de visitas!-

La línea murió tan pronto la voz terminó de hablar.

El viento soplaba aún más fuerte y la llovizna se convirtió en un aguacero. Estaba comenzando a mojarme y a temblar. Pensé que Julie iba a enojarse y que debía detenerla de romper la puerta de acceso. Con su rostro lleno de rabia, ella marcó violentamente el número celular de Joe y comenzó a quejarse con él. Abrí la puerta del copiloto y le hice señas a ella para que cambiáramos pero ella me observó mientras ella caminaba de lado a lado, gesticulando en medio de la lluvia. Me metí en el asiento del conductor y encendí el motor para que el calentador comenzara a funcionar.

Luego de diez minutos, ella abrió la puerta, se desplomó en su asiento, se inclinó hacia delante y puso su cabeza sobre sus manos absolutamente exhausta. Su cabello estaba pegado a su rostro. Ella estaba completamente mojada.

Luego de un minuto o dos, ella se sentó, cogió un montón de toallitas húmedas de su bolso, se secó su cabello y su cara y dijo desesperanzadamente:

-No hay nada que podamos hacer esta noche. Necesitamos encontrar un hotel. El GPS nos ayudará a encontrar el más cercano- dijo ella mientras pinchaba la pantalla y movía el cursor hasta hacer clic en el ícono correspondiente. Acto seguido, ella se reclinó hacia atrás esperando a que el aparato encontrara la ubicación del hotel.

Media hora más tarde, un amable portero nos recibió cálidamente el cual fue a buscar a la recepcionista. Por primera vez desde que llegamos a Heathrow, algo funcionaba. La recepcionista era una mujer maternal que comenzó a mimarnos y a llenarnos de atenciones. En minutos, una jarra de chocolate caliente, dos whiskies y una docena de sándwiches aparecieron por arte de magia. ¡Oh! ¡Las alegrías de un hotel cinco estrellas! Estaba tan contento de estar en este lugar y de que el GPS lo hubiera localizado. Tomé un buen trago de whisky para ahuyentar el frío que había alcanzado mis huesos.

Mientras ella os llevaba a nuestras habitaciones, esta maravillosa mujer nos susurró:

-Oh mis queridos jóvenes. Están absolutamente mojados. Dejen todas sus ropas fuera de la puerta y ellas estarán secas y listas a primeras horas de la mañana. Encontrarán una bata de baño en el armario-

A las dos y media de la mañana, mi cabeza tocó la almohada. Un minuto después, yo estaba inconscientemente dormido.

Capítulo 23

Simplemente se trata de a quién conoces realmente.

Aunque yo no me acosté hasta pasadas las dos de la madrugada yo estaba completamente despierto a las seis y media de la mañana. Tomé una larga ducha, me puse la voluminosa, lanuda, bata de baño cinco estrellas que estaba en la barandilla del baño y eché un vistazo apenas abrí la puerta del cuarto. Allí estaba, como lo había prometido la recepcionista, un bolso azul que guardaba mi ropa ya fresca, planchada y doblada. A las siete y quince, ya yo estaba en la mesa sentado a la espera de un buen desayuno inglés que había pedido en el menú mientras me preguntaba que sorpresas traería el día. *¿Será que tendremos éxito en nuestra misión de rescatar a Leddicus?*

-¡Buenos días señor! ¡Aquí está tal como lo pidió! ¡Desayuno inglés con tocineta extra!- me dijo sonriente el mesero colocando el plato a mi mesa. Yo asentí y le agradecí profusamente sin mucha gracia. Siempre me había parecido irritable el ver como otros estaban alegres cuando tú no la estabas pasando bien.

Julie llegó justo cuando el mesero se iba. Ella le abordó rápidamente y le ordenó su usual desayuno frugal. Yo nunca entendería el cómo ciertas personas como ella se las arreglaban para ser tan estrictos con sus hábitos de comida. Yo estaba seguro de que vi un atisbo de desaprobación al ver mi gran plato de frituras frente a ella.

-Buenos días- dije mientras engullía mis salchichas -¿Por qué estamos levantados tan temprano cuando el lugar queda tan cerca?-

-Dormir se hace difícil cuando tu amigo está en prisión y sobre todo cuando sabes que lo puedes sacar de ese lugar al día siguiente- me respondió.

Asentí.

-Estaba tan cansado anoche que pensé que dormiría para siempre. Pero aquí estoy-

-No puedo creer lo eficiente que es el servicio aquí. Es maravilloso. Es un alivio el tener toda mi ropa de vuelta limpia y seca- dijo ella en el momento que el mesero aparecía para ponerle su desayuno en la mesa saludándola con la misma amabilidad. Ella sonrió y le dio las gracias.

Ella miró su reloj por una tercera vez desde que ella se había sentado.

-¿Sabes a qué horas el centro abre sus puertas?- le pregunté.

-No abren sino hasta las nueve. Pero las visitas no son sino hasta las diez así que tendremos que esperar hasta esa hora-

-Fue un golpe duro para nosotros dos. Quiero decir, todo lo que pasó desde que llegamos de viaje. Ambos la pasamos genial en los Estados Unidos. Fuimos a tantos lugares. Siempre esperábamos la oportunidad para descansar. Leddicus lo disfrutó de principio a fin- dije haciendo una pausa para añadir más café a mi taza de la cafetera que el mesero había traído —Es extraño el ver cómo funcionan las cosas. En Estados Unidos, yo pensé que él pasaría trabajo pero él se sobrepuso a todo como pato en el agua. Pensé que al llevarlo a Roma se sentiría en casa pero fue lo contrario y repetidas veces veía en sus ojos la necesidad de irse de allí-

Julie asintió dejando que continuara hablando de mis memorias.

-Lo llevé a algunas de las iglesias que recomendaste. No era mi lugar favorito pero pensándolo bien ahora creo que fue una buena idea de tu parte. Fui con él a esos sitios. Él les entendía un poco pero le costó trabajo el ver cómo las cosas se organizaban en aquellas iglesias. Lo confundió. Le gustó hablar con las personas que se reunían en esos lugares y entendió lo que le decían a él pero yo no. No en lo más mínimo-

Julie me dedicó una sonrisa irónica.

-Tú eres el historiador cómo siempre nos recuerdas a nosotros. Yo hubiera pensado que ya habías investigado sobre el tema-

-¿Qué tiene que ver lo que dije con la historia?- le pregunté a la defensiva.

-Si Leddicus y yo estamos en lo cierto sobre su fecha de nacimiento, entonces él habría formado parte de una iglesia que no tiene nada que ver con lo que es hoy. Él ni siquiera usa la palabra Cristiano aunque estoy segura de que entiende lo que significa. Él más bien habla de El Camino. La palabra Cristiano fue usada mucho más tarde y no cuando Leddicus estaba vivo originalmente. Segundo, tú tienes que darte cuenta de que la iglesia primitiva era muy subversiva. En sus días, él incluso podía ser fácilmente ajusticiado y asesinado por lo que él creía. La iglesia en esos tiempos había sido probablemente anti-institucional y sin jerarquías. Era, por así decirlo, más orgánica empoderando a la gente desde abajo. En el año 112 después de Cristo un gobernador romano llamado Plinio le escribió al César de aquel tiempo y dijo: "Éstos seguidores de Jesús están por todos lados. Ellos han puesto el mundo boca abajo y nuestros templos está cerrados. He matado a tantos de ellos como me fue posible y aun así ellos se multiplican. ¿Qué más puedo hacer?" Es por eso que Leddicus aún lucha con el famoso concepto de iglesia "organizada" que ve hoy en día o lo que sea que eso signifique.

-Ok, Julie. Gracias por la lección de historia. Es muy temprano para que me estés hablando de éstas cosas y tus explicaciones teológicas son más largas de las que Leddicus normalmente me recita¡-

Congelado

Al principio, su rostro decayó hasta que ella observó mi rostro. Entonces ella me sonrió.

-Ok hombre sarcástico. Pásame ésa cafetera ahora-

-¡Café! ¡Vamos Julie! ¡Relájate!- le dije bromeando con ella.

Ella ignoró mi comentario y se sirvió una taza de café.

-Necesito estar en forma cuando me las tenga que arreglar con esos idiotas del centro-

-¿Has podido averiguar al fin lo que paso con tus notas?- le pregunté.

Ella se encogió de hombros sonriente.

-No. Es un completo misterio. Traté de hacer memoria y escribir todo lo que había hablado con Leddicus pero fue inútil. Estaba desesperanzada. Nunca he trabajado de esa manera. Quiero decir, trabajar con la computadora en cuanto a guardar datos y cosas así-

-Es que no tuene sentido para mí. Eres tan organizada-

-Sí. Me enorgullezco de ello. Joe parece estar de mejor humor y más relajado con el asunto ahora pero estuve tranquila por un par de semanas mientras ustedes estaban fuera-

-¿Cuál es su insistencia? Es tú trabajo y tú estás trabajando por cuenta propia ¿no?- le dije mientras le servía más café.

-lo sé. Pero es vital que entiendas lo rápido y famoso que se está convirtiendo la marca Leddicus Ltd. Es muy probable que nuestro amigo se convierta en una máquina de hacer dinero con todo eso de la publicación del libro y los avisos de televisión. Ah, y no olvides que si el libro llega a ser un éxito de ventas venga el filme. Todo eso ahora está parado por culpa de esta situación-

-Puedo entender el porqué un archivo se pierda de tu laptop pero

¿cómo se puede perder un archivo de tu cuaderno? Eso es lo que no entiendo-

Ella simplemente se encogió de hombros.

-Siempre lo pongo en el mismo lugar cuando llego a casa justo en todo el escritorio. Cuando perdí todos los documentos de Word yo simplemente quise hallarlos inmediatamente así que revisé toda mi casa. Fu horrible. Siento que mi cabeza va a estallar de dolor de tan solo pensarlo. Cambiemos mejor de tema-

Hablamos sobre asuntos triviales mientras esperábamos la hora indicada para ponernos en marcha. Ambos de nosotros mirábamos regularmente el reloj para cerciorarnos de que estábamos pendientes de la hora. Tan solo pedimos más café y tostadas tan solo para tener algo que hacer. Julie miró otra vez su reloj por vigésima vez y luego se levantó.

-Estaré abajo en diez minutos. Voy a refrescarme un rato. Entonces nos iremos de este lugar y sacar de allí a nuestro hombre. Tengo vuelos ya reservados para Cesárea de Filipo para mañana y nosotros vamos a estar en ese avión.

-Pagare la cuenta y te veré en recepción- le dije.

Detuvimos el auto justo al frente del estacionamiento del centro minutos después de haber estado en el hotel llegando justo a la hora indicada. Julie presionó el intercomunicador y, como era de esperarse, otro oficial estaba al final de la línea.

-La hora de visitas es a las diez de la mañana-

Pero qué personas tan deprimentes. Tan solo faltan cinco minutes pero aún así ellos no abren la puerta. Pude sentir la rabia que comenzaba a crecer en Julie. Su cara estaba tensa y pálida. Me pregunté en dónde había ido a parar la calma que Julie tenía normalmente. Una explosión de rabia no nos ayudaría a nuestra causa.

-Julie. Tan sólo quedan cinco minutos. Seamos pacientes- dije.

Ella respiró profundamente y no tuvimos más remedio que bajarnos del auto y caminar por los alrededores tan solo para matar el tiempo que quedaba.

Para el momento en que hicimos nuestro camino de regreso al centro, eran prácticamente las diez y quince minutos. Presioné el intercomunicador.

-Pasen- dijo la voz del oficial.

La puerta hizo clic y la empujamos para entrar a una pequeña área recepción. Detrás del panel de vidrio, que se asemejaba más bien a un banco, vimos a un hombre mayor de mirada hosca que necesitaba a gritos una buena afeitada.

-¿Sí?-

-Hemos venido a recoger a Leddicus. Leddicus Palantina- dijo Julie rápidamente.

El hombre levantó una ventanilla.

-Papeles-

-¿Cuáles papeles?- dijo Julie.

-Los papeles de liberación-

Observé como los hombros de Julie se pusieron rígidos así que di un paso hacia adelante.

-Por favor ¿Podemos ver a Leddicus Palantina?-

El me miró detenidamente.

-Papeles- dijo sin siquiera alzar su rostro.

Aquella situación se estaba volviendo tediosa.

-¿Qué papeles?- pregunté calmadamente.

Él volvió a observarme. Una curiosa mezcla de aburrimiento y desafió se podía vislumbrar en su rostro.

-Papeles de visita de usted y papeles del proceso de liberación por aparte de ella-

-Lo siento. No sabía que necesitaba tales papeles. Ayer estaba con mi amigo en el aeropuerto y tan solo supe que lo habían traído aquí. Me gustaría mucho verlo y saber cómo está-

-Necesito ver los papeles- respondió él con su misma voz monótona.

Julie estaba exasperada.

-Sí, sí. De eso se trata ¿no? Usted simplemente no puede hacer su trabajo si no tiene papeles-

-Ésas son las reglas- le respondió encogiéndose de hombros.

Ella se movió por todos los rincones del área de recepción, sacando su celular y hacienda llamadas. Rápidamente, ella estaba hablando con Joe informándole de la situación.

La voz monótona del hombre de recepción se alzó de repente.

-¡Hey! ¡No se permiten teléfonos celulares aquí! ¡No está permitido!-

Ella apartó el teléfono de su oído.

-¡No lo dudo! ¡Sin papeles no puedo ni siquiera hacer una llamada!- replicó furiosa.

Ella se volteó y continuó su llamada hablando con Joe. Cuando ella finalizó, ella se dio la vuelta y se quedó mirando con frialdad al hombre que estaba detrás del panel de vidrio.

Había un par de sillas que estaban puestas contra la pared y Julie se sentó en una de ellas. Caminé y me senté en una de ellas también.

-¿Ahora qué?-

-Esperamos. Joe me dijo que colgara para ver cómo podía agilizar la situación. Él dijo quedar sorprendido al saber que aún estábamos en la recepción. Él había prometido que todo estaba en orden. Él está haciendo unas llamadas en este momento pero francamente me gustaría golpear a alguien- dijo observando al hombre de la recepción con frialdad.

Sin inmutarse, el hombre hablo:

-Necesito sus papeles y no más llamadas-

Julie lo miró o más bien miró alrededor de él sin decir una sola palabra. Admito que me sentí fuera de lugar. Cuando observé al hombre de la recepción tuve la impresión de que él sentía la misma furia en su rostro al observarla desafiantemente. Desde la perspectiva de Julie, él estaba atado a los requerimientos y normas. Ella simplemente no podía lidiar con él.

Él continuó observándome a mí y luego a Julie. Él estaba furioso, quizás tratando de decir algo que no involucrara los papeles. De vez en cuando, él trataba de decir algo pero ninguna palabra salía de su boca. Él se quedó allí pegado a su asiento. Cada vez que él miraba a Julie ella lo miraba a él fríamente. No estoy seguro si él tenía miedo o si sentía algo pero él ciertamente no sabía cómo lidiar con la situación. Los minutos pasaban y la tensión aumentaba.

Tras la puerta de recepción, que era la única que había en aquel recinto pude oír pasos que se acercaban rápidamente. La puerta se abrió, el hombre de recepción se levantó rápidamente de su asiento y se quedó parado en señal de atención.

Un hombre alto entró al lugar. Nos sonrió ligeramente mientras nos estrechaba la mano.

-Siento mucho el retraso. Soy el gobernador que está a cargo de este lugar. Supe que ustedes estaban aquí tan pronto recibí la llamada de nuestro oficial del gobierno. ¿Podrían ustedes seguirme por favor?-

Caminamos detrás de él por un largo, gris y oscuro corredor con algunas luces fluorescentes que parpadeaban en los techos. Él abrió una puerta, nos condijo a su oficina y nos hizo señas para que nos sentáramos.

-De nuevo, mis disculpas. Éste es un caso poco usual- dijo él mientras él cogía su teléfono y hablaba tranquilamente. Casi inmediatamente, oímos unos pasos detrás de la puerta. Un guardia uniformado entró a la oficina.

-Gracias George. ¿Podrías llevar a estas personas a la sala común par a ver al Sr. Palantina? Y por favor ¿Pudieras traerlos a todos de vuelta a mi oficina?-

Nos levantamos y seguimos juiciosamente a George a través de los deprimentes pasillos grises. Él eventualmente nos guió a una larga habitación llena de gente. Algunos estaban allí hablando, otros bebían agua con copas de papel y otros estaban sentados allí mirando a ningún lado. El lugar apestaba a pescado y a ropa sucia. Y, en todo el centro, estaba Leddicus, rodeado de una gran multitud de lo que yo podría describir como las Naciones Unidas. A medida que nos acercábamos, pudimos ver que ellos trataban de enseñarle a él a cómo jugar las cartas. Se podía sentir alegría y humor en el ambiente.

Llegamos a la mesa y Leddicus finalmente nos observó. Él saltó de su asiento y nos dedicó una larga sonrisa.

-¡Miren! ¡Allí están mis amigos!- dijo alegremente. Al momento nos hizo señas para que nos acercáramos -¿Qué hacen allí parados? ¡Vengan y conozcan a mis nuevos amigos!-

Él comenzó a presentarnos a sus amigos uno por uno. Fueron tantos nombres y tantas nacionalidades que todo se volvió confuso una vez ellos nos hablaban a nosotros saludándonos en su propio idioma. Leddicus cogió dos sillas e insistió que nos sentáramos y tomáramos un café junto a sus nuevos amigos. Esto era lo último que nosotros hubiésemos querido hacer pero las personas allí eran tan amables y Leddicus tan persuasivo que no podíamos rechazar la invitación.

Todo el mundo comenzó a hablar a la vez y dejé que lo hicieran. Muchos me sonrieron y asentían mecánicamente pero yo casi ni prestaba atención, Julie fue más amable. Ella hablaba con muchos de ellos mientras ella bebía café en su copa de papel. El café tenía un sabor absolutamente detestable. Pude ver a un grupo de niñas que estaban sentados en la esquina mirando al suelo. Eran como nueve pequeñas y no debían de pasar los cinco o seis de edad. Ellas no dijeron nada. Sus ojos estaban perdidos en el especio. Una pequeña, delgada niña de piel oscura, estaba allí sentada con los brazos sobre sus rodillas inclinándose repetidas veces. En sus manos, ella asía fuertemente un pedazo de servilleta la cual ella retorcía y retorcía mientras se quedaba mirando a la pared.

Eventualmente me las arreglé para cortar con todo el ruido y la confusión y puse una mano en el hombro de Leddicus.

-Necesitamos irnos y hablar con el gobernador-

Julie notó rápidamente mi apremio y comenzó a caminar hacia la salida. Ella sonrió y los despedía a todos cálidamente diciéndoles repetidas veces lo bien que se sintió el hablar y conocerlos a todos. Leddicus los abrazó a todos ellos y nos siguió. Pude ver cómo se entristecía al saber que nos íbamos.

George nos estaba esperando en el pasillo y le seguimos hacia la oficina del gobernador. No parecía tan lejana esta vez que regresábamos a la oficina y apenas tuvimos oportunidad de decirle a Leddicus si él estaba bien antes de entrar finalmente al lugar.

Mientras entrábamos, pudimos ver al gobernador ocupado y al vernos nos hizo señas para que nos sentáramos.

-Estaré con ustedes en un momento- dijo mientras se alejaba para continuar leyendo unos papeles que tenía en su mano. Se le veía avergonzado. Al cabo de un rato, volvió a su escritorio y comenzó a escribir en los papeles que tenía frente a él. Se le veía incómodo y un hilillo de sudor le pasaba por la frente.

Es siguió escribiendo y llenando una planilla por un rato. Eventualmente, el nos miró.

-Pido disculpas por este incidente. Desafortunadamente, su amigo me llamó y ahora nos estamos asegurando de que esto no vuelva a pasar de nuevo. Espero que no estén planeando dejar el país en un futuro cercano ya que debemos enviar el documento del Sr. Palantina a la oficina de inmigración en donde se le sellará una autorización indefinida*. Tan solo necesito que el Sr. Palantina firme aquí. Entonces el podrá recoger sus cosas e irse de aquí junto a ustedes-

Él deslizó los papeles hacia Leddicus y le extendió un bolígrafo. Con su otra mano, el cogió el teléfono. De nuevo, George apreció inmediatamente.

El gobernador siguió hablando pro esta vez directamente a George.

-Por favor, lleve al Sr. Palantina y a sus amigos al lugar en donde se recogerán las pertenencias del detenido. Él es libre de irse en este momento. Aquí está la orden de desalojo encima del escritorio-

El cogió su bolígrafo, observó la pila de papeles en su escritorio y comenzó a escribir sobre el primero que estaba a la vista. La entrevista había terminado. Se podía ver a leguas que el gobernador quería que nos fuéramos de allí lo más pronto posible.

Leddicus firmó el documento y acto seguido George lo cogió de la mesa y obedientemente nos levantamos y le seguimos.

---

*Una autorización indefinida es lo que en el Reino Unido llaman al ILR, siglas en inglés que significan *Indefinite remain to leave*. Éste es un sello que permite al inmigrante ir y venir cuando quiera. Es casi como tener un pasaporte.

Durante aquellos momentos nadie dijo ni una palabra. Ni siquiera nos habían dado la más mínima oportunidad de hacerlo. El gobernador simplemente nos corrió de allí. Sus comentarios habían bombardeado nuestros oídos como una máquina e incluso se las arregló para mantener a Julie callada.

Mientras pasamos por recepción observamos al recepcionista y Julie le dedicó su más dulce sonrisa. Salimos del lugar e instantáneamente el aire fresco nos saludó. Me detuve y me recosté sobre la pared y exhalé un suspiro de alivio mientras la tensión se iba de mi. Solo entonces me di cuenta de que tenía las palmas de mis manos un poco lastimadas debido a las veces que estallaba de rabia. Las cortas uñas habían hecho surcos por toda el área.

-Siento que acabo de salir de una pesadilla- dije al fin -¿De qué rayos se trató todo esto? No tengo idea de lo que el gobernador estaba hablando. ¿Con quién estaba hablando él al teléfono? ¿Qué es un ILR? ¿Y por qué no podemos viajar?-

-Tan sólo larguémonos de aquí- respondió Julie —Podemos hablar mientras vamos camino de vuelta a la civilización-

Pusimos el equipaje de Leddicus en la maletera y nos montamos a lauto. Julie encendió el motor.

-Leddicus ¿Cómo estás tú?- le preguntó Julie mientras manejaba hacia la carretera principal.

-Estoy bien gracias- dijo él en su manera usual de responder.

-¿Y cómo te trataron ellos?- le preguntó Julie.

-Muchas personas fueron amables conmigo pero esos uniformados me trataron de forma muy extraña. Ellos dijeron que yo era el hombre de hielo y me daban cubos de hielo como merienda. Probé uno de esos cubos de hielo pero el sabor no era agradable. No me importaba si esos cubos estuvieran en una Coca-Cola Gerhardt ¿Pero en un plato? No fue nada agradable- decía mientras se rascaba la barbilla —Algunas de las personas que no pertenecían al cuerpo de guardias fueron muy amables conmigo. Uno me dijo que venía de una pequeña isla llamada Sri Lanka y me cocinó unos de los platos típicos de su país. Él me advirtió que era un plato picante y realmente lo fue. ¡Me hizo estornudar y hasta tuve tos!-

Julie y yo reímos ante la idea de ver a Leddicus probando curry por primera vez.

-No me entristeció el estar allí aunque algunas de las personas que estaban a mi lado no la estaban pasando bien. Muchos de ellos vienen de lugares en dónde hay guerras y muchas peleas y ellos parecen estar huyendo de todo eso. Ellos me preguntaron si yo también huía de la guerra y no me entendieron cuando les dije que no huía de nada. Ellos me preguntaron entonces el porqué estaba allí y les dije que no tenía ni idea. Ellos quedaron desconcertados por eso y yo también-

Nos reímos de nuevo ante su singular pragmatismo. Él lo había tomado todo calmadamente y su experiencia parecía no abandonarle en lo absoluto.

-No creo que el cuerpo de seguridad haya sido particularmente amable contigo. De hecho, fue muy cruel lo que ellos te hicieron, pero al oírte puedo darme cuenta de que te sentías a gusto con el resto de los detenidos que estaban allí contigo- le dijo Julie dándole unas palmadas en la espalda —Es bueno el tenerte de vuelta-

-Estoy de acuerdo con eso- dije —Leddicus. Tengo una pregunta que hacerte. Es sobre las niñas que estaban en la esquina. ¿Dónde estaban sus padres? Pude ver que estaban asustadas-

-Ver lo que le pasó a esas niñas fue lo peor que pude experimentar durante mi corta estancia en ese lugar. Ellas vinieron a nosotros hace cuatro días. Las descubrieron escondidas en un camión de bananas metidas dentro de unas cajas. Las mismas cajas que usan para llevar las bananas. Un asunto descorazonador y deprimente-

-Wow. Las cosas que hace la gente para meter a sus niños al país- dije rápidamente.

-No hagas bromas al respecto, Gerhardt. Hombres inescrupulosos le quitan esos niños a sus familias para venderlos como esclavos- me respondió Leddicus. Su rostro se tornó serio al momento de responderme.

-¡Esclavos! ¿Pero qué podían tener esos niños de valor? ¿Y esclavos en Inglaterra? Pienso que las autoridades deberían hacer algo al respecto al ver a una niña de seis años limpiando casa y haciendo el papel de ama de casa-

-Eres un completo idiota. ¿Acaso vives en la nubes? Piénsalo. ¿Acaso tengo que deletrearte la palabra esclavos de nuevo?- dijo Julie respirando hondo.

Abrí mi boca listo para responderle cuando un espasmo me recorrió la médula.

-Oh ¡Por todos los demonios! ¡No!-

-Tristemente, si- dijo Leddicus –No podía creer lo que oía cuando me enteré e aquello. Así que fui hacia donde estaban ellas y me senté para hablar pero ninguna de ellas decía palabra alguna. Ellas habían estado allí por cuatro días y servicios sociales no fueron capaces de encontrar una casa para ellas. No pude dormir pensando en ellas-

El viaje de regreso transcurrió en total silencio. El horror de lo que habíamos visto y oído penetraba en nuestras consciencias haciéndonos ver una realidad que ninguno de nosotros quería creer pero que era imposible sacarla de nuestras mentes.

-Julie. ¿Y qué estaba haciendo el gobernador?- le pregunté luego de un rato para calmar la tensión. Después de todo, era un lado positivo. Habíamos rescatado a nuestro amigo-

-No estoy clara al respecto. Pero creo que el amigo con el que él hablaba se refería a que alguien en el gobierno intervino a favor de Leddicus. He manejado y hablado con este tipo de personas. Y tales personas pueden ser muy autoritarias e imponentes. Quizás el gobernador quería asegurarse que la petición de liberar a Leddicus no divagara ni se perdiera en el olvido. Ellos habían detenido a Leddicus por error. Ellos mismos nos impidieron verlo la noche pasada y obviamente el asunto no caló bien en aquel momento. Añádele a eso, las llamadas que iban y venían entre Joe y las personas influyentes que él tenía y todo aquello afectaba la figura pública del gobernador-

-¡Me contenta el estudiar historia y no política!-

-Y esta mañana- proseguía ella sin oírme mucho —nos detuvo este hombre de recepción y aunque quería golpearlo en realidad aquella situación nos ayudó a sacar más rápido a Leddicus-

-¿Y el documento de Leddicus?- le preguntaba a Julie aliviado de que cada vez nos alejábamos de aquel horrible lugar.

-Buenas noticias al respecto. Lo que le estamparon a Leddicus es una autorización indefinida. Eso significa que él puede venir e ir a donde él quiera. Es casi como un pasaporte completo. Parece que ellos quieren evitar un escándalo público. Al hacer eso con Leddicus hace que él, Joe y todas esas personas dejen en paz al gobernador-

-Hey amigo- le dije a Leddicus complacido -¡No más preocupaciones cuando viajemos!-

-Es grandioso tanto para Leddicus como para nosotros pero muy frustrante para todas esas personas que aún están atrapadas allí sin tener nadie quién los ayude a salir de aquella burocracia y que continuarán sufriendo a manos de los oficiales y de ese recepcionista-

Estaba ya preparándome para una de las usuales peroratas de Julie pero no había tiempo para tal cosa. Detuvimos el auto al frente del hotel. Este lugar ya se estaba convirtiendo en nuestra segunda casa. Decidimos celebrar la liberación de Leddicus y el final del tour del Equipo de Hielo en un buen restaurante.

-Bueno Leddicus- dijo Julie —Tendré que posponer nuestro viaje a Cesárea de Filipo hasta que sean procesados tus documentos de viaje. Me parece que tendrás más tiempo de recorrer Londres. Por lo tanto, te llevaré a Boadicea-

-¿Qué es eso?- preguntó Leddicus.

-Ya lo verás- le respondió ella sonriente.

Capítulo 24

Qué momento

Desde que habíamos rescatado a Leddicus de aquel centro Julie había vuelto a ser la persona calmada y eficiente que había conocido desde siempre. La mañana siguiente, ella llegó a la mesa puntualmente y a la hora. Ella lucía radiante y lista para cumplir su promesa de llevarse a Leddicus a Boadicea. Yo no estaba de humor para hacer otro tour por Londres y del efecto que ella tenía constantemente sobre él cuando yo no estaba cerca.

Mis jugosos pagos podrían sufrir un gran altibajo si ella se llevaba a Leddicus y lo cubría bajo sus alas. ¿Quería recorrer y hacer turismo por Londres? ¡No! ¿Tenía correos que enviar y fechas límites que me presionaban? ¡Sí! Yo tenía un montón de correos sin leer de la Universidad y de la revista. ¿Confiaba en Julie? ¡No! Aunque sabía lo útil que ella era yo no podía sacarme este sentimiento de que ella podría estarse robando mi cheque de paga. Estos pensamientos revoloteaban por mi cabeza mientras me comía mis salchichas y las mezclaba con frijoles y huevos revueltos.

Mientras engullía mi desayuno Julie habló:

-¿Acaso estás enfadado conmigo Gerhardt? Me estas mirando de tal manera como si yo te hubiese robado tu desayuno y te pusiese tan solo pan y agua-

Su respuesta me cogió desprevenido que yo tragué al instante lo que estaba comiendo. Tragué mi comida de la peor manera y terminé tosiendo fuertemente. Tosí tan fuerte que tuve que secar mis ojos llorosos y beber un vaso de agua. Durante ese incómodo momento, Julie me observó con bastante preocupación y Leddicus simplemente comenzó a reírse. Eventualmente recuperé la compostura y pude hablar.

-¿Enfadado? ¿Quién? ¿Yo? No. Sólo me estaba preguntando si yo podía quedarme aquí en el hotel hoy. Tengo un montón de trabajo que hacer y estoy siendo perseguido por fechas límite de entrega pero yo no quiero dejarte a Leddicus a tu cuidado ni que estés alrededor de él todo el día-

-Bueno. Tú eres ya un hombre grande y maduro. ¿No es así Leddicus?- le dijo mientras me sonreía. Leddicus estaba comiendo uvas, tostadas, jamón y otras cosas sin dar ninguna respuesta. Quizás porque él no quería que volviera a toser de nuevo. En lugar de eso, él asintió entusiastamente.

-Estaremos bien. Si necesitas trabajar, no hay problema. Yo seré la guía y guiaré a nuestro romano- me dijo dándome unas palmadas en la espalda –realmente no tienes nada de qué preocuparte-

Le dediqué una sonrisa y me encogí de hombros.

-Ok. Está bien- respondí –Me quedaré aquí a trabajar mientras ustedes van y conocen a Boadicea. Me pregunto cuánto tiempo tendremos que esperar para que esos documentos estén listos. Estoy seguro de que Leddicus quiere ir a Cesárea de Filipo ¿no es así amigo?-

-Sí lo estoy. No puedo esperar ser el guía del tour y mostrarles mi ciudad. Sería bueno ser el guía turístico de ustedes dos-

-¿Vas a venir también?- le pregunté a Julie. Mi corazón se hundía.

-Sí- respondió ella firmemente -¿No te acuerdas? Lo dije semanas atrás cuando se mencionó la idea por vez primera-

-Ok. ¿Y cuando reservaremos los tiquetes?- dije desalentado.

-Estás perdido en el espacio ¿no es así? ¿Acaso has olvidado que yo ya reservé los tiquetes? Los he puesto en espera con el agente de viajes hasta que los documentos estén listos- respondió ella mientras se inclinaba para recoger su cartera —Estás muy distraído hoy Gerhardt. Quizás lo que tú deberías hacer es descansar. No trabajar. El gobernador dijo que el proceso tomaría su tiempo pero Joe dijo que el aceleraría los trámites si la diligencia en cuestión se tardaba demasiado. Vamos a relajarnos por un momento. Leddicus ha tenido unas cuarenta y ocho horas difíciles así que seamos pacientes y no nos irritemos ni nos apresuremos por eso-

Bueno, eso me puso en mi lugar. Mordí mi lengua para evitar discutir con ella. Ellos se levantaron preparándose para irse.

-Espero que hagas bien tu trabajo Gerhardt- dijo Leddicus —Yo te diré todo acerca de este problemático hombre marino cuando vuelva-

Julie y yo reímos ante su respuesta y la tensión bajó un poco. Yo me serví mi tercera taza de café más para evitar lo inevitable más que por la necesidad de beber algo. Yo bebí un pequeño sorbo mientras pensaba en todo el tiempo y la energía que había invertido en Leddicus y de todo el dinero que nos habíamos ganado en los tours. Aún no podía sacarme de mi cabeza e hecho de que Julie estaba tratando de quitarme mi propiedad. A pesar de que había pasado mucho tiempo con ella yo aún no confiaba en esta sabuesa londinense.

De vuelta en mi habitación, yo prendí mi laptop y durante aquella mañana pude adelantar mi trabajo de forma eficiente. Terminé dos artículos que *Archiv* me pedía. Finalmente, cuando finalicé de hacer todo, mandé por correo un informe de doscientas palabras a la universidad que ya llevaba tres semanas de retraso. Recibí también un correo del Sr. Calabro diciéndome que había hecho un buen trabajo hasta el momento y que yo sólo necesitaba mandarle correos tan sólo una vez a la semana. *Es más que perfecto para mí.*

Alrededor de las cuatro y media, con un semblante más relajado y completamente satisfecho con todo lo que había hecho pedí una tetera con té inglés junto a una bandeja de bollos, jamón y crema. Me senté en una cómoda silla de cuero, con la copa en una mano y el periódico en la otra cuando Leddicus se dejó caer en el asiento que estaba al frente mío con un ruido sordo.

Lo observé por encima de mi periódico.

-¿Cómo está Boadicea?-

-Ella está muy bien, gracias. Esta sentada en su carroza al otro lado del Big Ben. Julie también me llevó a ver a un Bretón que trataba de pelear contra nosotros los Romanos. ¡Ja! ¡Cómo si tuviera alguna oportunidad!- dijo riéndose de su propia broma. –Pasamos un día agradable- dijo mientras cogía uno de mis bollos y los cubría de crema y jamón.

-¿Dónde está Julie?- le pregunté escuchándole a medias lo que decía ya que trataba de leer mi periódico.

-Ella se fue a una reunión. Ella me dejó a la puerta. Me dijo que se le estaba haciendo tarde. Pero es bueno que ella se haya ido. Quería hablar contigo sobre una idea que tengo-

Leddicus se quedó callado por un largo rato mientras se comía su bollo y prosiguió con su boca llena.

-Quiero invitar aquí a Pricilla Morrison, la periodista del Vaticano, y darle una entrevista personal. ¿Qué piensas?-

-¡Qué! ¿Qué qué pienso- dije sobresaltado casi tirando el periódico al piso –Pienso que es una idea terrible. ¿Quién te puso esa idea tonta en la cabeza? ¡Julie Bright! ¡Lo apuesto!-

-¡No! ¡No!- respondió Leddicus de mala forma —Estás entendiéndolo todo muy mal. No es su idea. Julie pensó también que yo estaba loco. Pero insisto. Pienso que es una buena idea y le pedí a Julie que concertara la cita. Creo que Priscilla está en Inglaterra en este omento-

-¡Necesito hablar con Julie ahora mismo!- dije mientras sacaba mi teléfono y presionaba su número.

Julie contestó de inmediato.

-¡Ya te lo dijo! ¿A que sí?- me preguntó ella de golpe sin siquiera saludarme.

-¿Cómo lo supiste?-

-Puedo sentir el enojo desde aquí-

-Creo que es una muy mala idea. Es una terrible idea- dije murando a Leddicus de forma glacial. Él tan solo me dio una sonrisa a medias.

-¡Estoy de acuerdo! ¡Pero él simplemente no dejó de hablar del tema durante todo el día! ¡Él no cedía! No hay forma de que lo persuada y de que cambie de opinión-

-¿Qué haremos entonces?- le pregunté colocando mis manos sobre la cabeza.

Pricilla Morrison llegó a las dos y media de la tarde justo cuando Julie la recibió en recepción y la guiaba a la apartada esquina en dónde Leddicus y yo estábamos sentados. Leddicus había aprendido a conducirse con unos modales impecables en situaciones como aquella. A medida que Priscilla Morrison se acercaba a nuestro grupo, él se levantó, le dio una sonrisa y le extendió su mano. Ella no hizo lo mismo. Leddicus se quedó allí sintiéndose algo tonto y silenciosamente volvió a su asiento.

-Bueno. Comencemos de una buena vez- dijo Morrison saltándose todo el protocolo –Quiero lidiar con esto de una manera profesional con una entrevista profesional pero debo decirle Sr. Palantina que usted no me agrada en lo absoluto. I un poco. Así que mantengamos esto como una entrevista profesional ¿Ok?-

Leddicus se quedó allí un poco desalentado y desorientado pero el le sonrió a Morrison.

-Estoy encantado de conocerla. Por favor, comience y hágame las preguntas que usted necesita-

Noté cómo Julie miraba al piso, se mordiéndose el labio y se asía a su silla en un esfuerzo por quedarse tranquila.

-¿De dónde viene usted realmente?- preguntó la periodista.

Leddicus exhaló lentamente calmándose.

-Pensé que todo el mundo ya sabía eso. Lo he estado diciendo una y otra vez-

-Sí, sí. Por supuesto- interrumpió Priscilla –Para tus anuncios publicitarios. Pero ¿De dónde viene usted realmente?-

Leddicus me miró a mi completamente perdido así que intervine.

-Bueno. Quizás su respuesta no encaje para nada en lo que usted quiera escribir y quizás desafíe su sistema de creencias y quizás a usted no le guste Leddicus aunque yo no entiendo qué ha hecho él para que usted le de tal tratamiento-

Morrison abrió su boca pero no le di la oportunidad de responder.

-Es de conocimiento común en dónde el fue hallado, en qué montaña fue sacado y por quién. El porqué y el cómo del misterio es aún un asunto de continuo debate e investigación. Si usted tiene un problema con eso entonces tal vez deba llevar su inquietud a las autoridades profesionales involucradas. Si usted ha venido aquí a atacar personalmente a Leddicus con la esperanza de recibir una respuesta que encaje con sus teorías y expectativas entonces usted ha perdido su tiempo- le respondí completamente satisfecho con mi calmada, articulada y acertada respuesta haciendo énfasis en la palabra "profesional".

Mi respuesta le dio a Leddicus tiempo para pensar y en aquel momento miró a Morrison.

-¿Qué es lo que usted realmente quiere de mí?-

-¡La verdad!- le escupió ella.

-Yo únicamente he dicho la verdad pero obviamente usted no me cree. Tan sólo puedo decirle lo que me ha pasado a mí. Tan sólo puedo darle una respuesta honesta y directa a su pregunta. Pero me parece que no es la respuesta que quiere oír-

Morrison se levantó de su asiento.

-Siempre supe que esta entrevista sería una pérdida de tiempo. ¡No me quedaré aquí a escuchar esta basura!- espetó ella cogiendo sus cosas de la mesa y de inmediato volteó hacia mí —Y con respecto a usted, Gerhardt Shynder, aún pienso que usted está aprovechándose de la situación de la misma manera en que usted lo hizo al completar su grado universitario en dos años cuando debieron ser tres. No crea que esto es el final de todo porque no es así. Ustedes son tan solo un par de ladrones. Esto es una completa estafa. ¡Es tan solo una completa estafa!-

Y luego de decir todo aquello, ella se encaminó rápidamente por las puerta giratoria mientras ella desaparecía para pedir un taxi.

Tan pronto como la puerta giratoria dejo de girar todos nos reventamos de la risa observando a los oteros residentes que estaban sentados con tranquilidad en el salón principal. Luego de un rato, nos las arreglamos para controlar nuestra risa y al instante las carcajadas murieron.

-Increíble. ¿Puedo escribir esta historia en mi periódico? ¿Acaso no te da cierta irritación cuando la gente te dice que son profesionales cuando en realidad no tienen ni una onza de profesionalismo o sentido común? Pobre mujer. ¡Dudo de que sepa siquiera que día es hoy!- dijo Julie —La única cosa que no entiendo es el porqué esa mujer te atacó Gerhardt. ¿A qué se refería ella con todo ese asunto de la universidad? ¿En qué está metida ella ahora?-

-No tengo idea- dije —Yo tuve que volver a presentar mis exámenes en la escuela para poder llegar a la universidad en la que estoy ahora. No saqué las mejores notas al principio ¿Pero eso qué tiene que ver con esto? ¿Y cómo ella sabe eso? Yo habría pensado que esas cosas eran información confidencial. Muy extraño. No sé que más decir-

-Lo siento mucho- Leddicus se disculpó completamente avergonzado —Tenían razón ustedes dos. No fue una buena idea-

Julie fue la primera en responder.

-No. No lo fue. Pero estás perdonado Leddicus. Debes admitir que fue una broma y que esta entrevista accidentad me ha dado una buena historia que escribir. Voy a escribir esta reunión, al menos la entrevista que ustedes tuvieron Leddicus si no te importa. Aún no puedo dejar de pensar en ver cómo ella se enfrenta a ti, Gerhardt. Quizás tengas algún secreto escondido. Y eso sería una buena historia para la prensa y así mantener a Leddicus en el ojo público-

-Escribe todo lo que quieras para ver si ellos muerden el anzuelo pero saca mi nombre de tu reporte- le dije.

-No me importaría- dijo Leddicus -¿Y qué significa "profesional" exactamente?-

-Si tú te estás refiriendo a Pricilla Morrison y al uso que ella le dio a la palabra "profesional" entonces significa "Yo soy la que tiene la razón y la que tiene las teorías correctas"- le respondió Julie —Voto a que vayamos y bebamos algo. ¿Qué dicen?-

Nosotros no necesitamos que ella nos convenciera por una segunda vez y lentamente fuimos al bar. Mientras Leddicus bebía un sorbo de vino, pude ver su arruga característica que estaba entre sus cejas.

-¿Qué es lo que te está molestando?- le pregunté.

Él agitó su cabeza y se encogió de hombros.

-Los he decepcionado. Fui muy ingenuo. Pensé que si ella estaba fuera de toda esa arena de guerra y de la basura que representa la prensa sería más amable y más accesible. Ahora me di cuenta que fue un error y me siento estúpido ahora-

-¡No digas que no te lo advertimos!- le respondimos Julie y mi persona al mismo tiempo.

-Y aún no entiendo lo que significa profesionalismo-

-Pobre Leddicus. Lo explicaré en otra oportunidad. Como dijo Julie, fue una broma pero de todas maneras su comportamiento fue muy ofensivo. Por ahora, dejemos a la ruda Morrison de lado, bebamos y relajémonos-

Leddicus sonrió.

-Ok. Tienen razón- dijo él levantando su vaso —Brindemos por un exitoso tour y mi escape de prisión-

Chocamos nuestros vasos y muy pronto olvidamos a Morrison. Nos quedamos en el bar, ordenamos unos aperitivos para comer y pasamos unas horas agradables hablando de cualquier otra cosa con la exclusión de la formidable Pricilla Morrison.

Más tarde ese día, Julie se levantó para irse.

-Tengo un montón de trabajo que hacer mañana así que se las tendrán que arreglar ustedes solos-

-Por mí está bien. Me tomaré el día de mañana para descansar- dije mientras Leddicus y yo caminamos con ella hasta la salida.

Mientras el taxi de Julie se alejaba de allí, Leddicus abrió su boca para hablar y supe exactamente lo que iba a decir.

-Búscalo en Google- le dije inmediatamente antes de que dijera algo.

-¿Cómo sabías lo que te iba a decir?- me preguntó molesto.

-Soy un genio- le respondí.

Me acosté en mi cama con el pensamiento de disfrutar de un buen desayuno sin fechas límite ni informes que entregar. La cosa más extenuante debiera de explicarle a Leddicus lo que significa la palabra profesionalismo. Claro, eso podía pasar a menos que él estuviera buscando esa palabra en Google en aquel momento.

Capítulo 25

Tel Aviv-Yafo

Leddicus y yo habíamos acordado vernos abajo a las diez y media. Eso era lo más tarde que nosotros podíamos llegar antes de que los meseros limpiaran las meas y dejaran de servir desayunos para comenzar a preparar el almuerzo. Causalmente y por coincidencia, nosotros llegamos al final de las escaleras al mismo tiempo al día siguiente. Mientras entrábamos al lobby ambos nos detuvimos sorprendidos. No sólo estaba Julie sentada allí sino que Joe estaba junto a ella.

-¡Joe! ¡Qué sorpresa!- le dije mientras caminábamos hacia él -¿Qué asuntos te traen aquí? Espero que no sean malas noticias-

-No. Más bien traigo buenas noticias- dijo Joe mientras buscaba su maleta y sacaba un gran envoltorio marrón -¡Sorpresa! ¡Sorpresa!-

Joe le extendió el paquete a Leddicus que inmediatamente comenzó a abrirlo.

Él sacó las cosas que estaban allí dentro y sonrió.

-Alguien me ha devuelto mis papeles con mi foto incluida. Eso es bueno-
-Mejor que bueno- dijo Joe —Ya le había echado un vistazo Y hay algo más importante que debo añadir-

Él cogió los papeles que Leddicus revisaba, y sacó uno de ellos mostrándoles un sello en el fondo.

-¿Ven este sello aquí? Puede no ser del todo impresionante pero dice lo siguiente: "autorización indefinida para viajar"-

-¿Qué quiere decir eso?- preguntó Leddicus.

-Fantástico- respondió Julie —Significa que puedes viajar yendo y viniendo del Reino unido a dónde quieras ir y ellos no te detendrán o te pondrán de nuevo en un centro de detención-

No fue tan malo. La mayoría de las personas allí fueron muy amables a excepción de los uniformados. No me gustó la forma en que ellos me hablaron- dijo Leddicus.

-Tú podrías pensar que estabas bien pero yo encontré el lugar bastante estresante ¡Y yo no quiero volver otra vez a ese lugar!- dije —De todas formas, este pequeño sello significa que podemos hacer planes para visitar tu lugar de origen-

Inmediatamente me volteé hacia Joe.

-¿Y tú qué piensas al respecto?-

-¡Sí! ¡Sí! ¡por favor!- dijo Leddicus aplaudiendo con las manos.

-Háganlo- nos respondió confirmándole el deseo ardiente de Leddicus de volver a su tierra —Pero espero que puedan volver pronto. ¿Por qué no vamos a tomarnos un café y buscar algo que comer? Entonces les diré lo que está pasando y ustedes me harán saber lo que quieren hacer-

Julie abrazó a Leddicus.

-Al fin estamos de vuelta a nuestro destino-

En medio de toda la emoción, nos habíamos perdido el desayuno pero el mesero diligentemente nos sirvió café con un palto de croissants. Leddicus estaba obviamente ansioso de ir lo más pronto posible. Él tenía una mirada distante en aquel momento y no prestaba atención a la conversación que Joe nos relataba actualizándonos con lo que había ocurrido luego de nuestro tour por los Estados Unidos, en dónde estaban las finanzas y cómo Julie planeaba salvar la información perdida que necesitaba para escribir el libro y hacer las diligencias que se requerían para la edición y publicación del libro. Él también nos había dicho que tenía planes para que hiciéramos un segundo tour por el Reino unido. Él había comenzado a recibir invitaciones de escuelas y organizaciones eclesiásticas. Aunque el tour no era tan lucrativo como el anterior, mantendría a Leddicus a la vista del público.

Leddicus había estado sentado allí impacientemente esperando que hubiera una brecha en la conversación. Tan pronto como Joe se sentó de nuevo y comenzó a engullir su croissant comenzó a hablar:

-¿Cuándo? ¿Cuándo iremos a mi casa?-

-Julie. ¿Podrías darme los detalles de la reservación que hiciste que pusiste en espera? Haré que mi oficina revise la información de los tiquetes y se muevan con eso- dijo Joe —Y haz que ellos consigan un guía turístico. ¿Cuándo es el mejor tiempo que tienes disponible para volar Julie? Este par quiere irse ya mismo pero tú tienes informes y cosas que entregar-

-Domingo o Lunes está bien para mí-

Leddicus se quedó allí pasmado.

-¿Por qué necesitamos un guía? Es mi país. Lo conozco como la palma de mi mano-

-Créeme Leddicus. Es mejor que tengan uno- Joe sacó su teléfono e hizo una rápida llamada a su asistente personal a que volviera a cambiar las fechas del vuelo reservado.

Tan pronto como Joe hizo la llamada Leddicus se relajó.

-¿Por qué nos vamos volando?- me preguntó.

-Pensé que tú te darías cuenta. No hay otra manera de llegar allí a menos que nades-

-No soy bueno en eso así que creo que el volar esta mejor. No me importa si el vuelo es largo con tal y lleguemos allí-

Julie le preguntó a Leddicus y a mí si queríamos ir a su reunión el Sábado. Cómo yo ya estaba al día con mis obligaciones, acepté. Yo particularmente no quería pero honestamente ya me estaba empezando a gustar las reuniones.

Fue un cambio agradable el estar lejos del hotel. Cuando llegamos ese Sábado a la reunión las personas, como era lo usual, rodearon a Julie y a Leddicus. No me sentí parte del ambiente pero todo el mundo parecía desplegar su amabilidad con Leddicus y conmigo y me pregunté qué era lo que ellos tenían. No estaba de humor para hablar y yo estaba disfrutando de mi gran plato de sopa acompañada de un gran pedazo de pan cuando una joven muchacha se sentó junto a mí.

-Hola. Eres Gerhardt ¿no?-

-Sí- le respondí con mi boca llena de pan.

-Soy Jenny. Jenny Latimer-

-Hola. Gusto en conocerte- le dije automáticamente. A medida que bebía mi sopa, ella comenzó a hablar conmigo haciéndome preguntas sobre mi vida antes de que Leddicus apareciera en escena. Ella parecía genuinamente interesada en saber sobre mí lo cual me parecía muy raro. En los últimos meses, nadie nunca me había hablado acerca de mí. Si ellos me hablaban es porque querían hacerme preguntas sobre Leddicus. Contra todo pronóstico, yo estaba pasándola bien y me sentí un poco triste cuando llegó el tiempo de irnos. Jenny era muy interesante y estaba muy interesada en mis pensamientos y mis ideas. Antes de pensarlo, le había dado mi número de teléfono algo que nunca hacía a menos que fuese un contacto de negocios. Ella caminó hacia el auto con nosotros tres a su lado.

-Te mandaré un mensaje- me dijo al momento de que Julie encendía el motor del auto para salir del estacionamiento.

Finalmente el avión despegó del aeropuerto de Heathrow a las cinco de la tarde del Domingo directo hacia Tel Aviv y llegamos a Israel alrededor de la medianoche. El aeropuerto estaba lleno de gente y habían largas colas en el área de inmigración. Todo era tranquilo. Nadie parecía tener las energías suficientes de hablar. Las colas de gente que estaban allí paradas se veían cansadas con rostros grises y malhumorados. Muchos intentaron no bostezar. Gradualmente nos movíamos hacia la línea de escritorios en dónde estaban sentados los oficiales sellando papeles y si hacer la más mínima conversación.

Yo bostecé y me restregué los ojos. Mientras miraba, noté cómo una pareja de oficiales caminaban lentamente por la cola de gente que estaba allí parada. Ellos hablaban con las personas pero yo no entendía lo que decían. Ellos se movían de persona a persona, acercándose cada vez más hacia nosotros y yo agucé mis oídos para tratar de entender lo que estaban diciendo. Cuando ellos estaban a sólo pocos pasos de nosotros pude oír con claridad la palabra "Palantina" luego mi nombre y finalmente el de Julie. Mi corazón se hundió lentamente. Recordé el incidente que tuvimos con el oficial inglés en Hearthrow y de cómo se habían llevado a mi amigo. No teníamos ningún lugar adonde huir. Nos habíamos quedado allí con nuestros corazones latiendo frenéticamente y esperando que ellos nos alcanzaran.

-¿Sr. Shynder? ¿Srta. Bright? ¿Sr. Palantina? Nos dimos cuenta inmediatamente que éramos nosotros a los que ellos estaban buscando. Uno de los oficiales uniformados se volteó hacia su compañero y le dijo algo que francamente yo no entendía. Entonces todos ellos se movieron hacia nosotros.

-Venga con nosotros- nos dijo uno de ellos.

-¿De qué se trata todo esto?- me susurró Julie.

-Vamos a los calabozos- dije inapropiadamente y sin pensarlo.

Leddicus parecía como un conejo atrapado entre luces de neón. Los oficiales nos llevaron hasta el final de la línea de escritorios donde todo lo que se oía era el sonido de los sellos estampando los pasaportes. Noté a una joven que estaba sentada en una caseta en dónde no se estaban estampando pasaportes. Sobre ella estaba pegado un aviso que decía "Diplomáticos y Tripulación" Nuestros captores se dirigían directamente hacia ella. A medida que nos acercábamos al lugar, uno de los hombres que estaba con nosotros le dedicó una sonrisa a la joven que estaba sentada allí.

-Los encontramos- le dijo uno del os oficiales. Al instante se dirigió a nosotros –Gracias. Muchas gracias-

Y antes que tuviera la oportunidad de responder otro hombre se acercó a nuestro grupo y estrechó nuestras manos.

Me acerqué a uno de los hombres.

-Disculpe ¿De qué se trata todo esto?- pregunté

Uno de los hombres se dirigió hacia nosotros.

-Bienvenidos a Israel. Él es Kaalim Malouf. Él será su guía durante su estadía aquí en el país y nosotros esperamos que disfrute su tiempo con nosotros-

Nosotros tres nos quedamos pasmados pero la muy práctica Julie pronto comenzó a hablar.

-Gracias por todo. Es bueno estar aquí. ¿Dónde podemos recoger nuestro equipaje?-

Kaalim se volteó a ella con una sonrisa.

-Madame. Todo eso ya está arreglado. Ya los equipajes han sido retirados y están en un bus que los llevará al hotel. Por favor, síganme- dijo moviendo su brazo de forma majestuosa indicándonos que le acompañáramos para salir de la terminal.

El calor nos golpeó de lleno y muy pronto ya estábamos comenzando a sudar. Kaalim nos guió por todo el perímetro del terminal hasta llegar a un pequeño y lujoso minibús y todos nosotros nos montamos dentro. El aire acondicionado nos refrescó al momento.

-Esto sí es un calabozo agradable- susurró Julie.

-Y éste es el tipo de recepción que m gusta- le respondí.

Hasta aquel punto, Leddicus no había dicho ni una sola palabra. Él simplemente nos estaba siguiendo, y nos dirigía unas miradas de total confusión por todo lo que veía pero mientras más nos adentrábamos hacia el centro de la ciudad de Tel Aviv el exclamó:

-¿Están seguros de que estamos en el lugar correcto? Todo se ve muy extraño y nada aquí es familiar para mí. La única cosa que si es familiar para mí es el clima-

-Mejor descansemos Leddicus y veremos cómo es la vista más tarde cuando hayamos dormido- le dije tratando de calmarle. Yo estaba demasiado cansado como para comenzar un gran debate. Sabía que él estaba incómodo y yo no estaba sorprendido de aquello. Yo aún recordaba vívidamente la experiencia que tuve con él en Roma.

El hotel era lujosísimo y perfecto en casi todo. Los cuartos eran exquisitos. Los espléndidos alrededores del hotel y el muy complaciente personal dejó a Leddicus impresionado. Como se hacía tarde, tuvimos una breve charla en el lobby del hotel y luego fuimos a nuestras habitaciones con la promesa de que comenzaríamos temprano, pero no tan temprano. Nuestro guía se uniría a nosotros para desayunar juntos en el hotel.

Capítulo 26

El Coliseo

Rodeado por folletos de vivos colores y haciendo anotaciones en un pequeño cuaderno espiral, se encontraba sentado nuestro guía de viajes Kaalim en una gran mesa del restaurante. Él alzó su mirada tan pronto entrábamos y nos dedicó una amplia sonrisa. A medida que nos acercábamos nuestro guía bajó un poco su cabeza en señal de respeto. Su abundante, ondulado y largo cabello oscuro rozaba ligeramente sus hombros que se mezclaban con su paradójicamente pulcra y bien cuidada barba.

-¿Por qué necesitamos un guía? Ésta es mi tierra- me susurraba Leddicus antes de que llegáramos a la mesa.

-Él tiene transporte. Sé amable con él- le siseé de vuelta mientras cogíamos nuestros asientos.

Julie y yo saludamos a Kaalim cálidamente. Leddicus le miró un poco resentido. El desayuno era prácticamente un buffet tan grande, variado y tan lleno de color que simplemente dejó a Leddicus sorprendido. Leddicus, como era lo usual, llenó su plato con todo lo que encontraba. Desde nuestro viaje a los Estados Unidos él ya era capaz de comer cualquier cosa sin poner caras ni mostrar sorpresa. Noté que Kaalim tenía un par de platos ya sucios a la altura de su codo así que asumí que él había llegado mucho más temprano y por lo tanto ya había desayunado mucho antes de que llegáramos nosotros. Mientras degustábamos nuestra comida él simplemente se volvía a servir más café negro.

-Quiero ir a Cesárea y quiero entrar por el Coliseo. Me gustaría mostrarle a mis amigos ése lugar primero- dijo Leddicus firmemente mientras él se concentraba en su desayuno.

-No hay problema- dijo Kaalim —Y luego de recorrer el lugar les compartiré los palanes que tengo con ustedes en cuanto a los lugares que deben recorrer en este asombroso país- nos dijo orgullosamente.

Siempre olvidaba cómo el aire acondicionado te protegía del clima verdadero. En la corta caminata que hicimos del hotel hasta el vehículo de Kaalim, mi camiseta se estaba pegando a mi cuerpo al sentir los treinta y cinco grados centígrados en toda su plenitud. Ya estaba comenzando a tener sed.

-Kaalim. Déjame volver al hotel par a ver si compro agua para todos nosotros. ¿Puedes esperar por un minuto aquí?-

-No hay problema mi amigo. Yo tengo suficiente agua en un contenedor refrigerante especial que tengo en el auto-

-Excelente. Parece que ya has pensado en todo. ¡Gracias!- le dije sonriente mientras me sentaba en al asiento del copiloto junto a mi maravilloso guía.

Pasamos por una carretera sin baches y observamos las sofocantes calles. El sol brillaba sin piedad sobre los brillantes edificios y construcciones. Kaalim se estacionó prácticamente cerca de la entrada. Caminamos hacia el Coliseo y entramos a la construcción mientras pasábamos de lado las antiguas, escabrosas y duras piedras de dos mil años de edad.

Mis genes históricos comenzaron a moverse y al instante estaba fascinado ante la majestad del lugar. Estaba gratamente sorprendido disfrutando el escenario. Aquella época siempre había sido mi fascinación desde que era un niño. Caminamos a lo que originalmente era las escaleras traseras que daban acceso al lugar y mientras subíamos me daba cuenta que éstas nos llevaban hasta la parte más alta del coliseo que se abría majestuosamente enfrente de nosotros.

Leddicus estaba confundido.

-¿Qué le pasó al Coliseo? Desde que me fui no pensé que estuviera en tan mal estado-

-¿Por qué cada sección tiene dos puertas Leddicus?- preguntó Julie a su amigo cambiando el tema.

-No. No son dos puertas- dijo Leddicus riendo —La otra entrada es…ermm…Gerhardt…¿Qué era esa máquina que hizo ruyido toda la noche mientras dormíamos en nuestras habitaciones?-

-¿Te refieres al aire acondicionado?-

-Sí. Sí. Eso es. Ésas entradas conducen al sistema de aire acondicionado del Coliseo-

-¿Aire acondicionado en la Roma antigua? ¡No puede ser!- dijo Julie sorprendida -¿Y cómo rayos funcionaba?-

-Generalmente en esa entrada habían un par de esclavos y su trabajo era coger unas mantas gruesas de tela, mojarlas en agua fría y colgarlas sobre ésta entrada exactamente junto a la puerta. Entonces otros usaban largos abanicos desde este lado permitiendo que el aire que salía de las toallas mojadas impregnara el lugar. De esa forma, el clima era fresco y agradable. En algunos días, cuando el viento estaba soplando en la dirección correcta, él sistema funcionaba mejor y el sistema que los esclavos empleaban se hacía más fácil y sencillo-

Julie estaba sorprendida y llena de curiosidad.

-Pero no hay tejado sobre la construcción. No puedo entender cómo tal cosa podía funcionar-

Leddicus se encogió de hombros.

-No sé cómo explicártelo con más detalle. Simplemente funcionaba-

-Simple física mi querido Watson- respondí cruzándome de brazos como si fuese un profesor —El aire cálido se eleva y el aíre fresco baja. Si tú soplas aire frío en esta construcción, a pesar de que la misma no tenga techo, lo vas a sentir. Entre más abajo te sientes, más fresco te sentirás-

-Sí. Eso es verdad. En lo días más calurosos, yo me sentaba aquí y me sentía bastante cómodo pero vengan, quiero mostrarles algo. Vayan y siéntense en lo más alto de esta construcción. Miren- nos dijo Leddicus señalando con su dedo hacia arriba —Siéntense justo allí. Les mostraré algo asombroso-

Nos dispusimos el subir los escalones hasta llegar al punto más alto mientras Leddicus bajaba los escalones que tenía al frente de él. Kaalim sonría indulgentemente. Él era un guía turístico complacido de tener felices turistas a bordo. Alcanzamos la parte más alta del Coliseo y nos sentamos en los asientos de piedra.

Leddicus se inclinó suavemente y caminó por todo el escenario y luego se volteó hacia nosotros y alzó sus brazos dramáticamente.

-¡Hola allá arriba! Saben que he usado sus micrófonos en todos los tours que hemos hecho juntos pero aquí estoy hablándoles a ustedes sin necesidad de tener un micrófono. Ni siquiera estoy gritando. De hecho, les estoy hablando con toda tranquilidad y aún así sé que me escuchan perfectamente ¿no es así?-

Julie y yo rompimos en aplausos completamente sorprendidos.

-¡Asombroso!- exclamó Julie -¿Puedes oírnos realmente?-

Kaalim se rió para sus adentros. Sin duda, él había llevado a los turistas al Coliseo para mostrarles precisamente las joyas escondidas de aquella maravilla.

-Síganme. Hay más. Vengan- nos dijo Leddicus completamente embotado en su rol mientras salíamos de la construcción hacia una puerta que estaba al final del escenario.

Nos llevó un buen rato el bajar las múltiples escaleras que nos separaban hacia la salida. Nos movimos por todo el Coliseo y nos maravillamos ante los antiguos y gigantes pilares y estructuras que nos rodeaban a medida que el sol brillaba insistentemente sobre nosotros. Unas pocas personas tomaban fotos con sus cámaras pero no se veía ni rastro de Leddicus.

-¡Leddicus! ¡Leedicus! ¿Dónde estás?- llamó Julie un par de veces.

Las personas allí presentes se quedaban mirando a Julie completamente sin comprender lo que estaba pasando. El tiempo pasaba y pasaba. Caminamos por todos lados, pasamos los baños antiguos con sus asientos empedraros y enormes pilares que nos sobrepasaban en altura y echamos un vistazo a las estructuras y las ruinas de los templos con las expectativa de que Leddicus aparecería en cualquier momento pero él no estaba por ningún lado.

Esto se estaba convirtiendo en una broma pesada, nos estábamos asando del calor, y nuestras botellas de agua se vaciaban rápidamente. Luego de buscar y buscar por una hora entera por entradas y pilares la preocupación comenzó a hacer mella en nosotros.

-Quizás deberíamos volver al hotel- sugirió Julie —y reportar a Leddicus como persona desparecida-

-Vamos a buscarlo por un rato más- dijo Kaalim —Deberíamos dividirnos y buscar por todos lados-

Luego de unos quince minutos yo comencé a pensar que era inútil ya seguir buscando. Habíamos recorrido todos los pasillos, caminado por todas las entradas y en cada resquicio inimaginable sin éxito alguno.

-¡Rápido! ¡Aquí! ¡Lo encontré!- gritó Kaalim

Julie y yo fuimos rápidamente hacia dónde él estaba y nuestro guía estaba arrodillado mirando a un catatónico Leddicus que yacía tendido en el suelo detrás de un gran pilar cercano al coliseo. Él yacía allí muy quieto. Sus manos cubrían su cabeza. Sus mejillas estaban pálidas mientras un hilillo de sudor bajaba desde su cabeza. Rápidamente revisé su pulso y pude ver que estaba vivo. Cómo para confirmar que él realmente estaba vivo, el comenzó a gemir.

-¡Leddicus! ¡Leddicus! ¿Qué pasa Leddicus?- dijo Julie quitando suavemente las manos de su cara.

Sus ojos estaban abiertos, pero no estaban enfocados. Él no hablaba. Kaalim y yo lo agarramos de los brazos, lo colgamos sobre nuestros hombros y lo llevamos al carro. Leddicus se dejó caer sobre el asiento trasero y permaneció allí callado sin moverse mientras un silencioso Kaalim manejaba como loco de regreso al hotel.

Una vez llegamos, lo sacamos del auto y los pusimos sobre un sofá en le frescor del área de recepción. Kaalim inmediatamente fue al escritorio del frente y en un rápido Hebreo le ordenó al recepcionista de turno pidiéndole que llamara a un doctor de emergencia. Mientras esperábamos a que el doctor llegara, nos las arreglamos para poner a Leddicus a su habitación y recostarlo suavemente en su cama. Su rostro estaba tan pálido como una hoja de papel. Yo estaba exhausto.

Él tiene peso muerto. E inmediatamente deseché la idea. Leddicus yacía allí completamente paralizado mirando al techo. El doctor llegó exactamente en quince minutos desde el momento en que Kaalim hizo la petición y el doctor le dio a mi amigo un examen completo y preciso: pulso, temperatura y presión sanguínea. Él revisó sus ojos y puso a prueba sus reflejos. De pronto, el flashback de mi primer encuentro con él en Italia llegó a mi mente. Él tenía la misma expresión catatónica en su cara como si él estuviera viendo todo pero sin percibir nada. Era como si estuviese en un estado de shock.

Luego de un rato, el doctor puso sus instrumentos de vuelta a su bolso y nos miró detenidamente. Él agitó su cabeza.

-No puedo encontrar nada anormal en él. Todos sus signos vitales están en perfecto orden. Podría decir que él está en shock. Por favor, cuéntenme lo que le pasó-

-¿Cuánto tiempo le queda?- pregunté burlonamente.

El doctor no sonrió pero se paso las manos por su cabello y me observó fijamente. Sentí como si estuviera de vuelta a la escuela así que reuní mis pensamientos dentro de mi cerebro y le expliqué, tan brevemente como me era posible, sobre el misterio que rodeaba a Leddicus. Mientras hablaba, las cejas del doctor se alzaban más y más y hasta pude ver de manera muy imperceptible cómo el negaba todo con la cabeza.

Cuando finalicé, él comenzó a hurgar en su bolso y nos entregó un frasco lleno de píldoras.

-Por favor, dele una cada cuatro horas- dijo y al momento cogió un pequeña liberta de su bolso y escribió un nombre, una dirección y un número telefónico.

-Éste es un gran amigo mío. Él es un psiquiatra. Él es un excelente profesional y le recomiendo que lleve al Sr. Palantina a su oficina lo más pronto posible-

-¿Y qué posibilidades hay de que a Leddicus lo hospitalicen?- se interpuso Julie de repente.

-Entonces espero que tengan un buen seguro médico. Gran Bretaña y Israel no tienen ningún acuerdo en términos de seguro médico pero no creo que el hospital haga más de lo que le hecho a su amigo en estos momentos. Ellos harán exactamente lo mismo. Lo revisaré de nuevo mañana. Es esencial que lo mantengan hidratado todo el tiempo-

Al momento que el doctor cerró la puerta observé a Julie.

-¿Seguro médico? ¿Acaso alguien había pensado en eso?-

Ella me miró desconsolada.

-Lo olvidé. En medio de toda la emoción, lo olvidé. Lo siento- me contestó.

-Bueno. No podemos hacer mucho al respecto ahora- dije encogiéndome de hombros –No es tu culpa. Yo tampoco pensé en eso-

Gentilmente colocamos a Leddicus en una posición en dónde el estuviera sentado. Entre nosotros dos nos las arreglamos para darle las píldoras y un sorbo de agua. Él hizo aquello instintivamente sin ninguna indicación de que él estuviera consciente de lo que estaba pasando. Durante los próximos dos días, íbamos por el hotel y entrábamos frecuentemente a la habitación para revisar si el pálido y durmiente Leddicus se encontraba bien. Le dimos tanta agua como pudimos y seguimos al pie de la letra las indicaciones médicas pero su condición no cambiaba.

Durante el almuerzo del tercer día, cuando Julie y yo estábamos sentados en el salón principal del hotel con café, un plato de sándwiches y agua, decidimos no hablar por un momento. Mirábamos sin emoción el techo y Julie casi no tenía apetito.

Luego de un rato, Julie habló:

-¡Qué cosa tan horrible nos ha pasado! Pobre Leddicus. Realmente debemos de llevarlo de vuelta a Londres-

-Esto será difícil- dije con mis manos puestas sobre la cabeza – Pero si podemos llevarlo en una silla de ruedas el viaje sería más fácil y sencillo-

El doctor había estado por el hotel una dos o tres veces pero no nos parecía decir nada nuevo excepto el hecho de avisarnos que había dejado una factura con sus honorarios en la recepción para hacer el pago.

Julie posó su mano sobre mi brazo.

-Tengo unos amigos justamente fuera de Londres. Hablé con ellos hoy y ellos están dispuestos de albergar y recibir a Leddicus hasta que el se recupere. Reservemos los vuelos lo más pronto posible-

Asentí sintiéndome derrotado ante toda la situación.

-Yo reservaré los vuelos- dije levantándome mientras iba a mi habitación para prender mi laptop. Ni siquiera toqué la comida.

Luego de reservar los vuelos, bajé para reunirme con Julie. Mientras caminaba por la recepción vi a Kaalim junto con otros turistas que estaban arremolinados junto a él. Él se volteó hacia ellos, les dijo algo y luego vino hacia mí.

-Tu amigo ¿Cómo está? ¿Se encuentra bien?- me preguntó

-Sin ningún cambio lamentablemente. Nos regresamos a Londres. Nos iremos en dos horas-

Los embajadores que nos habían saludado a nuestra llegada aparecieron en el hotel una hora más tarde. Ellos estaban llenos de preocupación y de conmiseración. Ellos se habían encargado de todo incluyendo el traer a dos enfermeros a hacerse cargo de la situación. Gentilmente, los enfermeros pusieron a Leddicus en una silla de ruedas y lo transportaron a un minibús que estaba equipado con un pequeño ascensor que estaba en la parte trasera. En el aeropuerto, nos llevaron a toda prisa pasando el control de pasaporte hasta el avión que nos estaba esperando con un área especial apartada a viajeros que usaban una silla de ruedas.

Los embajadores quienes nos habían escoltado hacia el avión estrecharon nuestras manos cálidamente

—El enfermero Goldhirsh los acompañará a todos ustedes para asegurarse que el Sr. Palantina llegue sano y salvo al Reino Unido-

Les agradecimos gratamente por todo y tomamos nuestros asientos. El enfermero que estaba al lado de Leddicus se sentó y abrochó el asiento completo con un cinturón especial de seguridad. Una vez llegamos al Reino unido, fuimos escoltados hacia u taxi que nos esperaba el cual nos llevó a los tres a la casa en dónde Leddicus se quedaría por un tiempo.

Una mujer delgada de piel oscura abrió la puerta y abrazó a Julie.

-Bienvenidos a nuestra casa- dijo ella mientras abría más la puerta para meter la silla de ruedas hacia adentro.

Nos sentamos en la sala por unos minutos para saludarnos y presentarnos cada uno.

-Soy Diana Jones y este es mi esposo Jonathan-

-Gusto en conocerles. Yo soy Gerhardt y aprecio muchísimo que acojan a un completo extraño- dije.

Diana se fue a la cocina y en unos pocos minutos volvió a parecer con una jarra de té caliente y torta de frutas recién hecha.

-Es muy amable de su parte- le contesté –De repente siento que tengo muchísima hambre-

Joanathan se volteó hacia mí.

-Nuestro doctor local ya está en camino y debería estar aquí en unos pocos minutos. Yo también tengo un grupo de amigos cerca de aquí que tienen suficiente espacio en su casa. Ellos también están dispuestos a albergarlos si ustedes lo desean para que puedan estar cerca de Leddicus-

-Gracias- le respondí mientras comía mi torta –Eso suena como una buena opción-

Julie se las arregló para que Leddicus pudiera beber un sorbo de té y luego Jonathan y yo llevamos a Leddicus arriba y lo pusimos en el cuarto contiguo. Habíamos acabado de ponerlo en su cama cuando sonó el timbre. Un momento más tarde, el doctor se paró en la entrada a su dormitorio. Él se tomó algo de tiempo examinando a Leddicus y luego preguntó:

-¿Está el tomando algún medicamento?-

Le entregué un envase lleno de pastillas que saqué de mi bolsillo.

Él entrecerró sus ojos para mirar bien la etiqueta.

-Antidepresivos. Y de los Fuertes. Yo recomiendo que cesen ustedes de darle esto en dos semanas o el Sr. Palantina e volverá totalmente dependiente de ellos. Él está muy deshidratado ¿Han hallado una forma de darle fluidos?-

Él fue a du bolso y sacó una carpeta que contenían sobrecitos de Dioralyte.

-Mezcle ésta fórmula con una de las bebidas que le dan al paciente. Eso ayudará a que el St. Palantina tenga más liquido. Por favor traten de darle más fluidos. Volveré mañana para ver cómo van las cosas- finalizó el doctor estrechando nuestras manos y bajando las escaleras para ver a su próximo paciente.

Observé a Jonathan mientras el ponía su mano sobre mis hombros.

-Trata de no preocuparte. Cuidaremos bien de él. Ambos tenemos experiencia en la enfermería- me dijo cogiendo los sobrecitos de mi mano –Me aseguraré de que él reciba todos sus fluidos-

Julie se levantó mientras entraba de nuevo a la sala.

-¿Llamamos a un taxi? ¿Estás listo para irte?-

Asentí y le expliqué brevemente lo que el doctor había dicho.

Me volteé hacia Jonathan y le extendí mi tarjeta de negocios.

-Llámeme a cualquier hora si usted me necesita-

Diana terminó de hablar a su celular.

-El taxi estará aquí en cinco minutes. Aquí está la dirección de nuestros amigos-

David y Josie fueron igual de amables que la otra pareja que nos recibió y vivían tan sólo a una milla de la casa de los Jones. Era una casa larga y laberíntica y otras personas parecían vivir allí también. Josie me guió hacia arriba a un cálido, luminoso y limpio dormitorio y luego me mostró la cocina que estaba en el mismo piso.

Ella abrió el refrigerador.

-Aquí hay suficiente comida y bebidas. Sírvete y, por favor, quédate aquí el tiempo que quieras-

Seguí a Julie hacia afuera para que ella cogiera el taxi que vendría dentro de un momento. Al llegar el taxi ella se sentó en la parte de atrás mientras me miraba con severidad.

- Llámame en la mañana para saber qué haremos por fin. Estoy muy cansada como para hablar o pensar ahora-

El taxi se alejó y yo me quedé mirando cómo el auto se iba hasta que las luces traseras se perdieron de vista.

David me ofreció una taza de té pero yo no quise.

-Estoy muy cansado. ¿Le importaría si yo me voy a dormir ya?-

-No hay problema- me respondió –Duerme bien-

Rocié un poco de agua sobre mi rostro y lentamente me cepillé los dientes. Estaba completamente agotado. Me acosté en la cama pero el sueño me evadía. Me quedé así por un largo tiempo mirando a la oscuridad.

Capítulo 27

Suiza

Diane y Jonathan trataron por todos los medios de ponerle fluidos a Leddicus pero no había funcionado de la manera que esperaban. Sus esfuerzos ayudaron a estabilizar la deshidratación de Leddicus pero no ayudó a mejorar el cuadro total de su afección. Veinticuatro horas después de su primera visita, el doctor tuvo que llamar a una ambulancia y Leddicus fue llevado al hospital local. Por los últimos cuatro días, él estaba allí mirando hacia el techo con macro goteros pegados en las venas de sus brazos mientras enfermeras lo veían y revisaban constantemente.

Lo visitábamos todos los días pero no se veía cambio alguno en él. Una tarde, mientras nos íbamos del hospital me detuve en el área de enfermería y les pedí hablar por teléfono con la hermana de Diane. No la conocí mucho pero le pregunté sobre los antidepresivos, Yo quería asegurarme de que Leddicus no los estuviera tomando ya.

Cada tarde yo miraba la interminable lista de correos que me llegaban a mi cuenta. La presión aumentaba y cada correo se apilaba el uno sobre el otro. Si yo iba a terminar mi doctorado y graduarme tenía que poner mi cabeza en orden y la única manera en que podía hacerlo era irme a Suiza, volver a mi ambiente de estudio y asegurarme de terminar todo lo que se me pedía. No podía quedarme allí viendo como las fechas límite se amontonaban cada vez más. Leddicus y su estado de salud simplemente no iban a ningún lado. Tenía que pensar en mí ahora. No había otra elección.

Al cuarto día, llamé acu lie para hablar con ella.

-Debo ir a casa. Hay cosas urgentes que debo atender. Siento dejar a Leddicus pero no tengo otra alternativa-

Ella se cruzó de brazos y se recostó contra la pared del bar. Habíamos decidido ir a un bar cercano luego de haber dejado el hospital para cambiar el ambiente.

-Gerhardt. Está bien. No te preocupes. Yo estaré pendiente de él- me dijo tranquilamente. Sus palabras eran de ánimo pero pude ver que su lenguaje corporal me decía algo totalmente diferente.

-¿Quieres que vayamos a comer algo?- le pregunté pero realmente no puse ningún interés en mi oferta.

-No puedo. Tengo cosas que hacer y necesito irme- respondió ella vaciando su vaso y abrochándose su chaqueta -¿A qué hora es tu vuelo?-

-Mañana por la mañana- le dije mientras la seguía fuera del bar y me subía a su auto. El camino de regreso a donde estaban David y Josie estuvo marcado por el silencio

—Me mantendré en contacto- le dije mientras me bajaba del auto.

Julie asintió silenciosamente me sonrió ligeramente y se fue de allí. Tenía mucho en lo que pensar en el día de mañana como para lidiar con su desaprobación. Ella no era la persona que estaba presionada con la idea de extender sus estudios hasta el otro año. Saqué mi maleta de debajo de mi cama y comencé a empacar olvidándome por completo de ella.

Bañada en la luz de la tarde pude ver cómo la ciudad de Zurich me saludaba de nuevo. A medida que el avión descendía sentí un inmenso alivio de estar en casa. Sería bueno el volver a la universidad y estar en mi rutina normal. No podía esperar a ponerme al día con mis asignaturas pendientes.

Tomé un taxi y me tomó tan sólo unas calles para poder ver de nuevo a mi amado Audi. Prendí el auto y la sensación de comodidad volvió a mí. Qué auto tan genial. Es tan confiable que cuando lo prendo automáticamente se estabiliza luego de estar meses parado.

Ya no podía esperar el llegar a mi casa y dormir en mi propia cama en St. Gallen. Además, tenía que hacer diligencias importantes para mí ceremonia de graduación la cual continuaría una vez que hubiera terminado mi tesis. Llegué a la carretera A51 y me fui a la casa de mis padres. Mi madre me estaba cocinando la cena para darme la bienvenida.

Mantuve contacto con Julie cada par de días pero las noticias que recibía eran siempre las mismas. No se ve el cambio. Una tarde, mientras yo estaba sentado en mi restaurante favorito a unas pocas cuadras de mi apartamento se me ocurrió una idea. Saqué mi celular y llamé a Julie.

-¡Latín!- le dije inmediatamente

-Hola Gerhardt. ¿Cómo estás?- preguntó Julie

Ignoré su sarcasmo.

-¡Latín! ¡Tal vez eso ayude a reanimarlo! Cuando conocí a Leddicus por primera vez en el hospital en dónde él estaba en Bolzano, Italia pude ver que él estaba en el mismo estado pero no tan afectado como lo está él ahora. Él estaba comiendo, bebiendo y moviéndose pero se sentía fuera de lugar-

-Aún no entiendo-

-Cuando fuimos a Roma él se volvió muy retraído y nada comunicativo. Quizás ésas eran señales y advertencias de que algo más grande podía afectarlo y llevarlo a una situación peor. Su viaje a casa simplemente terminó por acabarlo-

-¿Y qué tiene que ver el Latín con eso?- preguntó Julie. Pude notar la frustración en su voz.

-Mucho. La primera vez que comencé a comunicarme con él mientras estaba en Italia fue precisamente en Latín. Cuando el doctor le habló en Latín él le miraba y sonreía. Quizás puedas hacer lo mismo con él-

Finalicé la llamada y volví a tomar otra copa de vino. Julie era simplemente un sabuesa. Ella nunca se rendía una vez estaba olfateando el rastro y yo sabía que, incuso ahora, ella estaría en la Internet buscando frases en Latín para aprender. El mesero puso al frente de mi una gran palto de puré de papas y salchichas. Cogí mi cuchillo y mi tenedor con gusto.

Tres semanas más tarde, yo estaba sentado en el comedor de mi universidad bebiendo café y poniéndome al día con mis lecturas cuando sonó mi celular.

-¡Está funcionando! ¡Está funcionando!- me decía Julie que explotaba de la emoción.

-Cuéntame más- le dije.

-He estado aprendiendo unas cuantas frases y palabras en Latín como me sugeriste. Cada tarde que visitaba a Leddicus y trataba de decírselas. Yo estaba perdiendo las esperanzas al ver que él no decía nada. Sin embargo, esta tarde cuando fui a visitarlo para decirle las mismas frases él enfoco sus ojos en mi. Pude ver un brillo en sus pupilas. Luego, él me dijo "Hola Julie" en inglés. Casi me caí de mi silla ante la sorpresa. Me las arreglé para que él se sentara y lentamente él comenzó a hablarme lentamente. Él está muy débil pero definitivamente puedo darme cuenta de que él está de vuelta a la tierra de los vivos. Les dije al personal de enfermería la noticia y ellos comenzaron a darle comida y a remover los macro goteros. Ellos ya reservaron una cita para que un psicólogo lo visite hoy en la tarde-

-Esas son fantásticas noticias. Bien hecho. Sabía que podías hacerlo. ¿Estaba él en sus cabales cuando hablaba contigo?-

-Sí. Hablaba muy lento pero está perfectamente lúcido. Él preguntó por ti y a él le gustaría hablar contigo. Él ya tiene su celular por si tu quieres llamarle-

Luego de finalizar mi jornada por mi universidad saqué el teléfono de mi bolsillo para hablar con él. No me di cuenta de lo poco que había pensado en él ya que estaba inmerso en mis clases por las mañana y en largas jornadas de trabajo en mi laptop. Me di cuenta en aquel momento de que realmente lo extrañaba y estaba esperando ansiosamente por oír su voz.

-Gerhardt. Qué bueno el oír tu voz- dijo con voz un poco débil pero sonaba indiscutiblemente como el viejo Leddicus.

-Es bueno el oírte hablar también Leddicus. Nos diste un susto a todos nosotros-

-Sí. Creo que así fue. Pero yo estaba más asustado que ustedes, eso es en el momento en que quedé inconsciente-

-¿Qué puedes recordar?-

-Me sentía abrumado por el shock cuando vi el estado del coliseo. Me abrumó por completo. Al principio, dejé tal pensamiento de lado. Estaba tan emocionado de estar allí y de mostrarte mi truco en el escenario pero entonces cuando salí hacia afuera y vi cuán decaído y ruinoso estaba todo simplemente desperté de mi sueño y todo se hizo borroso para mí-

-Te levantaste de un sueño. Creo que no entiendo lo que estás diciendo-

-Desde que te conocí en Italia yo sentí que estaba soñando y creí que si yo regresaba a Cesárea de Filipo yo me despertaría de mi sueño y estaría de nuevo en casa. Sin embargo, cuando vi las ruinas y la decadencia del lugar me di cuenta de que yo realmente estaba despierto y eso me paralizó. Lo que vi y presencié tan sólo podía significar algo: de que realmente tengo dos mil años de edad. No recuerdo nada más luego de eso-

-Creo que ya entiendo un poco aunque, como te he dicho antes, no soy un psicólogo. Tú creíste y pensaste que todos esos tours, conferencias, el tiempo que pasaste con Julie trabajando en el libro y las reuniones con Joe formaban parte del mismo sueño-

-Creo que así fue. Y suena demasiado ilógico como para decirlo en voz alta pero creo que tal vez esa fue la razón por la que pude lidiar con todo. Las últimas semanas fueron simplemente momentos difuminados hasta que oí a Julie saludarme en mi idioma natal. Al principio, sentí que ella me hablaba desde muy lejos. Yo casi ni podía articular las palabras para responderle. Se parece un poco como cuando alguien quiere hablarte y tú no puedes responder del intenso sueño que tienes. Ella siguió hablándome a pesar de que sentía su voz tan lejana con la esperanza de que en algún momento yo pudiera responderle. Sentí como gradualmente ella se acercaba cada vez más hacia mí-

-¿Y qué pasó entonces?-

-No lo sé realmente. Creo que simplemente me desperté en el momento en que ella entró y me dijo Hola en Latín. Ésta vez, pude oírla claramente y finalmente pude hablar. Deberías haber visto su cara cuando le respondí. Su rostro estaba tan tenso que parecía como si ella hubiese visto un fantasma.

Ambos reímos largamente ante la reacción de Julie pero podía sentir como aún su voz sonaba frágil y quebrada.

-¿Han descubierto al fin algo nuevo? ¿Descubrieron al fin lo que está pasando conmigo realmente? ¿Tienen al fin la explicación del cómo terminé en ese bloque de hielo?-

Me rasqué mi barbilla mientras pensaba en cómo explicarle a Leddicus la situación. Entonces decidí decirle tan solo la verdad. No tenía opción.

-Lo que voy a decirte no es nada alentador. He estado indagando en el asunto desde que regresé. Ellos han hecho montones de investigaciones con respecto a tu persona. Has mantenido a un gran número de Físicos, Biólogos, Historiadores y otros estudiosos muy ocupados. Ellos ya han llevado a cabo una extensa investigación pero simplemente están tan confundidos y tan llenos de preguntas como lo estuvieron por vez primera-

Leddicus no respondió.

-Leddicus. ¿Sigues allí?- pregunté.

Pude oír un suspiro de resignación.

-Sí. Aquí estoy. Continúa-

Dudé por un momento. No quería darle un shock de Nuevo.

-Gerhardt. Sé lo que debes estar pensando pero estaré bien. Puedo lidiar con eso así que por favor continúa hablando-

-Ok amigo mío. Esto es lo que te voy a decir: Ellos han investigado el asunto genéticamente con un peine de cerdas finas y han hecho cada test en tu banco de sangre, muestras de tu piel, muestras de tu ADN y también han releído loas artículos de prensa y documentos médicos que hablaban de ti en el momento en que fuiste descubierto pero no llegaron a ninguna conclusión. El problema es que tú eres el primer ser humano de nuestra especie que ha sobrevivido a una era completa. Eres el único en tu especie. Si ellos consiguen otras personas con tu misma condición para hacer comparaciones contigo entonces...-

Paré de hablar. Estaba sumamente preocupado de lo que las funestas noticias que le decía pudieran afectarle de nuevo de alguna manera.

-Wow. Desde que me levanté de esta cama de hospital yo he estado esperando con ansias una respuesta con respecto a mi condición. Es muy frustrante y decepcionante el saber que ellos aun no tienen ni idea de lo que me pasa-

-Sin embargo, hay muy buenas noticias-

-Déjame oírlas entonces. Puedo lidiar también con las buenas noticias-

-Todos ellos creen que tú eres realmente un hombre y sobreviviente verdadero y que no eres un estafador-

Leddicus rió ante la respuesta.

-Es bueno saber que no soy un chiflado al menos- dijo. Se quedó callado por un momento. Podía oír como respiraba débilmente –Lo siento Gerhardt. Estoy muy cansado. ¿Podrás llamarme de nuevo lo más pronto que puedas?

-Puedes contar con eso- le dije

Sentí un intenso alivio al momento de terminar la llamada. Él sonaba como si el volviera a ser él mismo pero más fuerte emocionalmente ahora que había aceptado la situación. Un par de semanas más tarde, con la fisioterapia y la comida adecuada me enteré de que él ya se encontraba en buen estado. Pasé mis manos sobre mi cabello y de pronto me sentí como nuevo. Como si de alguna manera las ganas de vivir y las fuerzas volvieran a mí. Mi mente comenzó a trabajar y a planear el cómo celebrar la recuperación de Leddicus y mi pronta graduación.

-Hey Julie- le dije por teléfono un día que conversábamos – Quisiera que ustedes vinieran a mi ceremonia de graduación. ¿Piensas que puedes arreglar todos los detalles para que vengan aquí?-

-¿Cuándo es? ¿Y a qué te refieres cuando me dices que vengan todos?

-Quedan cinco semanas todavía para el gran día. Me gustaría que tú y Leddicus vinieran y por supuesto Joe y Jenny-

-¿Jenny?-

Julie no tenía ni la menor idea de que Jenny y yo habíamos estado intercambiando mensajes de texto y llamándonos constantemente desde que la había conocido en una de esas reuniones del Sábado. Aún no entendía el porqué yo no había dicho nada al respecto.

-¿No te acuerdas de Jenny Latimer? ¿La de tu grupo en la iglesia?- le recordé.

Julie dejó salir una risita sarcástica.

-Ajá. Jenny. Ésa Jenny. Eres toda una persona con talentos ocultos Sr. Shynder. Seguro. La incluiré en nuestro grupo. ¿Alguien más?-

-No puedo pensar en nadie más pero puedes invitar a quien tú quieras. Entre más personas invites, más alegre será el ambiente. He investigado y visto varios hoteles. Un buen lugar para hospedarse sería el Hotel Continental en la Stampfenbachstarße. Queda en todo el centro de la ciudad y no es tan caro. Estoy seguro de que ustedes pueden ponerse de acuerdo para hacer una reservación grupal. ¿Crees que Joe pueda encargarse de todos los gastos pagándolo todo a través de la cuenta central de Leddicus? ¿Cómo un tour grupal?-

-Deja que me encargue de ese asunto. Hablaré con él- dijo ella riéndose.

-¿Qué es tan divertido?- le pregunté.

-Nada. Te llamaré en un par de días-

Cuando ellos llegaron a la ciudad de Zúrich, ya habían pasado meses desde que me fui de Inglaterra y por lo tanto yo tenía tiempo que no había visto a ninguno de ellos. Sentí como si una nube se elevara y me transportara hacia ellos. Saqué mi teléfono y le mandé un mensaje de texto a Jenny.

Capítulo 28

El Reencuentro

Yo no me caracterizaba por ser un personaje emocional en lo absoluto. Sin embargo, a pesar de mi actitud pragmática, yo estaba muy emocionado a medida que iba manejando hacia el aeropuerto de Zúrich para reunirme de nuevo con mis amigos de Londres. Llegué con suficiente tiempo de antelación y me quedé sentado en una mesa al frente de unas amplias vidrieras que me permitían ver como aterrizaban los aviones y al mismo tiempo ver la pantalla digital de vuelos de llegada. Fui a la cafetera cercana para servirme una buena porción de café.

Julie me había dicho que Jenny estaba emocionada con la oportunidad de venir a Suiza. Mientras bebía mi café, comencé a sentirme nervioso. Mandar mensajes de texto y llamar a una persona era una cosa y otra muy distinta era conocerla en persona.

Todos nos íbamos a quedar en el Hotel Continental en el centro de Zúrich. Durante el fin de semana, yo había planeado un tour por la ciudad. El lunes tendría lugar la presentación de mi tesis y la ceremonia en mi universidad. Me había perdido parte de las ceremonias principales debido a los tours que tuve con Leddicus. Mis profesores y unos pocos colegas habían decidido hacer una presentación especial para mis amigos y mi persona. Yo estaba esperando esta oportunidad para darle frenesí a lo que iba a ser el cierre de vida universitaria. Una vez que hubiésemos hecho los saludos apropiados a las autoridades y hecho las formalidades respectivas, íbamos a comer en una restaurante bastante caro en Appenzell. Yo ya había hecho la reservación de la mesa para comer ese día. Yo quería incluso llevar a Leddicus a un deporte que yo había olvidado las últimas semanas. Quería que experimentara algo nuevo y pensé que introducirle nuestro exquisito fondue suizo sería la opción adecuada para el paladar de mi amigo. El restaurante que yo había escogido fue el lugar que los especialistas de la cocina Suiza me recomendaron.

Una hora más tarde, la pizarra mostró el número de vuelo de mis amigos con el aviso de que ya habían aterrizado. Habían llegado a la hora. Esperé impacientemente que el aviso de aterrizaje cambiara a "Equipaje en pasillo" Caminé por otros veinte minutos. Y allí estaban ellos caminando hacia mí, sonriéndome y saludándome con sus manos.

Me las arreglé de meter la gran cantidad de equipaje en mi maletera. *Qué cantidad de maletas si tan solo van a estar aquí por un fin de semana.* Afortunadamente, Joe venía también en un vuelo tardío lo que significaba que había espacio para todos en mi Audi. Nos subimos a bordo y manejé hacia el hotel hablando con todos a la vez.

Quedamos encantados con el hotel. Luego de felicitarme por mi elección, ellos se fueron a sus habitaciones para refrescarse y comenzar a desempacar. Me quedé sentado en recepción con mi gran vaso de cerveza *lager* fría esperando la llegada de Joe. Justo en el momento en que todos ya estaban de vuelta en la recepción siento una vibración en mi teléfono celular.

-Joe ¿Dónde estás? Pensé que estarías aquí en unos minutos- dije ansioso.

-Lo siento Gerhardt. Algo urgente se presentó y voy a tener que posponer el vuelo-

-¿Pero serás capaz de venir?-

-No podré venir hoy. Me temo que...- el dejó de hablar por un momento. Sentí que dudaba —Son malas noticias. No puedo decir nada más-

-¿Cuándo crees que puedas ser capaz de venir acá?- le pregunté de Nuevo completamente decepcionado. Quería que todos estuviesen conmigo en mi día especial.

-Te mantendré informado. Mándame un correo con los detalles de tu graduación. Haré lo posible de llegar a tiempo para verte-

-¿Qué pasó? ¿Puedes decirme?-

-No quiero decir nada en este momento hasta que mis peores miedos sean confirmados-

-Ok. Buena suerte y contáctame, por favor- le pedí y al instante corté la llamada.

Tres pares de ojos comenzaron a verme fijamente.

-¿Qué está pasando? ¿Todo va bien con Joe?- preguntó Julie.

-Sí. Él está bien. Es simplemente que no me dijo con exactitud lo que estaba pasando. Simplemente que eran malas noticias-

Nos sentamos en nuestros sofás en recepción. Toda la emoción que teníamos se evaporó rápidamente.

-Espero que no les importe que me meta- habló Jenny de pronto —pero estamos aquí ahora. ¿Acaso no es mejor sacarle el partido a los días que vamos a estar aquí?-

-Eso suena genial para mí- dijo Leddicus -¿Qué planes tienes para nosotros Sr. Shynder?-

Salimos hacia afuera con el sol de la tarde brillando hermosamente sobre nosotros y caminamos por las calles de forma pausada mientras yo les mostraba los lugares de interés. Luego de un par de horas, todos nosotros nos fuimos a comer a un pequeño restaurante y ordenamos nuestros almuerzos.

A medida que nuestra tiempo de almuerzo finalizaba revisé mi reloj.

-Debo ir a recoger a mis padres. Es un viaje largo y me llevará una hora el recogerlos y llevarlos y ustedes simplemente no caben en el Audi. Nos veremos en el hotel en un par de horas- les dije.

-Está bien- dijo Julie –No te preocupes por la cuenta. Yo pagaré la cuenta. Puedes irte tranquilo. Leddicus y yo nos las arreglaremos para regresar-

Me levanté para irme del restaurante hasta que vi como Jenny me seguía.

-¿Está bien si te acompaño?-

-Por supuesto- dije –Es bueno tener compañía-

-¿Y tus padres se quedará en el hotel esta noche?-

-Sí. Ellos no se perderían esto por nada del mundo y están muy ansiosos por conocer a Leddicus-

El viaje trascurrió con total normalidad. Aunque al principio me sentía un poco incómodo el sentimiento gradualmente desapareció por completo. Estaba sorprendido de lo fácil que era hablar con Jenny.

-Mucho gusto en conocerlos Sr. y Sra. Shynder- dijo Jenny estrechándoles la mano y saludándolos.

Mi madre me miró inquisitivamente pero no hizo ningún comentario al respecto. Puse su equipaje en mi maletera y regresamos al hotel. Jenny se sentó con mi madre en la parte de atrás mientras yo y mi padre estábamos sentados en la parte delantera. Ellas al instante comenzaron a hablar como si se hubiesen conocido por años. Mientras manejaba, le explicaba a mi padre mis planes para el fin de semana.

La tarde resultó ser un gran éxito. El restaurante del hotel tenía un excelente menú a la carta el cual tenía disponible un plato para cada paladar y cada gusto. Pude ver como mis padres se quedaban enganchados a cada palabra que Leddicus decía. Él estaba absolutamente a gusto con el momento contándoles historias y anécdotas divertidas de nuestros tours. Él incluso se las arregló para agregar una pizca de humor mientras él describía su colapso en Cesárea de Filipo. Estaba muy impresionado de cómo él había ampliado su conocimiento durante las últimas semanas. Mientras el se recuperaba en el hospital, él se puso al día con la política europea e internacional y exponía sus opiniones con absoluta claridad y convicción.

Joe me llamó en medio de la tarde. Aunque él sonaba un poco ceñudo, él me aseguró que él haría todo lo posible por estar en la graduación. Él no me dijo nada del porqué el retrasaba su llegada a Zúrich.

Pude sentir inmediatamente una atmósfera de celebración mientras todos nosotros llegábamos a la universidad aquella mañana. Con la determinación de no perderme las inevitables fotos de graduación yo me las arreglé para rentar una toga y un birrete para la ocasión. Antes de que nos montáramos en los taxis me aseguré de decirles a mis invitados de que no se olvidasen de sus cámaras ya que podían extraviarse entre la euforia y la emoción. Leddicus ya estaba concentrado en su nuevo celular inteligente y tomándome el pelo por mi atuendo.

El rector me entregó mi diploma de doctorado y todo el mundo se levantó y aplaudió calurosamente. Yo sonreía de oreja a oreja aunque olvidé tirar mi birrete al aire. Mi departamento nos había dejado una mesa con bebidas y canapés para comer. La sala estaba atestada por un constante murmullo de voces y m las arreglé para que todos conversaran con mis colegas incluyendo a Jenny. Muy pronto me di cuenta de que no tenía que preocuparme pro ella. Ella parecía tener el don de entablar rápidamente conversaciones interesantes con las personas con el más mínimo esfuerzo. Creo que mis padres estaban un poco abrumados por todo el evento en sí pero obviamente estos estaba llenos de alegría y orgullosos de mí.

La tarde transcurrió de forma lenta y pude ver que Leddicus estaba en un rincón solo por primera vez desde que lo recogí junto a los demás en el aeropuerto. Tenía unos maravillosos palanes que compartir con él. Podía dejar toda aquella charla para el día siguiente pero estaba muy ansioso por conocer sus pensamientos y ver si les gustaban mis ideas.

Nos sentamos en la esquina del salón y pude ver a Leddicus con su plato lleno de aperitivos junto a una copa de vino rojo mientras yo tenía en mis manos una botella de agua gasificada. No quería ser insistente en este día especial. *Bueno, no todavía.*

-Felicitaciones Gerhardt. Se siente bien el compartir este día especial contigo. Antes de que digas otra cosa te quiero pedir algo. ¿Te unirás a mí en Londres para otra celebración? Y necesito un gran favor-

-Deberíamos celebrar. Tú has vuelto a la vida dos veces. ¿Y cuál es el favor que quiere que te haga?-

-No es sobre una celebración aunque sería genial si la hiciéramos también. Aparentemente, cuando te casas en esta cultura necesitas a un padrino de bodas. Así que ése es el favor ¿Serás el padrino de bodas?-

-Bueno, si yo voy a ser padrino de bodas necesito saber al menos quién es la persona que se va a casar-

-¡Pues yo!-

Mi garganta se secó de repente y mis manos comenzaron a temblar.

-¿Con quién?- dije lentamente.

Leddicus me miró sorprendido.

-¡Con Julie!-

Por un momento no pude hablar. Esa fue la peor noticia que pude recibir durante mucho tiempo. Mi pulso estaba comenzando a crecer y mi furia destruyó mi momento de euforia.

Mantuve mi rostro sereno y suavicé mi tono de voz.

-¡Oh! ¡Por supuesto! Sería un honor ser tu padrino de bodas- dije. Aunque yo gritaba por dentro prensando siempre la misma frase: *¡Julie ha ganado!*

Leddicus estaba tan contento que él no notó mi falta de entusiasmo al recibir la noticia. Él simplemente siguió hablando.

-Y tengo otra noticia que darte. Tengo un trabajo-

-¿Un trabajo? ¿A qué te refieres?-

-¿Recuerdas el momento en el que las autoridades del Reino Unido estamparon mi documento de viaje? ¿Te acuerdas del sello de Autorización Indefinida? Bueno, no solamente puedo viajar a dónde quiera sino que también puedo trabajar y ahora tengo un trabajo-

Me quedé sentado allí completamente asombrado. Me quedé sin palabras. En aquel momento lo estaba perdiendo todo por culpa de esa tal Julie y mis sospechas sobre ella volvieron a resurgir otra vez.

Leddicus interrumpió mis pensamientos.

-¡Se puede decir que esa mujer ha Ganado!- dijo alegremente.

Yo no podía creer lo que él estaba diciendo. Para sacar la voluta de humo que dominaba mis pensamientos hablé al instante:

-Sí, es cierto. Julie ha ganado-

-¿De qué estás hablando? ¡Me estoy refiriendo a Pricilla Morrison!-

-¿Morrison? ¿Qué tiene que ver esa mujer con todo esto?-

-Es un poco complicado y necesito explicártelo desde el comienzo. Cuando me hice seguidor de El Camino recuerdo muchas enseñanzas que recibí y una de ellas es que todos debíamos buscar el Reino de Dios. A pesar de que aún soy un principiante en este siglo veintiuno pensé que yo debería hacer exactamente eso. Creo que he hallado el propósito para el cual debo estar aquí-

Yo aún estaba enojado y realmente no estaba prestando atención.

-Aún no entiendo qué tiene que ver con Morrison-

Leddicus habló de forma pausada y calmada. Pude ver que él sentía mi furia.

-Pricilla y mi tiempo de detención en el centro fueron el catalizador. Para mí, la esclavitud moderna hoy en día enfocó toda mi atención. No podía sacarme a esas pequeñas niñas de mi cabeza cada vez que dormía. Las veía en mis sueños-

Me encogí de hombros.

¿El catalizador para qué?- le pregunté.

-Hay más esclavitud hoy de lo que había en mi era. Realmente te has olvidado por completo de las cosas que viste allí dentro ¿no es así? Bueno, yo voy a trabajar para una organización benéfica que está tratando de darle un alto a todo eso. Ellos trabajan mano a mano con los legisladores para traer a la justicia a todos aquellos que trafican con seres humanos. Siento que es mi destino. Siento que s mi propósito mi tarea el formar parte de un pequeño grupo que lucha contra este mal. Pienso que, como seguidor de El Camino, es la razón correcta por la que estoy aquí-

Él puso una mano sobre mi hombro.

-Todo ha cambiado para mí amigo mío. Debo empezar una nueva vida aquí en esta era. Espero que lo comprendas-

Podía sentir cómo todo se me iba de las manos: los tours, el filme y el libro. Necesitaba actuar rápidamente. *Si tan sólo Joe estuviese aquí él sabría que hacer al respecto.*

Julie se unió a nosotros y Leddicus deslizó su mano alrededor de su hombro. Él la miro con orgullo.

-¿Qué piensas de esto?- me dijo ella mostrándome su mano izquierda para que pudiera ver un anillo de diamantes que tenía puesto en uno de sus dedos.

-Muy bonito- respondí sin mucho entusiasmo –Felicitaciones. Espero que seas muy feliz. Por favor, discúlpenme. Necesito circular-

El salón estaba atestado de gente. No me di cuenta de la cantidad de gente que había allí dentro.

Mientras me abría paso entre la multitud oí claramente la voz de una mujer que me hablaba:

-¿Así que aún estás disfrutando los beneficios de tu estafa de trabajo?-

Me volteé y allí estaba Pricilla Morrison desafiándome. Ya yo estaba enojado con todo ¡Y ahora esto! No pude contenerme y la taladré con la mirada.

-¿Cómo rayos te metiste aquí? Éste sitio es propiedad universitaria. Tú no tienes ningún derecho de estar aquí- le dije furiosamente.

-¡Oh! ¿No tengo derecho?- respondió ella secamente —Tú estás muy equivocado. Soy miembro de esta universidad. ¡Yo estudié aquí!-

Yo me quedé sin habla. Respiré hondo.

-Así que así fue cómo supiste que tenía un año de atraso en mis estudios y que por lo tanto vendría a terminar mis estudios este año ¿En qué año estabas estudiando aquí?-

-Un año por delante de ti. ¿Acaso no te acuerdas?- me dijo ella mirándome con total irritación. Su voz sonaba como un gruñido.

-Necesito sentarme- dije mientras seguía caminando. En toda la equina del salón, pude hallar una silla y rápidamente me senté. Pricilla me había seguido por toda la multitud y también pudo encontrar un asiento en dónde sentarse. Se sentó junto a mí.

-No te conozco. Pensé que conocía todos los nombres de los estudiantes de tu curso-

-¡Lo cambié cuando me mudé a Roma! ¡Pero lo que peor es que tú no recuerdes siquiera mi rostro!- me espetó furiosamente.

Ella parecía escupirme todas las palabras con saña.

-¿Acaso no recuerdas que tú y yo salimos juntos por dos meses? ¿No te acuerdas de todas aquellas veces que me llevabas a las fiestas de final de año y todas esas cosas que me dijiste cuando regresábamos a mi casa?-

Me quedé mirándola con horror. La luz de repente parecía alejarse de mí. Los años retrocedieron en mi cabeza y la familiaridad de su rostro llegó a mi mente. Los recuerdos de mi vida como alcohólico se hicieron tan claros como si una neblina apareciese en un día soleado. La cruda realidad me golpeó fuerte. Ahora entendía el porqué ella me desafiaba abiertamente en las conferencias de prensa tratando de hundirme lentamente. Lentamente recuperé la compostura. Sus ojos me miraban. Llenos de odio, me taladraban. Ella estaba hablando de algo que había pasado hace ya unos años y lo recordaba como si fuese ayer. Yo estaba lidiando con una fanática desequilibrada. Así que decidí lidiar aquel asunto con calma.

-Lo siento. Siento el no haberte reconocido- dije haciendo una pausa a mis palabras —No tenía ni idea de que ahora eras una periodista pero necesitas saber algo. Leddicus es real y nosotros te estamos diciendo la verdad-

Morrison no estaba escuchando. Ella me miró furiosa. Me miró de la misma manera cuando estábamos en aquel hotel en Londres cuando la fallida entrevista de Leddicus tuvo lugar esa tarde. La furia llenó sus ojos. Se levantó y salió del salón con rapidez. Pude ver como ella se abría paso entre la multitud y luego oí como la pesada puerta de roble se cerraba tan fuerte que hizo traquetear los cristales de las ventanas. Me quedé allí sentado en mi silla, cerré mis ojos y comencé a respirar lentamente.

Justo en aquel entonces, la puerta se abrió de par en par y allí estaba Joe. Su rostro estaba lleno de dudas y él cargaba un gran paquete bajo su brazo derecho. Leddicus, Julie y yo nos arremolinamos alrededor de él. Todos comenzamos a hablarle al mismo tiempo. Guié al grupo hacia una mesa en toda la esquina del salón fuera de todo el murmullo de voces y de la gente.

-Tengo terribles noticias que darles- dijo lentamente. Al momento volteó su rostro hacia mí —Siento llegar así y dañarte tu día pero pensé que deberías saberlo lo más pronto posible-

Todos nos quedamos callados mientras él ponía el paquete sobre la mesa y lentamente arrancaba la envoltura marrón del mismo. Allí, en toda su gloria, había un libro. Se titulaba *El Enigma Leddicus* por Edgar Crabtree.

Leddicus y yo comenzamos a hablar inmediatamente. Julie se sentó en su silla con las manos en su boca. Salían lágrimas de sus ojos.

-¿Cómo pudo pasar esto? Yo pensé que teníamos derechos

exclusivos- dije.

-Lo teníamos hasta cierto punto pero debes darte cuenta de que cualquiera puede escribir un libro- me dijo Joe taladrando a Julie con la mirada.

-Joe. Tu sabes muy bien que no fue su maldita culpa. La has presionado demasiado con todo esto. Déjala tranquila- le dije defendiéndola.

Su rostro cambió de pronto.

-Ok. Ok. Pero este era mi principal temor por mucho tiempo. Hay demasiadas cosas allá afuera que hablan sobre Leddicus. Quienquiera que sea este autor debo reconocer que actuó rápidamente y se adelantó a nosotros-

Mientras la conversación entre Leddicus, Joe y yo discurría agitadamente, Julie hojeaba el libro y ocasionalmente detenía sus ojos para leer ciertos trozos. De pronto, ella dejó salir un grito.

-Esto fue lo que yo escribí. ¡Esto estaba escrito en mis notas!-

-¿De qué rayos estás hablando?- le espetó Joe.

-Este pedazo que está aquí habla de sus días de infancia. Eso nunca lo supo la prensa. Yo debía de haber sabido esto. Yo soy la única que sabe todo acerca de Leddicus al detalle-

Nos quedamos sentados allí completamente mudos del asombro. La dura realidad caía lentamente sobre nosotros.

Joe rompió el silencio.

-¿Quieres decir entonces que tu laptop fue *hackeada*?-

-Es la única explicación que tengo al respecto- dijo ella cansinamente.

-¿Y tú cuaderno perdido?- le pregunté.

-Alguien se lo robó- dijo ella estremeciéndose de repente.

-¿Acaso no tenemos derechos de autor? ¿Y quién es este tal Crabtree?-

-No puedes aplicar el *copyright* por cada cosa que se publica en la prensa. Y en cuanto a Crabtree...bueno...yo he estado en contacto con todos mis contactos de la rama editorial y de publicación. Ellos simplemente no pueden decirme nada al respecto porque simplemente no saben nada. Parece que éste es el primer libro que publica. Es un debutante. Aparentemente él es un hombre solitario que huye de todos los medios y de la publicidad- explicó Joe.

Nos quedamos allí discutiendo el asunto totalmente desconsolados. La conversación giraba en círculos.

-¿Y no tengo derecho a opinar sobre las cosas que dicen de mi persona?- preguntó Leddicus.

-Estoy trabajando en eso con mis abogados pero como no hay ninguna difamación hacia tu persona ya que eres una celebridad mundial me parece que tus palabras no cambiarán nada-

Julie estaba consternada. Leddicus se levantó rápidamente y cogió su mano delicadamente.

-Camina conmigo- le dijo suavemente. La preocupación llenaba sus ojos.

Estaba absolutamente sorprendido. Todas las implicaciones de lo que estaba pasando en aquel momento caían sobre mi persona. Esto significaba el desastre financiero para todos nosotros. Simplemente no podía soportar todo aquello. Al cabo de un rato, Joe tocó mi brazo y pude ver su rostro. Estaba consternado.

-Joe. Mi hospitalidad simplemente se perdió en las nubes hoy. ¿Te consigo algo para comer?-

-Sí. Necesito un buen trago- dijo.

Conseguí un par de buenas botellas de whisky del improvisado bar del salón. Bebimos en silencio.

-Esto es un completo desastre. Estamos arruinados- dije apesadumbrado -¿Necesitas que nosotros tres volvamos a ganar dinero otra vez?-

Él me entregó su vaso vació.

-No estamos arruinados realmente. Sólo más pobres de lo que había anticipado-

Veinte minutos más tarde, Leddicus y Julie regresaron a dónde estábamos nosotros. Ellos tenían en sus manos una botella de champagne con cuatro copas. Ellos estaban más tranquilos y relajados.

-Algo terrible ha pasado y necesitaos averiguar cómo y de qué manera podemos arreglar todo esto- comenzó Leddicus —pero nos estamos olvidando de que hay mucho por celebrar hoy. Gerhardt se graduó con éxito de su doctorado. Yo estoy vivo luego de estar a punto de morir y, además de eso, tengo un trabajo y lo mejor de todo es que me Julie y yo nos vamos a casar-

Tan pronto Leddicus terminó de hablar, sacó el corcho del champagne y vertió el espumoso líquido en las copas.

-¿Es este el final del dúo dinámico? ¿Viajaremos juntos otra vez? ¿Iremos juntos a otros tours como antes?- le pregunté a Leddicus.

-Puedes contar con eso- me dijo alegremente mientras llenaba mi copa de champagne.

-Asegúrate de estar en contacto conmigo- le dije

-Tú puedes hablar conmigo todo el tiempo que quieras conmigo por Facebook. Tengo una cuenta allí- me dijo mientras entrechocaba su copa junto a una sonriente Julie.

Las Últimas Páginas

Mi editor me recomendó que no era necesario que dedicara mi tiempo en hacer ésta parte del libro en un libro de ficción ya que no estaba en boga hoy en día el hacer tal cosa. Pero es difícil para mí el renunciar a mis tendencias inconformistas así que, en contra del consejo de mi editor, aquí se las dejo para que las lean.

Espero que hayan disfrutado de la historia. La siguiente sección es para:

Aquellas personas que quieran hacer un filme y necesiten saber cómo es que se hace.

Aquellos de ustedes que leen un libro y quieren saber cómo y qué fue lo inspiró al autor a escribir tal historia.

Si tú no eres de esas personas entonces te sugiero que dejes de leer esta sección en este momento.

Yo no soy ese tipo de persona que lee notas al final de las paginas, buscar referencias como fuente de investigación o sumergirme con alegría en aquellos libros que están escondidos tras de los tomos de literatura no ficticia. Pero conozco personas que son así de persuasivas así que, con mis cumplidos hacia ustedes en específico, he aquí algunas de las respuestas a las incesantes preguntas que este tipo de lectores han tenido a lo largo de toda esta historia.

Yo he hecho algunas investigaciones previas antes y durante la redacción de este libro. En muchos de los lugares que yo menciono en la historia tengo experiencia de primera mano. Siempre me ha fascinado el saber cómo las cosas cambian y no sólo porque me estoy volviendo viejo sino de lo que he experimentado a medida que interactuó con culturas distintas. Las percepciones multiculturales son experiencias que parecen ser extrañas e inexplicables.

Una vez me ocurrió algo con un amigo de Kenia que obviamente jamás había oído hablar de la ley de Arquímedes y que nunca había visto una tina antes en su vida. Él simplemente conocía lo que era una ducha porque una vez lo experimentó. Él se estaba quedando en Inglaterra con unos amigos ingleses y él tuvo esta moderna idea de echarse en una pequeña piscina de agua tibia. Él llenó la bañera con agua hasta el tope y se metió. Para su horror, el agua se desbordó de los lados de la bañera una vez hubo hecho contacto con su cuerpo. El agua se derramó por todo el baño pasando la puerta y llegando hasta las escaleras. Sus anfitriones, pensando que él se había ahogado, tocaron la puerta del baño con preocupación. Él salió de allí completamente avergonzado. Él se quedó callado por un largo tiempo. Esto creó más ansiedad a sus anfitriones. Él solamente rompió el silencio al decirles que temía grandemente que ellos fueran a abrir la puerta.

Por lo tanto, aquí adjunto éstas páginas. ¡Disfrútenlas!

Hubo realmente un Hombre de Hielo
El Hombre en el Hielo por Konrad Spindler. Libro publicado por Weidenfeld y Nicolson. Londres, Reino Unido.

La discusión entre Leddicus y Pricilla Morrison: Los hechos
Dos niños son traficados cada minuto. Dos niñas por minutos son raptadas como esclavas y este negocio está en aumento. **Dos de cada cuatro millones** de hombres, mujeres y niños están siendo traficados por las fronteras de sus propios países **cada año. Más de una persona es secuestrada para ser vendida entre fronteras a cada minuto** lo cual es equivalente a secuestrar cinco jets con pasajeros todos los días. Este tráfico de personas alrededor del mundo es tan lucrativo que las ganancias son iguales a las de la Coca-Cola.
Fuente: Detén el Tráfico en el Reino Unido (Stop the Traffic UK) www.stopthetraffik.org

Reporte sobre el asunto de la esclavitud del portal de noticias *Assist News*
ASSISTNews-owner@thomas.shepherd.com
Por: **@danjuma1** (Cuenta Twitter)
Archivo: 28 de Febrero del 2010. 04:39pm.
Tema: Relato sobre la intervención de la Misión India de Rescate en un caso de prostitución infantil .
Servicio de Noticias ASSIST (ASSIST News Service) ANS (Siglas en Inglés): PO Box 609, Lake Forest, CA. 92609-0609 Estados Unidos. **www.assistnews.net**

¡Sálvenme! ¡Ayúdenme a salir de aquí! El ruego desesperado de una niña india en plena medianoche víctima de un secuestro por personas que la están forzando a prostituirse en un burdel en Mumbai, India.
Por James Varghese

Extracto de la copia del reporte hecha por un corresponsal especial en la India para ASSIST News Service.

INDIA (ANS)- Lágrimas corrían por los ojos de una niña de 15 años de edad llamada Pooja mientras expresaba su deseo de salir del burdel a donde fue confinada a través de una Operación Encubierta (En inglés: Undercover Operative) que investiga el caso en un burdel localizado en la zona roja de la ciudad de Mumbai el 25 de Febrero del 2010.

Actuando bajo la información provista por un informante confidencial a la Misión India de Rescate (IRM en sus siglas en inglés. IRM significa Indian Rescue Mission) un equipo especial de Operativo Encubierto fue enviado para entrar dentro del burdel Garden alias 307 en la zona roja de Kamathipura en la medianoche del 24 de Febrero para corroborar la información dada.

Sujetos del lugar lo rodearon en toda la entrada del burdel prometiéndole una noche de placer ofreciéndole las mejores chicas pero él se negó y entró al lugar preguntando por las chicas. El gerente le trajo unas niñas inocentes para que él las viera. El hombre pagó el dinero requerido y se llevó a la chica dentro del cuarto de sexo con las estrictas órdenes de no tener sexo con ella. Ésta era una estrategia de la organización de sacar a la niña de allí.

Pooja pensó que é lera un simple cliente desesperado por tener sexo pero observando el desinterés que él le mostraba a la niña hizo que ella se sintiera más cómoda y comenzara a abrirse con él. Ella comenzó a sollozar amargamente y le pidió que la ayudara a salir del cautiverio en el que ella estaba y de los hombres musculosos del burdel.

De la información obtenida por la UO, se hizo evidente que Pooja fue secuestrada desde el estado de Bengala en el oeste del país y fue vendida a la industria de prostitución llamada Flesh Industry Hub Kamathipura, una de las más grandes en toda la zona roja de la India. Ellos encierran niñas dentro de burdeles y las tienen cautivas bajo el cuidado de hombres musculosos impidiéndoles la salida del lugar.

Para más detalles y para firmar una solicitud para terminar con el abuso infantil visite la página de la Misión India de Rescate **www.rescuemissionindia.weebly.com** y a la dirección web **www.indianrescuemission.org** También les puede mandar un correo electrónico a **indianrescuemission@gmail.com**

Otros hechos relacionados con la esclavitud
Cuando el primer proyecto abolicionista fue aprobado en el año 1807 en el Reino Unido, habían aproximadamente cuatro millones de personas oprimidas en esclavitud por todo el mundo. Hoy, la cifra ha aumentado a unos doce millones. Según las noticias en boga de aquel momento, en la nueva biografía de la autora Kay Marshall Strom titulada *Once Blind* (Título que traducido al Español significa Una Vez Ciego) la escritora se vale del legado que dejó John Newton para llamar la atención de los ciudadanos del siglo veintiuno y alertarlos sobre la esclavitud que impera por todo el mundo.
Fuente: Assist News Service **www.assistnews.net**

"**Love146** *(Título que traducido al Español significa Amor146)* trabaja a favor de la abolición de la explotación y esclavitud sexual en infantes a través de soluciones preventivas y post-cuidado mientras contribuyen al crecimiento cada vez más notorio de un movimiento abolicionista. La esclavitud es aún uno de los sucesos más oscuros del planeta pero para Love146 la esperanza de una posible abolición es una realidad. Love146 cree que el movimiento abolicionista debe crecer mientras se emplean soluciones efectivas y eficaces en torno al problema actual de la trata de esclavos. Love146 cree en el poder del amor y su habilidad para traer cambios sostenibles. El amor es al fundación y la motivación de la organización"
Love146 fue fundada en el año 2002 (como Justicia para los Niños Internacional). En el Reino Unido, Love146 está registrado como una organización benéfica (Registro de Organización Benéfica No 1137048) En los Estados unidos, Love146 está registrada como una organización sin fines de lucro bajo el No 501 (c) (3).
Fuente: Love146 **www.youtube.com/watch?v=NME1-ZiJPXY**

La discusión que Gerdhardt y Leddicus tuvieron en el tren
Notas tomadas de las Notas del Reino Para el Lector del Taller de Liderazgo para líderes de iglesias en Kenia por Simon Markham:
"Por lo tanto, el reto es tener una mentalidad de Reino. Esta cita de Howard Shynder es un resumen útil que nos ayuda a profundizar más sobre el tema: "La iglesia se mete en problemas cuando se concibe la idea de estar involucrado en los negocios de la iglesia en lugar de estar involucrado en los negocios del Reino. En los negocios de la

iglesia, las personas están pendientes de las actividades de la iglesia. En cambio en los negocios del Reino, las personas están pendientes de las actividades del Reino, de todo comportamiento humano y de todo lo que Dios ha hecho sea visible e invisible"

Alguien también ha dicho: "El Reino es una dinámica más grande que la iglesia. Si tú persigues la iglesia no hallarás el Reino pero si tú persigues el Reino hallarás a la iglesia"

Fuente: Notas del Entrenamiento de Liderazgo en Kenia por Simon Markham. (En inglés: Simon Markham Kingdom Notes Leadership Training Kenya)

Boletín de Noticias Tyndale 46.2 *(En inglés: Tyndale Bulletin* 46.2*)* (1995) 337-356

El reporte de noticias que Julie Bright le mostró a Gerhardt camino al aeropuerto

Insecto puede esconder secreto a la vida extraterrestre
(En inglés: Bug Could Hold Key to Alien Life)

En un experimento el cual podría salir directamente de una película de ciencia ficción, los científicos lograron despertar a un pequeño insecto que se halló debajo de un bloque de hielo en Groenlandia luego de un sueño de más de 120.000 años.

Ellos creen que la inusual bacteria de color morado y marrón llamada Herminiimonas glacei pudiera tener pistas sobre la vida en otros planetas. El microbio congelado volvió a la vida y comenzó a reproducirse y a multiplicarse luego de haber sido puesto en una incubadora para que recibiera calor por un periodo de once meses y medio.

Pero no hay nada que temer, dicen los científicos. El insecto es totalmente inofensivo a los humanos razón por la cual es tan pequeño que puede pasar a través de los filtros de seguridad que se usan en laboratorios y hospitales.

Herminiimonas glacei (espécimen que es solo una quinta parte del insecto alimentario E.Coli) pertenece a una rara familia de bacterias "ultramicro" que viven en ambientes extremos.

Fue hallada en unas muestras de hielo extraídas a 3 kilómetros (dos millas) en el fondo de los glaciares de Groenlandia.

La doctora Jennifer Loveland-Curtze, la cual dirigió el equipo de investigación de los Estados Unidos de la Universidad Estatal de Pennsylvania dijo: "Estos ambientes extremadamente fríos son las mejores simulaciones de posibles hábitats extraterrestres. Las excesivas bajas temperaturas pueden preservar células y ácidos nucleicos por incluso millones de años"
Fuente: *London Metro* (Periódico inglés que se expide gratuitamente en las estaciones del Metro de Londres) 14 de Junio del 2009
www.metro.co.uk/nws/684584-bug-could-hold-key-to-alien-life

La queja de Julie sobre los Centros de Detención
Datos exactos al momento de la publicación
En este momento, hay un total de 3.105 camas para detenidos en los Centros de Expulsión de Inmigrantes (En inglés: IRCs Immigration Removal Centres) y los Centros de Detención a Corto Plazo (En inglés: STFHs Short Term Holding Facilities) Se planea incrementar el número de camas a 1.300 para llegar a una capacidad de 4.405. Un gran número de camas son ocupadas por personas que han alcanzado su final de condena por sentencias criminales (personas que ya están a punto de ser liberadas) y aún siguen detenidos como infractores inmigratorios. Muchos de ellos están a la espera de ser transferidos a un centro de detención. La Agencia de Control Fronterizo del Reino Unido (En inglés: The UK Border Agency) ya no realiza tareas de liberación de aquellos que están encerrados en prisión como infractores inmigratorios.
Fuente:
http://www.aviddetention.org.uk/immigration-detention/what-immigration-detention
(Esta es información actual)

Capacidad de los Centros de Detención (16 de Marzo del 2009)
En este momento, hay un total de 3.085 camas disponibles en los Centros de Detención y los Centros de Retención a Corto Plazo (Siglas en inglés provistas en el artículo anterior) Se planea incrementar el número de camas a 1.726 para llegar a una capacidad de 4.385.

Fuente: Coalición Nacional de Campañas en Contra de la Deportación (En inglés: National Coalition of Anti-Deportation Campaigns NCADC) la cual provee ayuda práctica y asesorías a personas que enfrentan la deportación y también preparan y entrenan a las personas a como lanzar campañas que estén en contra de la deportación en Inglaterra y en el Reino Unido
ncadc@ncadc.org.uk

Brook House IRC
(Este sitio queda en las adyacencias del Aeropuerto Internacional Gatwick localizado en el Sur de Inglaterra en la calle sur del aeropuerto)
Perimeter South Road
Gatwick Airport
Gatwick
West Sussex
RH60PQ
Fuente: UK Border Agency (En inglés: Agencia de Control Fronterizo del Reino Unido) *Información registrada el 14 de abril del 2008*
www.ukba.homeoffice.gov.uk/managingborders/immigrationr emovalcentres/

Niños en Centros de Detención y Expulsión Inmigratoria tal como Leddicus le explicó a Gerhardt cuando fue detenido
Fuentes:
www.guardian.co.uk/uk/2009/aug/30/children-detention-yarls-wood
www.dailymail.co.uk/news/article-132725/Asylum-children-held-detention-centre.html
http://news.bbc.co.uk/2/hi/uk_news/education/8518742.stm

El envío de cartas en el Mundo Antiguo
Aunque no existía en aquel entonces un sistema oficial de correos postales yo supe, por un amigo, que le tomó dos días al oficial Romano, que estaba apostado en el muro de Adriano, el llevarle una carta a su esposa a Roma durante la ocupación Bretona de esa parte del Imperio. Hoy en día, investigadores aseveran que le hubiese llevado tres días al soldado Romano el llevar la carta a su mujer a

Roma.

C. J. Hemer explica que "las secuencias de viajes hechas por los Filipenses son explicadas más fácilmente dentro de la labor ofrecida por los mensajeros Cristianos dentro del servicio imperial que iban y venían de Roma (Referencia Bíblica: Filipenses 4:22)" En un pie de página de su libro *El Envío de Cartas en el Mundo Antiguo: Pablo y los Filipenses* (En inglés: Sending Letters in the Ancient World: Paul and the Philippians) el autor continúa explicando el asunto: "Hay una gran probabilidad de que no todos los viajes hechos entre Roma y Filipo por los mensajeros Cristianos fueron de carácter privado o secuenciales sino que formaban parte de una continua red de inteligencia Cristiana hecha por éstos hombres que frecuentemente caminaban por aquella ruta para hacer sus diligencias rutinarias" En aquella época existían esclavos dentro del Imperio Romano que se hicieron seguidores de Jesucristo y sus enseñanzas así como hombres libres pertenecientes a la Casa del César. La propuesta dada por el autor es que éstos esclavos Cristianos junto a los hombres libres del César actuaban como *tabellarii* (mensajeros) y que, aprovechándose de las facilidades del correo imperial pudieron llevar mensajes y cartas del movimiento llamado El Camino a Pablo y a los que estaban encerrados en Roma y a la comunidad de creyentes que se localizaba en Filipo en aquel entonces. La propuesta se basa en el número de viajes que relatan la cartas de Pablo.
Fuente: C. J. Hefner. El Envío de Cartas en el Mundo Antiguo: Pablo y los Filipenses *(En inglés: Sending Letters in the Ancient World: Paul and the Philippians)* Stephen Robert Llewelyn

La Iglesia Primitiva era subversiva, no institucional, orgánica y que empoderaba a los creyentes desde abajo. Plinio el Joven dijo: "Ellos cambiaron el mundo para siempre"
Fuente: Cita hecha por Stuart Lindsell. Plantador de iglesias en Suecia y en Venezuela. Formó parte de los equipos de evangelización TIE (En inglés: Training in Leadership) y formó parte del equipo de liderazgo del la iglesia Cobham Christian Fellowship.

Plinio El Joven
C. Plinio Segundo llamado Plinio el Joven para diferenciarlo de su tío, fue gobernador de Bitinia en Asia Menor alrededor del año 112

después de Cristo. Él le escribió al emperador Trajano con la finalidad de buscar consejo de cómo lidiar con el problema de los Cristianos que estaban en la provincia. A través de sus cartas, él le relataba al emperador que él había mandado a matar a tantos Cristianos que él no sabía si debía continuar matándolos a todos o tan sólo a algunos de ellos. Él le seguía contando que los hacía inclinarse antes las estatuas del emperador para que "maldijeran a Cristo, lo cual un Cristiano genuino no podía hacer" En la misma carta, él le contaba las cosas que los Cristianos condenados le decían:
"Ellos afirmaban que su gran culpa, o error era el hecho de que ellos se reunían en ciertos días antes de que amaneciera y allí ellos cantaban himnos o un verso adorando a Cristo como si fuese un Dios y se comprometían a sí mismos a cumplir un juramento solemne el cual consistía el no hacer cosas malvadas, no cometer ningún fraude, ni presentar falso testimonio, ni robo, ni actos de adulterio ni negarle ayuda a una persona cuando ellos estaban llamados a llevarlo a cabo (Epístolas Décima, 96) *En Inglés: Epistles X, 96.*
Fuente: Roma y los Cristianos del libro Las Cartas de Plinio el Joven. Obra traducida por Belt. Radice, copyright © 1963, 1969 por Betty Radice, 293-295. Reimpreso con Permiso de Penguin Books Ltd.

Libros de No Ficción escritos por el mismo autor

Liderazgo y...(En inglés: Leadership and...)
Doce mil copias impresas y ahora estrena su Tercera Edición publicada por iUniverse
ISBN 978-1-4401-2662-8
Precio: $10.95/£ 7.95

Atrayendo, Entrenando y Empoderando Jóvenes...
(En inglés: Attracting, Training and Releasing Youth)
Seis mil copias impresas y ahora estrena su Segunda Edición publicada por iUniverse
ISBN 978-0-595-50858-7
Precio: $13.95/£ 8.95

Jacob: Una Generación Huérfana
(En inglés: Jacob: A Fatherless Generation)
Publicado por Rainbow Publishing
ISBN 1-903725-17-8
Precio: $9.99/£ 7.30

¡Hola! ¿Eres tú Dios? (En inglés: Hello. Is that you God?)
Publicado por iUniverse
ISBN 978-0-595-42346-0
Precio: $9.95/£ 7.95

Choque Cultural (En inglés: Culture Clash)
Publicado por iUniverse
ISBN 978-0-595-50707-8
Precio: $14.95/£ 10.95

Disponibles en las principales librerías y en la sede de iUniverse

Printed in Great Britain
by Amazon